叶兆言长篇小说系列

我们的心多么顽固

叶兆言　著

人民文学出版社

图书在版编目(CIP)数据

我们的心多么顽固/叶兆言著.—北京：人民文学出版社，
2017
(叶兆言长篇小说系列)
ISBN 978-7-02-013446-5

Ⅰ.①我… Ⅱ.①叶… Ⅲ.①长篇小说-中国-当代
Ⅳ.①I247.5

中国版本图书馆 CIP 数据核字(2017)第 251496 号

责任编辑　卜艳冰　杜　晗
装帧设计　高静芳

出版发行　人民文学出版社
社　　址　北京市朝内大街 166 号
邮政编码　100705
网　　址　http://www.rw-cn.com

印　　制　山东临沂新华印刷物流集团有限责任公司
经　　销　全国新华书店等

字　　数　210 千字
开　　本　890 毫米×1240 毫米　1/32
印　　张　10.75
版　　次　2018 年 8 月北京第 1 版
印　　次　2018 年 8 月第 1 次印刷

书　　号　978-7-02-013446-5
定　　价　49.00 元

如有印装质量问题,请与本社图书销售中心调换。电话:010－65233595

目　录

第一章

　　故事得从那条老式的拖船开始说起。我跟你们说，光是那条船，就可以扯上半天。阿妍一直觉得我会瞎编故事，她总是觉得我会吹牛，说那么一条绿漆斑驳的破船，怎么到了你嘴里，突然就有了点意思，突然就像回事起来。阿妍说，老四你要不提到那条破船，我还真忘得差不多了。阿妍说，好多事你要不说，真的都忘了。阿妍说得对，有些事你得经常去想，去琢磨它，要不说忘就忘了。世界上有好多事，不惦记着，说没影也就没影了，说烟消云散就烟消云散。

　　当然，有些事你所以能老惦记着，还是因为忘不了。我就忘不了那条老式的拖船，我总是情不自禁会惦记着那些往事，有些事确实是想忘也忘不了。那种过时的拖船现如今再也见不到了，现如今出门都坐火车，坐飞机，还有高速公路。那种老式的拖船要多慢有多慢，前面一条小火轮在开，机器声轰鸣，仿佛打机关枪一样。一路都在冒着黑黑的浓烟，后面火车车厢一样跟着一长串拖船，长长的绿色拖船一节接一节，草蛇似的在水面上游弋。我忘不了那浓浓的黑烟，它深深地印在你的脑海里，像一大群乌鸦在天空上飞，飞呀飞呀，黑压压的一大片，多少年来挥之不去，怎么也忘不掉。说老实话，正是在这其中的一节拖船上，我第一次发现自己喜欢上了阿妍。要说情窦初开也可以，要说一见钟情也可以，反正就是从那时候开始，蓝天上飘着黑烟，汽笛长鸣，机器声吧嗒吧嗒响，在一种乱哄哄的气氛中，我突然全心全意地喜欢上了阿妍。

那年头谈恋爱和现在不一样，那年头的人都传统，开窍也迟。不过开窍再迟，说开窍还得开窍。人呀，到一定岁数，就会莫名其妙地看上一个人，你一会儿看上这个，一会儿看上那个，说喜欢就喜欢，喜欢一阵就算了。我对阿妍的感觉绝对不是这样，对阿妍我是一见钟情，终身不渝。喜欢一个人和爱上一个人是两回事儿，那时候，我已经二十一岁，身体壮得像头牛，对异性虽然也曾有过几次感觉，但是这次却是完全不一样。这次完全不一样，我是真的一见钟情。这种奇妙的感觉一生中也许只会有那么一次。一个人的一生会很漫长，漫长让你对什么事都觉得朦朦胧胧，但是只有这一次，突然你会发现自己找到感觉了，突然你就这么完全被爱笼罩住了。你没想到这是老天爷送给你的一个礼物，在还没有明白过来怎么回事的时候，一个终身值得你去爱的女人，已经活生生地出现在你的面前。

我真没办法形容自己当时的感受，故事说开始就开始了，突如其来，像一阵风，像一道闪电，说来就来，从天而降。我和阿妍在船上遭遇的刹那间，心头猛地一热，顿时热血沸腾。这人的心啊，原来是个黑乎乎的房间，黑咕隆咚，什么也看不见，突然有只小手伸了进来，打开了开关，灯一下子就亮了，立刻一片光明。

　　事情发生在去插队落户的途中。当时是在草场门码头，那时候这里还是上船的地方，一个小小的码头，围了一大群人。那些天啊，火车站，汽车站，轮船码头，永远人山人海，到处都是告别的哭声。成批的知青即将上山下乡奔赴农村，像蒲公英的种子一样撒向广阔天地。是父亲送我登船的，我姐和母亲眼泪汪汪地要送，父亲拦住了她们，说那么多东西，你们女人拿不动的，还是我去。我姐和母亲就抱在一起哭起来，她们也过来拥抱我，鼻涕和眼泪都弄到了我衣服上。

　　父亲说："有什么好哭的，老四说走就走，大家高高兴兴，好不好？"

　　我姐说："以后谁帮老四洗衣服？"

　　我不在乎地说："这还不简单，自己洗。"

　　父亲说："就让他也锻炼锻炼，都二十岁出头的人了，他什么时候自己洗过衣服。"

　　她们还是哭，父亲有些不耐烦，我们就出发了。走出去一大截，我想起还没有说再见，就回过头来，对母亲和我姐挥手。她们已经不哭了，呆呆地看着我。我对她们挥手，她们也对我挥手。

父亲说："你妈老盼着你长大，真长大了，要下乡，又舍不得，其实下乡又有什么大不了。"

那时候知青下乡，是一窝蜂，谁也跑不了。自然是什么样的场面都有，什么样的心情都有，有哭着舍不得走的，把下乡当作了世界末日，有兴高采烈欢呼雀跃的，把去农村看成是去天堂。我呢，当时谈不上伤心，也谈不上高兴。眼看就要分手了，父子之间一向没多少话可说，我们一路上也不知道说什么好。原来准备坐公共汽车，我们的东西太多，公共汽车太拥挤，父亲就说还是走着去吧。幸好事先带了一根扁担备用，一路上，父亲抢着要挑行李，我说我来挑，他说有你挑的日子，有劲儿留着以后用，现在别跟我客气了。我不愿意和他争，我的个子比父亲大，也比他结实，两个大男人在大街上争来争去，实在没意义。反正时间充裕，走走歇歇，到草场门码头，已是可以登船的时间。

一个老太太坐在地上哭喊，听不清她喊什么，几个人围着她，想把她搀起来。人很多，很乱，我拎着两个大包裹，从人群中挤过去，很费力地上了船，站在船舷上，想对父亲挥手告别，可是他已经转过身去，手上拿着那根扁担，正往人群外慢慢地走着。我感到一种说不出来的滋味，默默地看着父亲的背影。他走到堤坝上，回过头来，看着我们的船，我又对他挥挥手，但是他没有任何反应。我知道他眼睛近视，看不太清楚。他就这么站着，眼睛直直地看着我们的船。终于开船了，他还站在那儿不肯离开，突然举起手来，对着我们的船胡乱挥手。

接下来，船沿着外秦淮河，进入了长江，面对宽阔的江水，我们的心情立刻好起来。当时我们这些知青并不知道前途会如何，正是黄昏时分，没有人在意落日景色，大家都被长江大桥的雄姿吸引住了。那是我们第一次有机会看到大桥，那时候，这条钢铁巨龙刚建好，刚开过庆祝大会。我们没想到第一次看到大桥竟然是这种方式，是从船上，而且还要从桥底下通过。船上的人一个个都很兴奋，有人欢呼，有人唱了起来。我们的船鼓足马力驶过去，越来越近。我仰起头来，看着那巨大的钢梁，看着钢梁上的铆钉，远远地有火车过来，轰隆隆开了过去。

大桥越来越远，我们离家乡也越来越远。也就是在这个时候，我看到了阿妍。在这之前，大家的注意力都在那"一桥飞架南北，天堑变通途"的大桥上。大桥渐渐消失了，人们纷纷回到船舱，我突然发现不远处的船尾上，仍然站着一个女孩，她穿着一件花棉袄，脖子上围了一条蓝围巾，孤零零地站在那儿，好像还在看那已经消失的长江大桥。她终于缓缓地回过头来，仿佛早意识到有人正在注视她，不经意看了我一眼。我们的眼神于是不期而遇，我望着她，她也望着我。阿妍只是当时不经意地回过头来，看了我一眼，很快把眼睛移开了。我却死死地盯着她不放，眼珠子像两粒上了膛的子弹，只要一扣扳机，立刻就会发射出去。

刚刚告别了家乡，我们谁也没有流露出伤感的意思。那时候还来不及伤感，大家都沉浸在刚独立的兴奋之中。我觉得眼前的这个女孩儿似乎有些眼熟，一下子想不起来她是谁。我的做法显然太过分了，眼睛像苍蝇一样叮在阿妍的脸上，久久不肯离开。大约是被我放肆的目光弄得有些迷惑，阿妍很快又回头看了我一眼，发现我还在死死地盯着她看，连忙再次把眼睛移开。她并没因为我的冒昧无礼生气，只是有些不好意思，奇怪我为什么会这么冒昧无礼。看来我们注定是有缘分的，事先虽没有想到会这样，都说不清这是怎么一回事儿。这短短的一瞬间注定了永恒。连我自己也解释不了当时为什么会有如此夸张的举动，在此之前，我从来也没有对女孩儿这么投入过，甚至从来都没有仔细注视过一个女孩儿。阿妍从我身边缓缓地走了过去，临下船舱，还回头看了我一眼。

那条船上到处都是知青，阿妍很快就消失在人群中。说消失就消失了，来得突然，去得也突然。我们的船速很慢，要多慢有多慢，那是地道落伍的老牛破车，和今天电影上看到那种新式气垫船相比，简直就好像蜗牛在爬，不过那时候却觉得很快，觉得是乘风破浪。船上的噪声特别大，好像是一头野兽在不停地咆哮着，江风也特别大，在什么地方也躲不了，吹得人浑身上下到处哆嗦。可是再冷，我也不愿意进船舱。在接下来的时间里，我在甲板上走来走去，情不自禁地在寻找阿妍的踪迹。船舱里很拥挤，根本动弹不了，我只能从外面往里面看。我知道阿妍就在这条船上，觉得自己一定要找到她。天正在黑下来，船舱里的灯亮了，我终于又看到阿妍了。我终于看到阿妍坐在船舱的一个角落里，隔着挡风的玻璃，她也注意到了船舱外的我，不经意地微笑起来。她注意到我一直在外面观察她，不时地回过头来，看我一眼，然后继续和身边的人说话。

这时候，冯瑞来到我身边，他已经注意到我的异常表现，悄悄地问我：

"老四你怎么回事，鬼鬼祟祟，找谁呢？"

冯瑞低下头，很放肆地趴在玻璃窗上，对船舱里的那群正说着话的女孩儿看，那群女孩儿也对着他看。

那天夜里，我怎么也睡不着，是睡不踏实。船舱狭小的空间让人感到窒息，大家都坐在窄窄的木凳上，听任机器声像野马一样狂奔。我满脑子都是阿妍的形象，一遍遍地回味着她那不经意的微笑。隐隐地有女孩子的哭声，一阵一阵的，像小鸟在树木里发出的嘤嘤声。远离父母的忧伤在空气中流动着，我们端坐在那里，男生坐一堆，女生坐一堆。有人在轻轻地安慰哭泣的女孩儿。女孩儿的抽泣似乎越哭越来劲儿，越安慰声音越大。终于我们这边有人耐不住了，恶声恶气说：

"哭，有什么好哭的！"

呵斥声像闪电一样从黑夜中划过，船舱里顿时安静了，小火轮的机器声因此又大起来，在这之前，大家好像已习惯了那噪音，已忘记噪音的存在。女孩儿不哭了，是被突如其来的呵斥镇住了，是硬憋着不哭。这时候，依稀还能听见有人在劝，在安慰她。虽然已经夜深人静，大家都没睡着，都不想睡。那种被压抑着的感觉，比哭声还让人难以忍受，更让人窒息。

一个女生的声音突然响起来，是针对刚刚那位发出呵斥声的男生：

"想哭就哭，凭什么不让哭！"

立刻就有女生附和的声音：

"哭，就哭，哭又怎么样！"

于是先前哭泣的那个女孩儿，又哇的一声号开了。这一声，拖得很长久，怪腔怪调，立刻在男生这边引起了一阵哄笑。我们都忍不住地笑起来。不过笑声很快就没有了，因为那边的女生已经哭成一大片。

这一夜很漫长。这一夜，我一直在想，这个带头哭泣的女孩儿，会不会就是阿妍。我当时一直在想，这个发出小鸟一样嘤嘤声的女孩儿，会不会就是我脑海里正在思念的那个姑娘。在没有见到阿妍之前，我的心情十分茫然。自从见了她以后，我的内心再也没有办法平静。这一夜，我一直都在思念着那个让我怦然心动的姑娘。这一夜，我一直都在思念着阿妍。仅仅是凭直觉，我就觉得不应该是她，阿妍不应该那么脆弱，阿妍不可能那么脆弱。我徒劳地在脑海里搜索，苦思冥想，想弄明白阿妍究竟是谁，或者说是想弄明白那个看上去十分眼熟的姑娘究竟是谁。

船上竟然就一个男女共用的厕所。是一扇很简陋的小铁门，插销已经坏了，里面的人上厕所，必须用手将门拉住才行。第二天天亮，大家纷纷去厕所办大事儿小事儿，我和阿妍在排队时又遇到了。我们又一次不期而遇，互相对看了一眼，会心一笑。这一笑，足以让我神魂颠倒，足以让我几个晚上睡不好。我迫不及待地想见到她，没想到老天爷安排了这样的好机会。我故意放慢脚步，这样在排队的时候，阿妍便正好和我排在一起。船当时已是在运河里行驶，这里不像江面那么宽阔，然而因为离岸边近，两岸的景色却看得更清楚了。那时候，运河两岸根本见不到什么人家，低低的堤岸高高的树，大片大片的芦苇，几只喜鹊飞来飞去，那风景就跟画似的。我们没有说任何话，心不在焉地看着两岸的风景。我庆幸我们会凑巧排在一起，她紧贴在我的后面，等候上厕所的队伍很长，对于我来说，这队伍越长越好。我们不得不耐心地等着，等了很长很长时间，最后终于轮到我们。我让阿妍先进去，她犹豫了一下，就笑着进去了。

阿妍在厕所里的时间不是很长，当然也不短。因为插销已经坏了，她在厕所里面徒劳地拨弄着，哗啦哗啦乱响。我真想上前帮忙，帮她拉住门，为她当警卫，但是男女有别，也只能在心里这么想想而已。我身后是长长的等候上厕所的队伍，大家嘻嘻哈哈说着什么，我十分耐心地站在那儿，将人群挡在了身后。我等在那里，心潮澎湃，多少年以后，仍然还会有这种美好的感觉。

多少年来，我一直忘不了那一幕。我忘不了在船上度过的美好时光，那是我第一次真正地对异性动心，我从此令人难以置信地爱上了阿妍。那是记忆中最鲜活的一幕，我的生活从这一天开始，从这一天开始，突然有了完全崭新的意义。阿妍像只美丽的天鹅一样，她在江面上飞舞，在蓝天上翱翔，猛地一头扎下来，飞进了我的心窝，从此再也撵不走。从此我所做的一切，我走的每一步路，都和她分不开了。多少年来，阿妍一直觉得我夸大了自己的单相思。她觉得我反复说这些只是为了讨她的好，因为事实上，我那天在船上的表现，给她留下的感受并不是最好，不仅不是最好，而且还有些不太好。男孩子太死皮赖脸，会给别人一个轻浮的错觉，阿妍觉得我不过是个喜欢追女孩子的男人，这印象她一辈子都没有改变。

事实上，我很快弄明白了阿妍的身份。在还没有下船之前，我已经通过冯瑞，知道阿妍姓什么名什么。我关照冯瑞，无论如何都要介绍我跟她认识。其实我们可能是见过面的，只不过当时并没有把对方放在心上。让我感到意外的是，阿妍竟然和我是同一个学校，比我低一届，与冯瑞同班。难怪会觉得对方有些眼熟，人和人之间的关系就是这么奇怪，没感觉时没感觉，有感觉就突然有了感觉，说擦出火花就擦出了火花。

下船的时候，我挤到阿妍面前，眼珠子滴溜溜地打转，等着冯瑞为我们做介绍。

冯瑞大大咧咧拦住阿妍，很认真地说：

"薛丽妍，这是蔡学民，我们都叫他'老四'。"

阿妍怔了一下，似笑非笑地看了我一眼。

冯瑞又一本正经地对我说："老四，这是我们班的薛丽妍。"

我涎着脸说一声："你好。"

阿妍没有做任何表示，倒是她身边的女孩咯咯笑起来。我于是又对阿妍身边的女孩胡乱点头。为了不使这事儿看上去太唐突，冯瑞又为我介绍她身边的女孩。那些女孩中，显然有人知道我是谁，竟然毫不掩饰地咂起嘴来，说原来你就是大名鼎鼎的老四。那时候我已经很有一些喜欢打架的恶名声，听别人这么一说，不禁有些得意，恶名在外有时也是一种很好的感觉。我们互相留了地址，说好以后大家要互相关照，我很高兴自己与阿妍竟然在同一个公社。

阿妍是学校女子篮球队的队员，我所在的那所中学，只有女子篮球队，体育教师为了训练她们，常常让男生与她们比赛。我记得自己也曾上过一回场，打了没多久就下来了。那时候都觉得男生与女生打比赛，输了丢人，赢了也没面子。要说我们那个学校，曾是一所很不错的名牌中学，在"文化大革命"前，每年都有不少人考上北大、清华。在学校时，我对阿妍几乎没有任何印象。我们既不是同一个班，又不是同一届，我甚至吃不准那次打球的时候，她究竟在不在场上。在阿妍那个班上，我熟悉的只有冯瑞，而阿妍对我的印象也是这样，她只记得经常和男生打比赛，有时输，有时赢。直到冯瑞把我介绍给她的时候，她才第一次把我和那个有着打架恶名声的老四对上号。

冯瑞的父亲是个不小的官，到后来官做得更大。我认识冯瑞的时候，他又瘦又小，仿佛风一吹都会跌个跟头，而且是很严重的近视眼。刚开始，因为他是高干子弟，学校里的人都知道他父亲是谁，都对他刮目相看，他呢，也是神气活现的样子。不过他的成绩一直不好，那时候大家都在想，像他这样的成绩，怎么去考名牌大学。"文化大革命"刚开始的时候，冯瑞的父亲首当其冲地被打倒了，被斗得死去活来。说老实话，要不是"文化大革命"，我和冯瑞这种干部子弟绝对玩儿不到一起。我们的家庭背景有着太大的差距，我父亲是历史反革命，我是天生的狗崽子，是黑五类，他却是公子落难，经历了一个从好到坏的过程。他原来可是生活在天堂里，一搞运动，突然就到了地狱里。

那时候学校里成立了各种各样的红卫兵组织，冯瑞屁颠颠地想混进这些革命组织，可是谁都不想要他，不要他也就算了，常常还有人会欺负他。有一帮人，天天堵在学校门口，专门欺负那些家庭成分不好的同学。这些人欺软怕硬，他们从来不敢找我的麻烦，一来我年龄偏大，二来我会武术，是个打架的好手，他们要是惹我，绝对没有什么便宜沾。冯瑞便受了些罪，吃了不少苦头，那帮人总是把腿张开来，让他从他们的裤裆里爬过去，不仅男生这样，连那些凶悍的女生也用这办法羞辱他。临了，冯瑞受不了这个胯下之辱，便赌气跑来求我，要拜我为师，想跟我学打拳，让我教他几招。

我说你冯瑞根本不配当我的徒弟，我告诉他，老四决不会收那种在别人裤裆里钻来钻去的软蛋。

我说："就你这熊模样，学了拳，也不是别人的对手。"

冯瑞说："难道我就永远被人欺负？"

"什么叫永远被别人欺负？"

"现在是人是鬼，都在我头上拉屎撒尿。"

我说你活该让人家在你头上拉屎撒尿。

冯瑞非常失望，他显然没想到我会拒绝他。

冯瑞突然趴到了地上，准备从我裤裆里钻过去。我感到很吃惊，说你他妈有毛病呀，是不是钻人裤裆有了瘾。冯瑞说，我瞎了眼了，竟然想拜你这种人为师。我不明白他为什么突然发这么大的火。冯瑞气势汹汹地说，老四你知道不知道韩信胯下之辱的故事，我告诉你，我他妈就是韩信，君子报仇，十年不晚，有一天，我会让你们知道我的厉害，你们等着好了。他说着，一边哭，一边冲我爬过来，硬要从我裤裆里钻过去。我急了，连连后退，差点跌个大跟头。

冯瑞说："你为什么不让我钻过去？"

我说："算了，你狠，你他妈狠，你赶快起来。"

冯瑞一把鼻涕一把眼泪地继续哭，哭得很伤心，很绝望。

我说："不要哭了，我收你当徒弟。"

我准备收他当徒弟，他却搭起了架子，趴在地上不肯起来。

冯瑞说："你既然看不上我，我也不跟你学了。"

就这样，我跟冯瑞成了朋友。我们成了最好的哥们儿，我将家里一根祖传的铜九节鞭送了给他。说老实话，我自己九节鞭玩儿得也不怎么样，只能凑合着把那些基本招数传授给冯瑞。冯瑞因此一直把我当作师傅，他因为身子单薄，打架时不得不借助一点兵器。有了九节鞭，冯瑞便勇不可当。九节鞭真舞起来，三五个人靠不上身，抢到谁都受不了。冯瑞从此勤学苦练，胆也大了，气也壮了，果然再也不受人欺负，而且很快学会欺负别人。那时候，打架是三天两头的事情，冯瑞有了什么恩怨，都跑来找我帮忙。他这人的毛病是喜欢惹是生非，动不动就约人摆场子。冯瑞喜欢结识天下英雄豪杰，到处认哥们儿拜把子。我们当时都有一种破罐子破摔的心理，特别是当了知青以后，打起架来都属于那种不要命的，要打就往死里打。冯瑞一直以有我这样的一个师傅为荣，别人也知道他是我老四的兄弟，轻易不敢惹他。

我从小就跟父亲学武术，最先学的陈式太极，后来才改练推手和杨式太极。在一次省级比赛中，我曾拿过少年组的名次，是华东地区的第二名。学过武术的人手快脚快，打架从来都是占上风。要说这真得感谢我父亲，我年轻的时候，不知打过多少架，基本上没吃过什么大亏。我们家几代都喜欢习武，名师出高徒，我爷爷当时就有些名气，我父亲是国民党军官学校的武术教练，过去国民党的军官学校很重视这个，我父亲年纪轻轻，就已经是什么少校的头衔。不过，这头衔现在说起来好像还挺牛气，那时候就惨了，早在"文化大革命"以前，我父亲的少校头衔就是历史问题，是历史反革命。我父亲这人也是宁折不弯的脾气，他头上戴的虽然是四类分子帽子，但是他就我一个儿子，不愿意儿子被别人欺负，很小就让我学打拳。他觉得男人必须会点功夫，有了功夫，才不至于受人欺负，他只希望我不受人欺负，并没有想到我会因此学坏。

因为我当时很有些恶名声，常常会有人请我打抱不平，我呢，就好出这个风头。只要有人来喊我，总是稀里糊涂地就去了。我成了一个十足的打手，那时候的八个样板戏中，有一个叫《红色娘子军》，里面有个大坏蛋叫南霸天，南霸天有个打手也叫老四，成天腰上别着枪，穿着一身黑的绸衣服。阿妍说她刚开始喊我老四的时候，总觉得很别扭，总会想到那个腰里别枪穿身黑衣服的坏蛋。她觉得大家喊我老四，与《红色娘子军》里的坏蛋有关，我怎么对她解释都没用。

插队的时候，我打架的坏名声可以说是臭名昭著。我和阿妍在同一个县，又在一个公社，常常借机会去找她们生产队的男生。一开始，我们把她们那边的男生当作虐待对象，动不动便去揍他们一顿，把那几个没用的小男生揍得鬼哭狼嚎，揍得见到我们就跑。冯瑞所在的那个生产队与阿妍的生产队离得很近，我每次都是先去找冯瑞，然后再到阿妍的生产队去惹是生非。我们不仅收拾那些男生，对生产队的农民也不放过。再也没有什么比打架更可以显示我们的能耐，只要有架打，我老四就可以大出风头，只要有架打，我老四就是引人注目的英雄好汉。那时候因为年纪轻，做事根本不知道节制，根本不考虑后果，其实有时候只是故意装

15

成凶神恶煞的样子。当时玩儿得真是有些过分，我们成天欺负人家，就像日本鬼子进村一样，今天打这个人，明天收拾那个人，基本上已成了当地的祸害，别人一听见我们这帮坏人又来了，立刻闻风丧胆东躲西藏。

很快，我们和阿妍生产队的那些男生交上了朋友。不打不成交，要打架他们也不是对手。他们开始巴结我们，于是我和冯瑞又开始为他们卖命，替他们出头去揍别人。那时候，除了打架，真没什么别的事可以干。要是不打架，好像连活着都没什么意思。各式各样的理由都可以成为打架的借口，看不顺眼要打，得罪了我们兄弟要打，为了女孩子要打，借人钱不还要打，借不到钱要打。常常是为了打架而打架，有时候根本不为什么，也还是莫名其妙地要打，打得鼻青脸肿，打得昏天黑地。对于我们来说，当知青的那几年，是个人品质迅速变坏的几年，我们变得越来越不像话，下乡之前，在家里好歹有父母管着，在学校有老师管着，还有居委会的大妈监督，现在到了农村，在这广阔的天地里，天高皇帝远，谁也顾不上我们了。

除了打架，我们还开始流里流气地追起女孩子来。那时候追女孩子，无非厚着脸皮搭搭话，没话找话地和女孩子说些讨好的废话。我们不过是做出胆子很大的样子，对着一堆女孩子瞎献殷勤，冲着她们的背影胡乱吹口哨。我们给人留下的一个错觉，是女孩子就要瞎追的，可能也因为这个，一开始我给阿妍留下了不是太好的印象。特别是我打架不要命的凶恶嘴脸，更是给她留下了深刻的印象，也把她吓得不轻。在阿妍的记忆中，老四动不动便是在和别人打架，动不动就会闯祸。她见到的和听到的关于我打架的事情数都数不清，我们谈恋爱以后，包括后来结了婚，她最担心的就是我会和别人动手打架。她总是担心我会把别人打伤了，打出什么人命来。听到人吵架，看到有人动手，在大街上追过来杀过去，她首先想到的就是这会不会又是老四。

说老实话，从一开始，我的目的就很明确。老四当时决不是那种三心二意的男人，我的心目中一直是只有一个阿妍。阿妍是我的太阳，是我的月亮，是我朝思暮想的女人，我打架也好，到她所在的生产队的乱转也好，明眼人一看就知道这都是为了引起她的注意。她肯定也会有这种感觉。我的一举一动都和她有关，差不多过了一年以后，我终于让阿妍明确知道我只是对她有心，明确无误地告诉她我只爱她一个人。有一天，我直截了当地对冯瑞表示，说自己已经喜欢上了阿妍，希望他能帮着传达这个意思，帮我带个口信给她。

冯瑞说："老四，这话怕是最好你直接对她说。"

我那时候还不知道冯瑞也有些喜欢阿妍，心里想这种事儿你不帮忙，那还算什么哥们儿。

冯瑞说："这话，还真不好意思说出口。"

"这有什么，你们不是一个班的吗？"

"是一个班的也不能随随便便就说这个呀，这冒冒失失的，算什么呢。我怎么说，就说老四已经看上你了，就好像通知她到公

17

社去开会一样？"

"就这么说好了。"

我不知道冯瑞当时是怎么与阿妍说的，反正他碰了个大钉子。阿妍红着脸骂冯瑞不要脸，并让他带信给我，说我是臭流氓。冯瑞把这消息回复给我，说老四你也真是的，害得我陪着你一起挨骂，真他妈丢脸。我说冯瑞你究竟是怎么对她说的，他说什么怎么说，还不是都按照你的话说了。

我忍不住追着问："她到底说什么了？"

"她骂我是流氓。"

"还有呢？"

"她说你也是流氓。"

"还有呢？"

"还有，你指望她还有什么好话？"

与阿妍住同一个集体户的谢静文对我的痴心深表同情，她同情我，是因为我总是追求不上阿妍。谢静文知道我心里只有阿妍，有一次竟然用开玩笑的口吻对我说：

"老四，我看你要想追到阿妍是没什么希望了，为什么不换个女孩子追追呢？"

后来谢静文索性当着阿妍的面，赤裸裸地对我说：

"老四，你不觉得还是我更配你吗，你看，你是历史反革命的儿子，我呢，爸爸是反动军官，大家都是臭狗屎，我们正好是一对，正好臭味相投。人家阿妍的家庭可是革命知识分子，怎么会看上你，你还不赶快死了这条心。"

谢静文是个心直口快的姑娘。她是女知青中最早公开谈男朋友的。说老实话，我最后能追上阿妍，这中间有她很大的一份功劳。从一开始，她就帮着我追阿妍，在我遭受挫折的时候，她不断地鼓励我，不断地在阿妍面前为我说好话。我当时很绝望，一旦真被阿妍无情地拒绝了以后，我发现自己更喜欢她了，甚至比过去还更爱她。我深深地陷入爱情之中不能自拔，突然觉得自己这一生，如果不能娶阿妍做老婆，如果没有了阿妍，就再也没有什么幸福可言。因为失恋，我第一次开始感到真正的不快乐，心里沉甸甸的，好像掺了一堆石子在里头似的。我一门儿心思地爱上了阿妍，却被毫不领情地拒绝，这滋味可真不好受。好在我也不是那种容易放弃的男人。老四这人不至于死皮赖脸，可是在追阿妍这一点上，脸皮确实也够厚的。我表现出了异乎寻常的顽强，尽管阿妍已经明确地表示不喜欢我，不愿意跟我处朋友，我呢，还像过去一样傻乎乎地在她眼前转，就跟什么事都没发生过一样。

既然阿妍不愿意搭理我，我只能与她身边的谢静文搭腔。谢静文很快与第一个男朋友吹了，又和邻村的一个上海知青好得如胶似漆，那上海知青是打乒乓球的，不久就被省队看中借去打比赛，谢静文成天思念着他，动不动就把他挂在嘴上。那时候，不管有了什么好吃的东西，我首先想到的就是赶快给她们送过去。有一回，有个知青朋友送了一大包山东脆枣给我，我只尝了一颗，朋友前脚走，我立刻马不停蹄地送了去。到她们那里，正好是吃饭时间，谢静文举着筷子问我有没有吃过饭，我扯谎说自己已经吃了。于是她们继续吃饭，吃完了，就过来品尝脆枣。

谢静文把脆枣咬得咔吧直响，一边吃，一边笑着说："老四，你真会拍马屁，可惜你不是针对我来的，我就是吃了，也不记情，吃了也是白吃。"

阿妍不说话，只是淡淡地傻笑。我每次送东西去，她都是这种态度，既不拒绝，也不表示感谢。大家都知道我是冲阿妍而去，都看笑话。那时候，我们之间的关系，应该说已经有些不即不离。阿妍明知道我是在追她，故意不太搭理我，始终是一副不接受我的姿态。我问她枣子好吃不好吃，她笑了笑，不说好吃，也不说不好吃。那时候，我已经能感觉到，那就是阿妍其实喜欢我这样追她，她觉得我这样傻乎乎地追求她，讨她的好，既好玩儿，又能让她的虚荣心得到满足，能让她在女友面前觉得有面子。对于我来说，能这样也好，只要她不板起脸来撵我走就行了。

谢静文叹气说："我是真巴不得你追不上阿妍，这样的话，有什么好吃的东西，好歹还都有我一份。"

谢静文又说："我就喜欢这样的男人，凶的时候像头狼，乖的时候像头羊，王哲军要有你的一半就好了，男人啊，要是都像你这么痴就好了。"

王哲军便是那位上海知青，人长得很帅气，白白净净，平时喜欢在脖子上挂条围巾，一举手，一投足，都像五四时期的新青年。巧就巧在谢静文长得也像那个时代的人物，而且特别像电影《青春之歌》中演林道静的那个女演员，只不过是人要小一号罢了。知青中开始谈恋爱的渐渐多起来，但是那个时候，还不像现在这么张扬。谢静文和王哲军在一起，那种亲热劲儿足以让别人看了目瞪口呆。那时候的人决不敢在公共场合搂搂抱抱，谢静文竟然敢让王哲军抱着她在乡间的小道上走。在那时候，这绝对是很出格的事情，谢静文搂着王哲军的脖子，一路走，一路咯咯地笑。

到过年前，知青纷纷回城探亲，我跑到她们村，想和她们一起走。她们集体户一共是三个人，有一个叫李惠娟的已经先走了，谢静文本来想和王哲军一起去上海，王哲军突然临时改了主意，说要做通了父母的思想工作，再到南京去接她。很显然，王哲军的父母不太能接受谢静文。我去的时候，谢静文正为这事不高兴，问她话，她爱理不理的。于是我又问阿妍，问她们什么时候走，阿妍仍然是不想理睬我的样子，白了我一眼，我见她不肯回答，又涎着脸问了一句。阿妍见没有办法不回答，便反过来不动声色地问我什么时候走，我说想过几天再走，她听我这么说，便告诉我说她们明天就走。我连忙改口，说我明天与你们一起走，我帮你们拿东西怎么样。

阿妍立刻做出不在乎的样子，说干吗要一起走，各走各的多好。她说她们的东西也不多，用不着我帮忙。我感到很失望，谢静文在一旁火上浇油，酸溜溜地说：

"听见没有，人家这是不愿意与你一起走！"

我傻傻地怔在那儿，觉得有些难堪。

"老四，你真没用，"谢静文看我沮丧的样子，又看看阿妍，突然气鼓鼓地说，"没出息的东西，你脸皮怎么这么厚，为什么总是死不了这条心呢？"

我不知道说什么好。

谢静文又说："老四，你怎么一点骨气也没有，何苦死皮赖脸呢？"

阿妍觉得谢静文与王哲军闹别扭，犯不着拿我老四撒气，被她这么一激，倒有些同情我起来，说："人家又没惹你，你糟践他干什么？"

"我高兴糟践谁就糟践谁，难道你心疼了，你还心疼他？"

阿妍于是就说：

"好吧，一起走就一起走，一起走又怎么样？"

谢静文说："谁说怎么样了，是你不肯与人家一起走的。"

阿妍说："那好，就一起走。"

于是我们就一起回城。我觉得阿妍肯与我一起走，已经是天大的恩赐。一路上，谢静文喜怒无常，阿妍不停地安慰她，可是怎么安慰也没用，越安慰越来劲儿。她说什么话都是酸溜溜的，动不动就讥笑我，说我像一条狗一样老盯着阿妍，说我越是这样，女人越不会喜欢的。说我在阿妍面前，连男人基本的尊严都没有了。有几次我差点要翻脸，可是碍着阿妍的面，我还是都忍了。

我知道谢静文是在借题发挥，是在生王哲军的气，而且也觉得自己还真像条狗似的，上车下车，上船下船，常常都是我一个人讨好地拿着三个人的东西。到了南京，阿妍说，我们先送谢静文回家。谢静文心里仍然不痛快，到了自家门口，连声简单的谢谢都没有，扭头就走了。然后再接着送阿妍，将她送到她住的铁道宿舍大院，这之前，我已经习惯了三个人在一起，谢静文在的时候，我做什么说什么都很自然，现在就剩下我们两个人，倒不知道怎么办才好。

分别的时候，阿妍从我手里拿过行李，红着脸说：

"谢谢你了。"

我怔在那里，印象中，好像这是她第一次对我说谢谢。我不知道说什么好。阿妍以为我要说什么，等了一会儿，没有下文，又说：

"那我们就再见吧。"

我这时才想到要说话，慌慌忙忙地说一声：

"好，再见。"

在接下来的日子里，我天天都去阿妍家门口打转，希望能在那再遇上她。这举动今天说起来真有些傻，铁道宿舍大院里有好多栋楼，我根本不知道她住在哪栋。结果我只能在大院门前走来走去，像电影上盯梢的国民党特务一样。一连多少天都是这样，到年初五那天，功夫不负有心人，阿妍穿着一件新棉袄，竟然出现在我面前。阿妍红着脸，悠悠地说，喂，你怎么会在这儿。我因为有些激动，立刻语无伦次，结巴着说自己正好路过。她便说怎么这么巧，竟然会路过这儿。我就假装也有些奇怪，其实她早注意到我了，她早就知道我是有意的，不忍心我再这么徒劳地瞎折腾下去。

第二章

阿妍很快就调到城里，她是第一批回城的知青。要说当时也没有什么特别的门路，用她的话来说，就是运气好。拿到回城通知的时候，她突然跑来找我，让我看那张通知，并且提出要我送她回南京。我感到很震惊，插队这么多年，这是她第一次主动跑来找我。当然让我更吃惊的是她竟然要离开农村回城了。我做梦也没想到她会回南京，而且说走就走，而且还要我送她回去。

一开始我并不明白她的用心。我想一定是有很多东西要带回去，她不过是看中我的体力，可是真到了出发那天，我才发现她根本就没什么行李。她把东西都留给了谢静文和李惠娟，临行前，三个人抱在一起大哭了一场。我在一旁看着，心里不是滋味。一是觉得这三个女孩子抱在一起，多少有些滑稽，另外也想到阿妍这一走，远隔千山万水，我可是彻底没有了希望。我老四本来就配不上阿妍，现在她又变成了城里人了，我更高攀不上。

一路上，我不知道说什么好。反正是觉得就要失去她了，很不情愿，舍不得，又无可奈何。很显然，我的情绪十分低落，不时地产生一种活思想，仿佛有一只耗子躲在心里某个角落里，动不动就溜出来转一圈。她倒是有说有笑，比平时待我亲热多了，还请我上了回馆子，炒了两个菜。那时候知青都很穷，上馆子破费是很难得的事情。她当然知道我的心情很复杂，上菜的时候，笑着问我：

"我回南京，你是不是不高兴？"

"怎么会，我当然高兴。"

"你真高兴？"

"当然真高兴。"

她突然不笑了，说："你脸上的表情，可不是太高兴。"

我于是就笑起来。一开始还有些勉强，很快就开怀大笑，笑得很开心。毕竟我是爱阿妍的，没有理由不高兴。我说我是羡慕你，是真的羡慕。我说我当然应该为你的事情高兴。我说这是你高兴的事情，我怎么会不高兴。到了南京，到了铁道宿舍大院门口，我将行李递给她，打算就此与她告别，没想到她会邀请我去她家。我当时一点心理准备也没有，有些犹豫，她却非要我去，不容我有半点推托。我可不是那种扭扭捏捏的男人，想去就去吧，反正这也是最后一次，豁出去了，能认准和记住一个地方也好。

我做梦也没想到，在向她父母做介绍的时候，阿妍竟然直截了当地说我是她的男朋友。我大吃一惊，不仅是我吃了一惊，她父母的眼神也直了，目瞪口呆，木木地看着我，看了好一会儿，再回过头去看阿妍。我做梦也不会想到，阿妍会在自己父母面前，突然将我们的关系这么定下来。我做梦也不会想到她会采用这种极端的方式。在我与阿妍的交往过程中，始终都是我表现得积极主动，长期以来，一直是我在扮演着追求者的角色。我做梦也不会想到竟然还会有这样一天。

突如其来的幸福像海洋一样把我淹没了。在过去的一段时间内，我不过是觉得她不再像过去那样对我不理不睬，不像过去那样有意躲避我。我不知道她已经开始喜欢我了，而且是真的有些喜欢上我了。幸福突然从天而降，幸福像一场暴雨，说下就下来了。我真没办法形容自己的快乐心情，恨不得立刻就能扯开嗓子，跑到空地上去大喊几声，说阿妍已经喜欢我了，说阿妍已经属于我了。我真想对着空旷大喊，说我老四现在是天下最幸福的男人。这突然发生的一切实在是太不可思议，一直到阿妍送我下楼的时候，我还在担心自己是不是在做梦。到了楼下，就在门洞那里，我胆战心惊地看着阿妍，用一种还在发抖的声音问：

"这不会是说着玩玩吧？"

我们开始处于热恋之中，阿妍源源不断地给我写信，一封接着一封。在那些充满激情的情书中，她一方面鼓励我要安心扎根农村，同时又反复向我保证，说就是海枯石烂，对我的爱情也不会变心。搁在今天，她绝对是上好大学的料子，一手字写得很漂亮，文采飞扬。阿妍不上大学真是可惜了，在学校读书时，她就是好学生，到高考恢复的时候，她已经三十岁，要不是我拦着，说不定还真考上大学了。

在接下来的日子里，虽然处于热恋之中，虽然我们的关系已经确定下来，说老实话，我这心里并不感到踏实。我开始想尽一切办法回城，什么扎根农村，什么接受贫下中农的再教育，那都是说说而已。想到阿妍远在南京，我连一天都不想再在农村待下去。对我来说，有阿妍的故乡南京就是天堂，没有阿妍的农村就是地狱。

我知道阿妍父母的态度，他们根本不可能接受一个家庭成分不好，而且仍然还在农村插队的女婿。我到阿妍家去，她母亲总是暗示阿妍已经不小了，她是家里的老三，上面有两个已结婚的姐姐，下面还有两个妹妹和一个弟弟。那弟弟是她家的太子，生了五个女儿以后，才有这么一个宝贝儿子，一家人都围着他转，都以他为中心。她母亲总是说，如果我不能调回南京，就不要再耽误阿妍了，很多条件好的男孩子都喜欢阿妍，有当兵的，有军工厂的，还有干部子弟，而我却是一个回不了城的知青，父亲还是历史反革命。阿妍的大妹妹说结婚就要结婚了，小妹据说也快有男朋友了，她母亲明显地不欢迎我与阿妍来往。

那是我最失落的时候，每次去阿妍家，都会感到一种畏惧。每次离开，我的畏惧便差不多已成了愤懑。我当时的自尊心一次次受到前所未有的伤害。阿妍拿她的母亲毫无办法，只能徒劳地安慰我，一再表明她绝对不会变心，一再表明她并不觉得一个人在城市，另一个人在农村，就一定是什么了不得的障碍。阿妍说她父母迟早都会接受我的，因为现在毕竟是新社会，恋爱自由婚姻自主，年轻人的爱情，父母是阻拦不了的。我的心情因此变得非常恶劣，在阿妍面前，我表现得像个温顺的小绵羊，可是到了社会上，动不动就拳头发痒，就想找个机会发泄发泄。

我妹妹的男朋友与她谈了一阵，决定和我妹妹分手。按说这还真不能算男方有错，我找到了那小伙子，说你他娘的竟敢欺负我妹妹。小伙子拼命狡辩，说其实是我妹妹欺负他。我不由他多说，便把他一顿暴打，那家伙也不还手，怎么打都不还手，我说你也是个男人，干什么不与我对打。他说，我打不过你。又说，我又不想跟你打，是你要找我打架。

他被我打得满脸是血，嘴仍然硬，到最后还是那句话：

"是你妹妹先不要我的，你知道不知道，是她先嫌弃我的。"

我说："你他娘的胡说，我妹妹怎么会不要你？"

他被我这一句话，说到伤心处，眼泪顿时就流了出来。

我说："我妹妹不可能不要你。"

"你说不可能就不可能？"

"那究竟怎么回事儿？"

"我也不知道为什么，我明明是喜欢她，大家好端端的，她却说翻脸就翻脸，突然说不喜欢我了，说不想跟我谈了。"

我立刻相信这家伙说的全是真话，我知道我那妹妹的怪脾气，这太像是她做的事。我妹妹永远都会做出一些反复无常的举动，这绝对就是她的性格。小伙子抹了抹眼泪，气呼呼地对我说：

"打够了没有，好事做到底，你再往我脸上打一拳吧。"

我想也没想，又是一拳，这是一记直拳，把他打了个跟头。

他很快又爬起来，说："打得好，你再打！"

我突然感到很没意思，突然觉得被打的要是我就好了。我真希望也有人这么在我的脸上揍几拳。我告诉他，我已经打够了，现在应该是轮到他来打我。我说我就站在这儿，无论你怎么打，决不还手。我说我现在有些后悔了，我真他娘的不该打你。他的眼角已经高高地鼓起来，不止一处在流血，然而却以一种非常不屑的神情看着我，眼神里有一种莫名其妙的骄傲。

我说："你动手呀，发什么傻！"

他仍然以不屑的神情看着我。

我说："动手呀。"

最后，我只能落荒而逃。回去就责怪我妹妹，我妹妹一听，立刻也跟我急了，她把我好一顿臭骂，连脏话都冒出来了。我说这是你让我教训教训他的，我听你的话做了，你反倒又怪我。我妹妹于是就冲上来，在我背上一阵乱拳头。她说我让你教训他，你就教训他，我要你杀了他，你难道也真的杀了他。我这妹妹向来是不讲道理的，我母亲还在一旁跟着说风凉话，说有什么事不能讲讲道理，干吗非要动手，像小流氓一样。我不服气地和妹妹争了几句，又和我母亲吵了起来，我妹妹突然没头没脑地说：

"老四，你情绪不好，不要拿自家人撒气好不好。"

"什么叫拿自家人撒气？"

"反正你是情绪不好。"

我恶狠狠地对我妹妹说："不知道是谁的情绪不好，不知道是谁在没事儿找事儿。"

"是你，是你，就是你。"

结果我们就气势汹汹地吵起来，越吵嗓门越大。我妹妹那脾气，从来都是吃亏不起的，她倚小卖小，又是哭又是闹。临了，只好是我让她，只好是我躲出去。对这种不讲理的丫头有什么办法，打又不能打她，骂又骂不过她。我只好躲到外面去，不过，我妹妹说得也对，那时候我和她的情绪都不好，都像火药似的一点就着，说爆炸就爆炸。甚至连我母亲也是这样，这一家人都有些活得不耐烦，都活得不顺心，看谁都觉得火冒三丈，都觉得别扭。说老实话，当时我宁愿待在农村，宁愿当一辈子农民，也不愿意再住在自己这个家里。这个家只能让我觉得更烦恼，让我活得更不自在。我回南京只是为了能看到阿妍，赖在这家里不走，只是为了能和阿妍在一起多待一阵，可是我们真正能在一起的机会并不多。

阿妍的母亲永远像防贼一样地防着我们。她就怕我们有机会做出什么出格的事情来，我们单独在一起的时候，房门永远虚掩着，即使是这样，她也会常常冷不丁地走到房间里来。她的眼神里永远带着一种警惕，千方百计地监视着我们。其实那时候我们都很保守，在别人面前，老是做出一本正经的样子，连亲一下的机会都不怎么有。阿妍也明白她母亲的用心，她并不属于那种开放的女子，但是她母亲越是这样防着她，她就越反感，反感了，就会有反叛的念头。有一次，是夏天刚开始的时候，大家的衣服穿得都少，她一时冲动，竟然带着些赌气地要跟我做那件事。

当时是在玄武湖公园湖边的石凳子上，天正在黑下来，她说干脆这样做了算了，索性生米煮成熟饭，让两个人都死心算了。她说的这两个人，是指我和她母亲。阿妍的想法很简单，想通过这件事，既证明她已是我的人，彻底消除我的疑虑，同时也让她母亲彻底断了拆散我们的念头。那时候的玄武湖还很荒凉，天一黑，就再见不到人的踪影。我自然是很冲动，男人到一定岁数，对异性的欲望自然而然地会强烈起来，像火山一样等待着喷发。不过我还是很好地控制了自己，我觉得这是一道绝对的界线，阿妍要用做这件事来证明她爱我，我就要用不做这件事来证明我更爱她。我要向阿妍表明，如果我是真的爱她，就应该看重这个，我要证明给她看自己是有毅力和耐心的，我要让她相信，因为爱，所以一定要坚持到新婚之夜。

我当时热血沸腾，心中狂跳不止，但是最出格的举动，也只是一遍又一遍地抚摸她的乳房。在这之前，我不过是隔着衣服，捏过她的胸部，现在我的手已伸了进去，在她的帮助下解开胸罩，从后面绕到前面，轻轻地放肆地按住那两个活蹦乱跳充满弹性的奶子。阿妍的奶子绝对是第一流的，我这辈子经历过许多女人，没一个女人的奶子可以与阿妍相比，没有一个女人的奶子像阿妍的那样充满爱意。那真是一种奇妙的感觉,夜凉如水,蛙声轰鸣,隐隐地能看见湖边的柳条轻轻飘动,她的两个奶子绷得紧紧的,尤其是那个乳头,就像两粒坚硬的葡萄一样。

对阿妍的爱成了我的精神支柱。只要能和阿妍在一起,什么样的委屈我都无所谓,什么样的窝囊我都能忍受。在回城探亲的日子里,我无所事事,百无聊赖,唯一感到有趣的就是天天陪她上班。阿妍被分配到菜场里卖肉,那是一个国营的大菜场,每天一大早就开门了。我混在买菜的人群中,看她挥舞着砍刀剁肉,看她用秤称肉,看她算账收钱。她在那儿一心一意地干活,知道我在不远处看着她,我只能远远地看着。买肉的队伍排得很长,那时候卖肉可是一个很吃香的工作,买肉的人总是赔着笑脸。阿妍永远是红光满面,围着围裙,戴着护袖,高高地将刀举起,对准了一大爿猪肉,一刀砍下去。

接下来,知青开始纷纷离开农村回城,当兵,上大学,读中专,招工,各式各样的名目,每年都有,甚至每月都有。我周围的人走得差不多了,阿妍走了,李惠娟走了,冯瑞成了一名工农兵大学生,他自己也觉得奇怪,按照他过去的成绩,根本不可能考上大学的。到这时候,阿妍再也不跟我唱什么扎根农村的高调了,这时候,上调已成了最迫在眉睫的事情,当时明摆着的现实就是,如果不能调回南京,我们的所有幸福根本就无从谈起。那时候我和阿妍之间的通信,基本上都是在谈怎么样才能调回南京,我们应该怎么做，应该找什么人，走什么样的后门。回南京是我们幸福的基础，不回南京所有的事情都将失去了意义。我用尽了一切心思准备离开农村，可是怎么也成功不了。

也正是在那时候，我和谢静文搞到一起去了。这真是个说不清道不白的故事，我自己也不明白怎么就会这样。世界上许多事情本来不需要什么理由。那时候，谢静文早和那个打乒乓球的王哲军吹了，要说这两个人究竟是谁把谁给吹了，我始终没有搞明白过。谢静文后来又和一个叫罗文的知青谈对象。这个罗文一度对她十分痴情，好像还给她写过什么血书，可是一旦被推荐上了大学，这小子立刻就忘恩负义，几乎再也没有什么信给她了。谢静文当时已经借调到公社的小学教书，与我疯狂思念阿妍一样，她也是成天惦记着那位罗文，天天都要去邮局看有没有他的信。罗文的信少到了不能再少的地步，谢静文去邮局，带回来的常常是阿妍给我的信，这让她变得非常嫉妒，也非常羡慕。

"老四，又是你的信，想不到你小子还真有些能耐，居然就能把阿妍牢牢地掌握在手心里。"

我那时候也不在生产队干活，被调到了公社农机厂当工人。工人当然比农民好，可是当了工人就意味着失去自由，我再也不能像过去那样一回南京就是几个月。我们当时已不可能安心地待在农村，反正是想走走不了，不想待非得待下去。

谢静文当时的人生目的，是像罗文一样去上大学，为了这目的，她什么都愿意，甚至愿意与公社书记睡觉。偏偏我们的那位书记并不好色，她打扮得漂漂亮亮，想主动送上门去也没用。我们的公社书记根本就不吃那一套，美人计不管用，谢静文反倒落了一个轻浮的名声。关于她生活作风不检点的风言风语本来就很多，于是罗文就趁机和她分手了。与罗文分手让谢静文感到异常愤怒，她跑来找我，要跟我学武术，学太极拳。

谢静文来拜我为师的时候，我觉得很好笑：

"怎么，学了拳去打罗文？"

谢静文冷笑说："不学拳，我也照样能打他。"

我不怀好意地笑着，说我帮你教训罗文怎么样，保证打得他跪下来求饶，打得他回心转意。听了我的话，她立刻有些不乐意，说别跟我说废话，我这个徒弟你倒是收还是不收。我说收徒弟当然没问题，只是我老四从来还没收过女徒弟，这女人也能学打拳吗？谢静文说，凭什么说不能，毛主席说了，妇女能顶半边天，你可别小看了我们。我笑着说，你知道毛主席他老人家那话是什么意思，妇女能顶半边天，意思是说，只能顶半边天，是只能派一半的用场。

谢静文说："老四你竟然敢重男轻女，不跟你费口舌了。"

最后，谢静文还是缠着我，说："喂，我这徒弟，你到底收不收，给一句话。"

我说自己真的没收过女徒弟。

"这好办，就收一个试试，不过你可别指望收学费。"

我因为父亲的传教，多少年来，无论刮风下雨，都要坚持练练拳脚。说老实话，像我这样会一些功夫的人，都有些好为人师的脾气，因为一个人打拳十分寂寞，有人愿意陪着你一起练，并不是什么坏事。我才不在乎什么男徒弟女徒弟，只要愿意，谁学都是一样。不过，并不相信谢静文是真的想学拳，我前前后后教过不少人学打拳，可是没有一个学成的，因此我也不指望她能学好。

谢静文却很自信，说："我这人和别人不一样，我学什么都能成。"

一开始，是在小学的操场上教谢静文打拳，那里看的人太多，注意力集中不了，后来就去了吴王山陵园，在墓碑前有个很大的空场。谢静文小时候学过舞蹈，学起太极拳来特别容易，一招一式，一教就会，一点就通。缺点是太舞蹈化，太轻飘，太像表演。她是个极度聪明的女孩，学什么都用心，都肯动脑筋。在我记忆中，那时候她一天到晚都在用功读书，什么样的书都读。谢静文和我不是一类人，她天生就是一块读书的料。和罗文分手以后，她变得更加疯狂，我从来没见过一个像她这样读书不要命的人，老是捧着一本书，有时候走着路还在看书。谢静文后来考上了大学，又读过研究生，最后又去了美国，成了美国大学里的教授，这说起来，真是一点都不奇怪。

谢静文所在的小学就在我工厂隔壁，大家都住集体宿舍，住的地方也挨得很近。知青已经走了好多，我们不免有些相依为命的意思。那段日子，谢静文常常看阿妍给我的信，这些信差不多都是她从邮局带给我的，她觉得自己既然付出了劳动，就应该有所回报，这所谓回报就是分享我和阿妍之间的秘密。她十分好奇我和阿妍之间会说些什么，渐渐地，阿妍的信对她来说，已经不是什么秘密了，因为我们的关系很快发展到了不同寻常的地步。我说的不同寻常当然不是打拳，而是指已发生过了那种事情。

有一天练完拳，汗淋淋的谢静文突然神秘兮兮地问我，敢不敢晚上到这陵园来。我们通常都是大清早到这儿来打拳，然后她去学校，我去上班。这么做差不多已持续了一个月，天天都是这样，我不明白为什么她突然又会冒出这么一个怪念头。

我说："是不是想试试我老四的胆量？"

谢静文说："别废话，敢还是不敢？"

"要不要我说老实话？"

"当然是老实话。"

"这天底下，还真没有什么我老四不敢的事情。"

谢静文的眼珠子瞪得滚圆，瞪了一会儿，滴溜溜转起来："那好，今天晚上十点整，我们在这见面，不见不散。"

"不见不散就不见不散。"

我首先想到的是她又要搞什么恶作剧。谢静文是个不肯安分的女孩，她总能想到一些荒唐的鬼点子。那天正好是阴历的七月十五，也就是民间的鬼节。当时还是在"文化大革命"期间，我们知青根本不懂得那些封建迷信的玩意儿。我只是有些犹豫，想自己到底应该不应该去。我觉得谢静文十有八九只是说着玩玩，因为这陵园，就是在大白天，也是没什么人的。我们竟然会选那么一个阴气逼人的地方练打拳，当地的老百姓已经很吃惊了。那时候，我们常常做些别出心裁的大胆举动。说老实话，当时我真的是一点都不害怕，脑子里只想到哪怕是上一回当，也不能不去，免得被谢静文这样的女人讥笑。我猜想倒是谢静文很可能不去，她不过是说着玩玩，想借此测试一下我的胆子。

那天的月色特别明亮，早在黄昏的时候，下班回宿舍的路上，我就看到好多人蹲在路边偷偷地烧纸钱。回到宿舍以后，从宿舍的后窗望出去，是一望无际的田野，天正在黑下来，不时地有黄色的火苗突然闪烁起来，东一个西一个没完没了。那时候我只知道人死了以后，出殡时要烧些纸钱，心里隐隐地觉得奇怪，怎么在这几天里，会一下子死那么多人。我只是觉得奇怪，并不知道七月十五这天，有活人要为死去的亲人烧纸钱的风俗。我不知道这只是鬼节的一个保留节目，当时农村搞封建迷信活动，都是偷偷摸摸地进行，而且有意瞒着我们这些从城里来的知青。

晚饭后，我和同屋闲扯了一个多小时，便到门前的水库里去游泳，游了大约半个小时，换了一身衣服。回屋再看一会儿书，时间已差不多，便随手捞了一个大搪瓷杯，消逝在黑夜中。我决定把这个杯子留在陵园，以此证明自己确实是去赴过约。有些事，口说无凭，在第二天的一早，我要让这个搪瓷杯为自己作证。这个杯子将成为我确实到过那里的有力证据。

如果说那天晚上一点都不感到害怕，也不完全真实，但是那一点小小的恐惧，根本不足以动摇我的决心。一路上，我想的更多的，是第二天一早怎么对谢静文描述今天晚上发生的事情。我想自己不妨编个什么故事。陵园所在的那座山叫吴王山，在当地也算是个名山了。历史上，有个什么著名的人物，曾在这打过一仗，因为这一仗打胜了，后来就做了皇帝。这一带是兵家的必争之地。

后来这里修了一个陵园，竖了块碑。由于题写碑文的将军"文化大革命"初期被打倒了，从此便没有人敢来祭扫。在我当知青的前几年中，陵园完全是一个废弃的坟场。在碑前，原来有个两头微微翘起的花岗岩供桌，做得古色古香，那位将军被打倒以后，情绪激昂的红卫兵小将曾想将那块碑砸掉，动手前，突然想到有些不妥，便把气都撒在了这张供桌上。按照红卫兵小将的思路，有供桌就不对，供桌上还有个香炉，这绝对是封建迷信。于是毫不含糊地把香炉砸了，又费了九牛二虎之力，将供桌往边上移，移到了碑的西边，掀翻在那里。这一倒就是好几年，后来不知是谁把它扶正了，有条腿断了一截，便用砖头垫在下面。我们天天去那儿练打拳，完事儿以后，便大腿跷二腿地坐在上面聊天说笑。

我那天晚上完全是准时到达陵园。突然，也是凭直觉，我意识到谢静文已经在那儿等我了。我原来只想到她可能不会来，现在，我突然觉得她不可能不来。我想她一定会恶作剧，故意吓我一跳。有了这样的心理准备，我故意不弄出声音，想反过来吓唬她一下。远远地果然有个黑影子坐在那供桌上，我轻轻地走过去，离黑影子大约有十米的时候，停下步来，也不说话，默默地看着那影子。显然这就是谢静文，黑影子一动不动，像一头小熊一样地端坐在那儿。我们相持了差不多有十分钟，大家都在比定力比耐心。十分钟以后，我想这游戏根本没什么意思，便开口招呼她。让我感到奇怪的是，我喊了好几声，黑影子一点反应也没有。

我终于急了，大声说："谢静文，搞什么名堂？"

黑影子依然一点反应也没有。

我又说："谢静文，我胆子小，不要吓唬我好不好。"

黑影子还是不动弹，像尊塑像一样。

我走到黑影子面前，想伸出手触摸的时候，突然感到了一阵寒意。突然间，我有些害怕了，自信心开始动摇。如果眼前不是谢静文，那么又会是谁呢。我是不是太冒失了，月光下，黑影子的头上怪模怪样地披着一件衣服。

我的脑袋有些混乱，声音开始发颤："喂，是你吗，谢静文。"

谢静文终于扑哧一声笑了出来。

我深深地叹了一口气，果然又被她捉弄了。为了掩饰刚刚的恐慌，我继续用那种发颤的声音说："我好怕，差一点被你吓死！"

"你这样的坏人，想吓死也不容易。"

我笑着说："离死已不远了。"

我们正是在那张冰凉的花岗岩桌上，顺理成章地做成了那件事。这是我的第一次真正意义的性体验，事先没有任何征兆，说开始就开始，说发生就发生了。还是那句话，世界上很多事情本身没什么道理可言，水到渠成，到该干什么事的时候，是自然而然地会干什么。我做梦也没有想到结局会是这样，那张供桌仿佛专门是用来为我们准备的，又宽又大，天生是一张小床。这供桌仿佛天生就是为了用来寻欢作乐。在这样一个疯狂的时间和疯狂的地点，两个年轻的孤男寡女，无论做出什么样的疯狂行为，恐怕都算不上太疯狂。月色如洗，谢静文将头上顶着的那件衣服取下来，平摊在桌子上，就像老师向学生提问题一样，一本正经地问我想不想比较一下她与阿妍有什么不同。

我傻乎乎地问："比较什么不同？"

谢静文说："喂，是真糊涂还是假糊涂？"

银白的月光成了最好的保护色，在月色的掩护下，我们不再羞羞答答。

谢静文看我还表现出了一些犹豫，冷笑着说：

"老四，你一定觉得我很轻浮，好吧，今天就为你轻浮一次。"

她的举动不仅出乎她自己的意外，也让我感到不可思议。谢静文突然直截了当地让我快动手，让我脱她的衣服。在她的怂恿下，我开始忐忑不安地脱她的衣服，一件一件，一层一层，很快脱光了她的衣服。即使是在月光下，她的皮肤也是白得像玉一样。与健壮结实的阿妍相比，谢静文更像一个刚发育的小女孩。她躺倒在了供桌上，就这么朝天躺着，乳房只是小小的一个肉团，像一只卧在那儿的小鸟，虽然小，却充满了活力，好像只要我一松手，它就会立刻飞出去一样。

这一切实在是太突然了，我想表现得像个老手，想老到一些，表现出自己似乎已经有这方面的经验，可是她立刻就看出来我是在蒙事，是个根本不知道怎么回事儿的大男孩儿。她表现得比我更主动更大胆，事实上，在这场近距离的较量中，没有她的帮助，我甚至连入口都找不到。我的表现太丢脸了，连及格都谈不上，差不多是在第一时间里，刚刚进入到那里面去，我便丢盔弃甲草草了事。谢静文笑了，她咯咯咯笑起来，说难道你和阿妍竟然没有那个过，难道你和她也是这样不堪一击。

谢静文的话让我无地自容，恨不得一扭身，一头钻到桌子的肚子底下。

谢静文说："一看你那么笨，就知道是头一次。"

我一声不吭。

"你和阿妍真没有那个过？"

我还是一声不吭。

谢静文不想让我太尴尬，说这根本算不上什么出洋相，男人女人都一样，在做第一次的时候，都不明白自己在做什么，都不知道应该怎么做。不过，她显然喜欢我笨头笨脑的表现，尤其是她确信我真是第一次的时候，竟然快活地叫了起来。她得意扬扬地说，你们真是有些傻，阿妍以后会懊恼死的，因为你将第一次给了我。

我说："能不能现在不要提阿妍？"

"为什么不能提阿妍？"

"不要提她好不好！"

"我就要提，就要提，"她发现我真是有些急了，更加得意，"好好，不提她，我们不提她。"

我感到很后悔，立刻想到阿妍知道了这事儿，会怎么想，会怎么难受。她要是想到我们做了什么，并且还在这么议论她，不知道会有多伤心。我突然觉得自己做的太不对了，做了一件完全不该做的事情。我老四怎么可以做这样的事情呢，这太对不起远在南京的阿妍。那时候，我更伤心的是自己第一次不是与阿妍做，既然我这么喜欢她，人世间美好的第一次，当然应该是与阿妍在一起。我后悔没有早一点与阿妍把那事情做成。

谢静文看我不作声，轻轻地问我在想什么。

我说："没想什么。"

"不会没想什么吧？"

"当然是没想什么。"

"肯定在想阿妍！对不起，我又提到她了。"

我有些赌气地说："不，这时候干吗要想她。"

我当然不会把自己的真实想法告诉谢静文。我想忘了阿妍，但是根本忘不了。因为忘不了，我的心里一点也不快乐。谢静文注意到我心事重重，也不说话了。她不说话，我觉得自己必须找些话说。

我说:"没想到今天会这么糟糕,我怎么会这样。"

"怎么样?"

"没想到会这么快。"

"什么快?"

"会这么差劲儿。"

我让谢静文以为我的情绪低落,只是因为这个,是因为自己的表现得不够好。她立刻安慰我,说第一次都这样,说过一会儿你就会好起来,过一会儿你就又会成为一名真正的男子汉,成为一名英勇不屈的大英雄。她抓起我的手,轻轻地摇了几下,然后把我的手放在她的那个地方,嘴凑到我的耳边,先吻了我一下,低声说:

"别以为自己是个老实的乖孩子,你绝对不是。"

这时候,我已经把阿妍忘到脑后去了。

谢静文说:"你很快就又会不老实的,你才不会老实呢。"

我当然不会老实。

谢静文说:"怎么样,我说你不老实。"

谢静文那天留给我的印象,更像一名称职的讲解员。在接下来的时间里,她像老师一样为我上起课来。她以自己的身体作为教材,在妩媚的月光下,讲授她所掌握的性知识。我很快就忘掉了阿妍,是真的彻底地遗忘。一个男人在这时候,即使是刚刚出过洋相,也不可能对谢静文诱人的身体无动于衷。我很快又冲动起来,又一次进入实战状态。在接下来的战斗中,仿佛是另一个让我陌生的老四在冲刺，在英勇奋战搏杀。陵园阴森森的环境，对我们的情绪没有任何影响。第二次完事后不久，紧接着又是第三次。这第三次干得十分出色，我情不自禁地又开始怀念起阿妍来。

"我不在乎你心里想着谁，"谢静文突然喃喃地对我说，"老四，我现在就是你最想的那个人，你要是想阿妍，我就是阿妍，你正在和她做这件事，你们干得热火朝天，你们干得死去活来。爱怎么想就怎么想吧，我才不在乎你想什么。"

"你不是阿妍。"

"我是。"

"不，你不是。"

"我是，我是，我就是。"

这是一种非常独特的感受，一种十分奇妙的情形。明知道这样不妥，明知道这样不好，可是我还真有一种与阿妍在一起的错觉。我觉得自己正在一次又一次地向阿妍发起攻击。我仿佛听见阿妍在召唤，她在说你来好了，你来吧。是阿妍在向我发起挑战，是阿妍在引诱我，我仿佛听见她在呻吟，仿佛听见她在欢呼。显然，谢静文和我一样，都是一边在做事，一边在想着另外一个人。谢静文知道我忘不了阿妍，因为她和我如出一辙，在这个美妙的时刻，也刻骨铭心地想念着罗文。我们各自心怀鬼胎，沉着应战，陷入到了一场谁也不肯认输的战斗之中。到后来，谁都不说话了，都把对方当成自己的恋人，我们在心里疯狂地呼喊着，一遍又一遍地重复另一个人的名字。

那天晚上，前前后后共疯狂了四次。天终于亮了，东方出现了红色的朝霞，阳光开始照耀在我们身上。我已经筋疲力尽，却又一次想跃跃欲试。谢静文果断地把我推下桌子，说不行，你不能这样，身体要弄坏的。

谢静文对男欢女爱有一些独到的见解。她形容做那事儿就像大草原上骑马，如果一个人骑着马，紧贴在你身边奔驰而过，你会觉得很快，你会觉得太快，你会觉得什么还没有感受到，你会什么都感受不到。你会觉得事情刚开始就结束了，会觉得甚至还没有开始就已经结束了。你会觉得马蹄声已经一路飞奔而去，即使想奋力去追赶也来不及。男欢女爱应该是一门伟大的艺术，谢静文恰恰非常精通这门学问。她说你应该感觉到自己是漫游在无边无际的大草原上，不知道是从何来，不知道要到何处去。看不到尽头，远处是地平线，天和地连成了一体。你应该是从高高的天空上往下俯瞰，你看见那骏马向你远远地急奔过来，骏马离你是那么地遥远，它一路飞奔，渐渐地近了，越来越近，终于到达你的身边，然后又缓缓地离你而去，去远了，突然掉转头来，再次向你狂奔过来。你一次又一次听见了急促的马蹄声，马蹄声近了，马蹄声震耳欲聋，马蹄声像狂风夹着暴雨，雨点像石子一样地打在地上。

谢静文的父亲是国民党军队中的将领，后来做了共产党的俘房，作为战犯关了很多年。作为特赦的反动军官的女儿，谢静文自小就有一种替父亲赎罪的内疚心理，对吴王山的陵园有着比别人更深的特殊情感，她觉得在这里看书学习，能产生一种奋发向上的力量。说起来十分荒唐，我们都喜欢这个阴森森的地方。我们喜欢这个地下到处都埋着尸骨的古战场。在那张冰凉的大理石桌上，我和谢静文神魂颠倒，度过了无数个美好的夜晚。石桌的大理石石材，据说就取自当地，它永远透着一些刺骨的寒意。夏日里，成群结队的蚊子飞来飞去，我与谢静文赤裸的身体上，到处都是被蚊子叮咬的红肿块。

有一段时候，我相信那是十分美好的日子。我想说我差不多已经爱上了谢静文。毫无疑问，我从来也没有忘记过阿妍，阿妍还在源源不断地给我写信，我也在断断续续地给她回信。说老实话，我并没有真的变心，我只不过是想到变心，想忘掉阿妍。我已经在考虑怎么与阿妍断绝关系，因为当时我和谢静文之间的关系越来越那个，越来越不像话。我们常常两个人睡在一起，共同讨论阿妍给我的来信。阿妍的来信仍然像以往一样热烈奔放，谢静文研究着信中的每一句话，时不时发出深深感慨。

"女人傻起来，真是没有底！"在大家兴致正好的时候，谢静文会突然开始这样的话题，"阿妍怎么会想到，你竟然是这么一个忘恩负义的东西。"

我无话可说，只好用罗文来抵挡。

谢静文说："别跟我提那个忘恩负义的东西，他和你一样，都他娘的不是人!"

甚至是在做爱的途中,我们也会进行这方面的讨论。

谢静文悻悻地说:"罗文跟阿妍也不一样,他根本就不爱我。"

"但你还是忘不了罗文。"

"罗文跟你不一样。"

"怎么又不一样了?"

我和谢静文这样的关系,持续了有一年多。就在我和她有了那样的关系不久,在陵园墓碑上题字的那位将军忽然要官复原职,正式上任前,由几个人陪着前来扫墓。这立刻成为一件大事,县里赶快拨款修缮,为是否应该将供桌移到原来的位置上展开争论。有人还是坚持"文化大革命"初期的观点,说搞封建迷信不行。也有人提醒说,那将军的脾气大得狠,江山易改,本性难移,虽然是经过"文化大革命"的洗礼,他的火暴脾气未必就会有所改变。据说将军之所以要来扫墓,就是因为听说墓地有所破坏,来者不善,他很可能是兴师问罪来了。经过一番讨论研究,结果同意一切照旧,尽量恢复到原来的样子,将供桌移到碑底下,那个香炉已经打碎,想恢复原样也不可能。

将军来到陵园,二话没说跪下磕头,连磕了三个响头,然后暴跳如雷,追问供桌上的香炉到哪里去了。陪同的人不知如何是好,那将军便连粗话也骂出来了。县革委会的一位领导正好在场,将军指着这位领导的鼻子,规定他在多少天内,一定把香炉重新配好,并且到每年清明的时候,一定要来祭扫。要种树,还要养花，要种名贵的树，养名贵的花。将军就是将军，一通脾气发得县领导再也不敢有脾气。这以后不久，供桌上便有了新的香炉。

我们的幽会地点后来挪到了谢静文的宿舍，由于她不断地变换男朋友，当地的老百姓对她印象并不好，风言风语到处流传。那时候的人都是很保守的，尤其是在性观念方面，我也曾为这件事深深地嫉妒过。说老实话，我觉得谢静文太开放，太放纵自己，太不把男女之间的事情当回事儿。我一直觉得自己对不起阿妍，觉得自己太肮脏了，根本配不上她。那时候，我是真的想和阿妍分手，是真的准备和谢静文结婚。也许，我并不是真的喜欢谢静文，但是就算不是真喜欢，我还是做好了娶她的准备。我觉得这种事应该从一而终，既然已经到了这一步，男子汉大丈夫，应该有一种责任感，我想证明自己比她所爱的任何男人更好，比她所接触过的任何男人更强。我觉得我已经做好了拯救她的准备，挽救她也就是挽救我自己。

但是谢静文根本就不领这个情，她觉得这事儿很可笑，觉得我是在扮演一个自己根本不能胜任的角色。为了表明郑重其事，我特意选了一个具有纪念意义的地点，来表明自己要和她结婚的愿望。在一个月明之夜，我们又一次并排坐在那张已经移了位置的供桌上，仰望着圆圆的月亮，我突然明白无误地表明了自己要娶她的决心。

谢静文吃了一惊，说："老四，你不会是真爱上了我吧？"

"我想是的。"

"你想过没有，想没想过我可能不爱你？"

"我并不在乎你爱不爱我。"

"这是什么意思？"

"因为我在想，我想我喜欢你，这已经足够了。"

谢静文沉默了一会儿，意味深长地说："那阿妍呢？"

我一时不知说什么好。

谢静文说："你应该把这个问题想明白了，然后再来向我求婚。"

我说我已经想好，我想我确实是想好了。

谢静文沉默了很长时间，突然问我到底是喜欢她什么：

"你告诉我，你看中了我的哪一点？"

我说这说不清楚，反正是喜欢你。

月光下的谢静文显得非常妩媚，她非常自信："我当然值得你喜欢，我又没什么不好，除了不像你那个阿妍那么纯洁无知之外，我想我是比她强，各方面都比她强，喂，你说呢？"

我说："你比她强也好，你不如她也好，反正我要娶你！"

谢静文斩钉截铁地说："老四，那么我可以明确地告诉你，谢静文不会嫁给你。我绝对不会嫁给你。你知道，我们并不合适，我知道你的好意，也谢谢你的这种所谓好意。但是，你要明白，老四，你应该明白，我不是玛丝洛娃，我是安娜·卡列尼娜，别做傻事了，没人需要你来挽救。"

我到后来才知道她说的是托尔斯泰小说中的两个人物。我问她玛丝洛娃是谁，安娜·卡列尼娜又是谁。当时我根本不知道谢静文说的是什么意思，我想到她可能会拒绝我，却没有想到她会这样拒绝。那时候，我们又没看过多少外国小说，哪有这种文化知识，刚问完就后悔了，因为她的嘴角已经露出了不屑。谢静文跟我不一样，她有个大伯是很有名的大学教授，人家是在书香门第里长大的。我的文化知识怎么能和她比，谢静文心高气傲地冷笑了一会儿，说那不过是两个小说中的人物，既然我不知道，也就没必要再多解释了。她常常是这样，说着说着就会深刻起来，说着说着我就不太明白她要说什么。虽然我也是"文化大革命"前的老高中，用今天的话来说，我们其实还是大老粗，根本没读过什么书，我老四跟她完全不一样。人家才叫是知识分子，人家才叫是有文化，说老实话，我们之间的差距非常大，当时我只想到自己配不上阿妍，没想到我更配不上谢静文。

不错，谢静文是曾经开过玩笑，而且不止一次说过这样的话，说我和她还是很般配的。我们的家庭成分都不好，因为出身不好，别的知青都走了，只有我们还像弃儿一样被留在农村。或许正是因为这一点，我一直以为我们是真的般配，不知道这不过是一种错觉，是一场美丽的误会。其实我们根本就不是一路人，我们从来就不合适。我们只不过是两个偶然在路上相遇的陌生人，大家都很年轻，都被彼此的身体所吸引，都想尽快地忘掉什么，都想尽快地摆脱什么，偏偏有些东西，既忘不掉也摆脱不了。我感觉良好地下决心要娶谢静文，甚至觉得这是个了不起的壮举。当时确实是在扮演一个拯救者的角色，我自欺欺人地认为可以对她以往的生活不追究。我自欺欺人地认为，老四如果不站出来拯救，她很可能就此走上一条堕落的不归之路。我觉得谢静文已经走到河边了，老四必须伸出手拉她一把。

谢静文并没有明说我配不上她，她只是一再强调我们有缘没分，有开始不会有结局。在男女关系上，谢静文既有些随意，容易感情冲动，又显得特别理智，决不让感情冲昏头脑。她明确表示我们两个人之间的秘密，不应该让任何人知道，并且觉得我还是应该与阿妍好，觉得阿妍更适合我，和阿妍成为夫妻才是真正的天作之合。谢静文很轻易地把情和欲这两个玩意儿完全分开来，就好像用刀把西瓜一剖两半，我得到的只是其中的一部分。这意味着，我们在性爱的大草原上驰骋的时候，谢静文的脑海里出现的并不是我。思念的永远是别的男人，她更怀念那些抛弃了她的男人。这些男人背叛了她，因为背叛，因为伤害，所以刻骨铭心。这些男人成了她为人处世的动力，谢静文绝对是一个不容易打倒的女人，困难和挫折改变不了她，只能让她变得更加坚强。谢静文一直都在努力，她要努力证明那些男人都错了，她要让他们后悔，她要证明给他们看：

"如果我谢静文要是没出息，就一辈子不结婚。"

我和谢静文完事儿后，她害怕怀孕，总是撑开了两条腿，像骑马一样跨在小溪上，用流水一遍又一遍地清洗。在做这件事的时候，她永远都是特别认真，真正的一丝不苟。清澈的小溪从吴王山上流下来，像条小蛇一样蜿蜒流淌，发出了潺潺的流水声，在烈士陵园这里拐一个弯，一直流到公社所在的小镇上。我们就住在这个小镇上，在那里有一个半大不小的池塘，全镇的人都喝这池塘里的水。

谢静文喜欢直截了当，她喜欢在最不恰当的时候，突然提到阿妍。我一直疑心这是有意的，因为她最喜欢在做那件事的关键时刻，突然谈起那些与她有过交往的男人。我怀疑她是故意通过这些话题，来分散我的注意力。她希望我愤怒，希望我嫉妒，希望我发狂，希望我做出一些出格的举动。有些故事已经复述了好多遍，颠来倒去，你根本弄不明白她究竟是恨那些男人，还是爱那些男人。谢静文永远喜欢玩儿的一个游戏，就是没完没了地将那些男人进行排名，这种无聊的小孩子才玩儿的游戏，她永远也不会厌烦。

我被无数遍地问起，在谢静文和阿妍中间，在我所爱的这两个女人中间，谁应该排名在第一位。对于这个问题，事实上，无论你怎么回答，谢静文都不可能满意。

我于是模棱两可地说："有时候是你，有时候是阿妍。"

"那现在呢？"

"现在自然是你。"

谢静文有些不高兴。

我就说："现在真的是你。"

这么说了以后，我立刻感到很尴尬，感到自己无耻，感到遥远的阿妍已经听到了这个答案。

然而谢静文仍然不满意，冷笑着说：

"现在是我，那就是说，过去不是我，将来也不是我。"

谢静文自己的排名名次也不止一次让我感到恼火，她总是把我摆在第二名的位置上，而排名第一的那个男人，不停地在变。她就是这么有心气我，有心让我嫉妒。那时候，她起码和五个男人有过那种关系。在我脸色不好看的时候，她就安慰我，说你虽然不是排名第一，可是你的平均排名并不低呀。你想想，你怎么能和他们比，你怎么能和人家罗文比，你怎么能和人家王哲军比。谢静文有时候真是有些不要脸，我因此非常愤怒，恨不得在她脸上啐上一口：

"让你的那个什么平均排名见鬼去！"

看见我真生气了，她假装想起来了什么，故意寻开心。"对了，有一项数据，你老四是可以排在第一的。"说完，她不怀好意地咯咯笑起来。

"什么数据？"

"这你还不知道？"

我说："你要是我老婆，我非宰了那些鸟男人。"

"所以我不肯做你老婆。"

我气呼呼地说不出话来。

谢静文又说："你现在知道我为什么不愿意当你的老婆？"

我当时最大的苦恼，是不知道如何从这些该死的烦恼中解脱出来。这些烦恼非常纠缠人。我不能和阿妍结婚，谢静文又不肯嫁给我。事实上，和谢静文的火热关系，并没有让我忘了阿妍，恰恰相反，因为内疚，因为自责，我更加疯狂地想念她，如痴如醉地渴望着向她倾诉。差不多已有两年时间，我没有见到阿妍，我当时是没有勇气再见她。只要一想到我和谢静文之间发生的那些事情，只要一想到我们那么频繁的身体接触，我便感到无地自容。到过春节前，大家纷纷回家探亲，知青像大雁一样往自己家飞，我却必须找个不回南京的借口，这个借口根本就站不住脚。

我当时既想见到阿妍，又更有些怕见到她。我怕自己会情不自禁地把什么都说出来。我开始在信中不断地发牢骚，变得怨天尤人，没完没了地发泄着不满情绪。阿妍让我不要生她母亲的气，说她会耐心地等我一辈子。我说这样拖下去，对你来说太不公平，我说我欠你的太多了，虱多不痒，债多不愁，债欠得太多，以后会偿还不了。我说我感到很内疚，感到太对不起她了。阿妍说你别说傻话，我真的会等你的，你什么时候调回南京，我们就什么时候结婚，我等你一生一世，我等你一辈子。我说万一我真调不回来怎么办，她说，你真回不来，也等，我不相信我们会一辈子分开。她说两个相爱的人，什么力量都拆不开的。

阿妍表示，如果最后要是实在没办法，她就再一次下乡，大不了和我一起做一辈子的农民。

我没办法形容我当时是多么地爱阿妍。如果当时有机会让我为她去死，我将毫不犹豫，我会把那看作是最大的幸福。只要阿妍能宽恕我，我做出什么样的牺牲都愿意。我决定改邪归正，决定把与谢静文的事情坦白出来。如果不能获得阿妍的宽恕，我的心灵将永远也不会平静。在没有得到她的宽恕之前，我永远也不会感到坦然和平静。那时候，真是有过很激烈很激烈的思想斗争。我和谢静文进行了讨论，我向她摊牌，说出自己的想法，她却像教育小孩一样开导我，问我的目的究竟何在，问我究竟想干什么。

"你究竟想让你的那个阿妍高兴，还是要她不高兴？你究竟是想得到她，还是想失去她？老四，这些问题你一定要想想明白，我觉得你的脑袋现在有些发热，你有些不正常了。你们是很好的一对，你们天生就应该做夫妻的，要我说，该隐瞒的事就应该隐瞒，为什么非要把什么事情都说出来，你是不是觉得我们的事儿特别恶心，非要说出来才痛快，非要说出来才心安。老四，并不是什么事，都应该拿出来见太阳的。"

我连续两年过春节没有回南京探亲。这两年，谢静文都回去了，而且每次都与阿妍见面。她真是个天才的好演员，因为她知道如果不与阿妍见面，不与阿妍叙叙旧谈谈知心话，阿妍反而会起疑心。经过与阿妍见面，谢静文更加坚定了要成全我们的信心。她一再强调自己之所以这么做，并不是为了她，也不是为了我，而是因为阿妍这人实在太好了，对这样的好人，我们没有理由再伤害她。

谢静文说，老四，你要想想，有这样一个痴心的女孩子喜欢你，你实在是太幸福了。

谢静文又说，老四，你心里很乱，我们也许确实不应该这样。

有一天，她对我背诵了一首诗歌，我记不清那是谁的诗，只知道是个外国人的，开头的第一句就是：

"我们的心多么顽固。"

谢静文喜欢偷偷地写些诗，她的诗我看不太懂，都是爱情什么的，充满了哲理，而且根本就不押韵。我还能记得当时那首诗的意思，诗人恳求情人即使不爱他，也应该装出爱的样子来。这是个神经兮兮的诗人，他渴望情人哪怕只是骗他一下也好，理由是对于一个渴望爱情的人来说，假装去爱也并不是什么太大的过错。

"这诗说得多好，老四你知道，人那心呀，有时候真的很顽固。"谢静文充满了感叹说，"当然，如果没有真的爱情，来点假的，也未必就是什么坏事。"

谢静文就是这么一个充满了矛盾的人，说什么都对，话到了她嘴里，怎么说都行。她天生喜欢唱高调，喜欢强词夺理，喜欢说那些能把你绕糊涂的话。我总是跟不上她那些稀奇古怪的想法，谢静文的和别人不一样的东西实在太多，你常常弄不明白她究竟想干什么。说老实话，和她在一起，最大的好处是你觉得从来不欠她的情。如果说我们之间玩儿的并不是什么真的感情游戏，但是我可以肯定，绝对也没有掺杂着什么假的东西，我们之间没有那种虚情假意。谢静文是我一生中遇到的最不可思议的女人，你和她往来，并不觉得欠她什么，她从来不会死皮赖脸地缠着你，她根本不需要你的同情，甚至也不需要你的爱。

多少年以后，谢静文和一个金发蓝眼的外国人搂在一起，突然出现在我开的那家小餐馆里。这绝对是一次无意的偶然遭遇，和她一起走进来的外国男人，看上去要比她小好多岁。刚进门的时候，我们相互一怔，很快认出了对方是谁。但是并没有打招呼，我们都有些心照不宣，都假装不认识。一时间，我怀疑自己会不会认错了人，毕竟一晃已经快二十年，经历了太多的沧桑。就好像是两股道上跑的火车，我们又一次在一个陌生的小站上遇到了。这次遭遇的时间其实很短，谢静文和那个外国人坐了下来，大大咧咧点菜，在大家的注视下，叽里咕噜地和他说着什么。那个外国人很平静地仰着脖子听她说话，一边听，一边点头。谢静文只是在临走的时候，才向我走过来，说你不是老四吗。她好像刚认出我一样，春风满面地说，老四，我没认错人吧。她用英语向旁边的男人介绍，一口气说了半天。谢静文告诉我那外国人是她现在的老公，说她已经是美国一家大学的副教授，然后一阵风一样又突然消失了，就像什么也没发生过一样。

第三章

现在已经说不清楚我当初调回南京时的感受。在我绝望的时候，在我觉得完全没有什么出路的时候，在我最自暴自弃的时候，回城的调令突然来了。记得当时我正在干活，车间里机器轰鸣，我满手都是油污，农机厂的一个副厂长跑来找我，笑着报告这个好消息。说老实话，我当时那心情，当然是高兴，但是也谈不上什么特别高兴。大批的知青纷纷回城了，当年一同下乡插队落户的人中，我差不多已属于最后一批。这一天实在是盼得太久了，前前后后，我已在农村整整待了八年，这八年下来，我对重新再做一个城市里的人，已经没什么信心，我早就心灰意懒。那时候，是粉碎"四人帮"前夕，我的五脏六腑已经麻木了，心灵上已经起老茧。

我和阿妍几乎立刻结婚了，大家都赶来为我们祝贺，都说老四找了个有情有义的好女人。这时候我已经三十岁了，在我们当年一起插队的知青中，因为回城先后的不同，许多对恋人都分道扬镳。大家对阿妍的不变心称赞不已，都说像我们这样有情人终成眷属，这样能经受住时间考验，实在太不容易。接二连三地有人过来向我敬酒，我酒量一向不行，别人怎么劝，我也不肯多喝。结果那天喝得大醉的是冯瑞，他小子已经大学毕业了，分配在市商业局，那时候还是计划经济时代，买烟买酒甚至买酱油都要凭票，因此差不多所有认识冯瑞的人，都讨好巴结他，都拍他的马屁。

冯瑞脚步不稳地走到我们面前，口齿已经不清楚：

"老四，你一定要跟我喝，咱哥俩一定得喝——"

谢静文也端着酒杯过来了，她先我一步回了南京，当时是拿到调令就走人，甚至连招呼也没和我打一个。这是回城以后，我们见过的唯一的一次，她拦住了冯瑞，带着些酒意，面红耳赤地说：

"你小子别仗着自己能喝，来，我陪你喝。"

冯瑞说："又又不是我们俩结婚，我跟你喝喝什么酒？"

谢静文立刻板脸，说："别撒酒疯，要喝就喝，不喝就滚！"

"喝，喝，今天谁跟我喝，我都喝。"

我不知道有没有人知道我和谢静文的关系，反正阿妍是一点戒心都没有。在婚礼上，大家谈得最多的，还是谁和谁分手，谁和谁分了手，后来又和好结婚。一起下乡的那批知青中，我和阿妍结婚绝对是属于晚婚，早结婚的孩子已经快上小学了。吃完了是闹新房，人多房间小，只能一批批轮着进去参观，像肉包子塞馅一样，把新房都快挤爆炸了。我们家的居住条件本来就不好，就一间房间，这次为了让我结婚，勉强从大房间里隔出一个小房间来。那时候流行用刨花板做隔墙，薄薄的一层墙，隔着它，外面咳嗽和说话的声音，都能听得清清楚楚。干活的木工也是一个知青，做隔墙的时候，他就开玩笑地对我说过：

"以后千万要悠着一点，这刨花板太薄了。"

我不想说我们结婚后的日子幸福得不得了。幸福就是这样，你盼呀盼呀，真到手了，也不过就是这么回事儿。很多事是预料不到的，很多事并不是原来想象得那样美好。阿妍曾让我是那样入迷，曾让我是那样的如痴如醉。我曾经无数遍地幻想过我们的初夜，但是梦想成真，真到新婚之夜，我却有些不知所措。隔着一层薄薄的刨花板墙壁，外面的鼾声清晰可闻。事情就是这么巧，阿妍身上恰好来了女人的那玩意儿，她为此也觉得十分歉意。闹新房的人很快就走了，大家都觉得不应该耽误新婚夫妇的大好时光，临走还在说那些带着暗示的玩笑话。那时候的人不像现在，那时候的新婚常常是真正意义的新婚之夜，大家绝对相信我们可能什么也没有干过，他们绝对相信我们还都是生手。

我和阿妍都知道在这日子里不能做那种事。在新婚须知的小手册上，明确无误地写着这么一条。现在，如何度过我们的新婚之夜，已经成了一个不大不小的问题。在这方面，我一点心理准备也没有，阿妍也不知道该怎么办。这简直就是恶作剧，是老天爷故意在与老四开玩笑。再也没有什么比这更让人不知所措，终于盼到了这一刻，我们除了互相抚摸之外，干不了别的什么，结果整整一个晚上，我就只能让她握着我的那位小兄弟。阿妍在这方面当然是很无知的，我躺在那胡思乱想，思绪万千，浮想联翩。这时候，想不胡思乱想也不行，想不走火入魔也会走火入魔。我想到了自己的不忠，想到了与谢静文干过的那些疯狂事，心里一阵阵内疚和歉意。

那时候的人真的是很多事都不懂，阿妍有些害羞，更有些奇怪，紧紧地抓住了我的小兄弟不肯丢。我们静静地躺在那，根本就无法入睡。我们无能为力，有力气也没地方用，我感到很绝望，很可笑。由于新房与外面只隔了一层薄薄的木板，夜深人静，我们也不敢说什么话。只能静静地听着外面父亲放肆的呼噜，听着我妹妹或者是我母亲在床上翻身的声音。夜深人静，外面有一点点动静，都听得清清楚楚。我那小兄弟像不屈服的战士，无数次地站起来，刚刚要倒下去，又在阿妍的扶持下，突然昂起精神竖起来。

阿妍为我的小兄弟起了个绰号叫"铲刀把"。这是新婚之夜她最精彩的一个发现，她为此很得意自己的想象力。现在已经见不到这老式的铲刀，也不过二三十年的时间，那种老式的木把铲刀已被完全淘汰了。在过去，家家户户炒菜都用这种铲刀，前面的那一块是金属的，后面是一个长长的圆木把子。阿妍把我的小兄弟和圆的木把子联系在一起。我开玩笑地对阿妍说，"铲刀把"这个比喻并不确切，因为我觉得自己的小兄弟没有那么长，却比那玩意儿要粗许多。

阿妍就笑，说长也好，粗也好，都不重要，关键是一种感觉，是情不自禁产生的那种联想。她指的是男人勃起时的模样，她说她一想到这个比喻，有时候正在做菜，手上握着铲刀把，忍不住就会笑出声来。这一晚上，我很难受，毕竟是毫无作为地挺了一夜。这种感觉并不是很舒服，简直称得上是遭罪。第二天，我感到非常累，非常狼狈，比和谢静文在一起度过的疯狂初夜更疲倦。这显然是一种惩罚，我是罪有应得，是对自己错误行为的一个报应。

我和阿妍的上班时间总是冲突，她下班回来，差不多便是我该去上班的时候。而且休息日也不是同一天，我们都在服务行业工作，是轮休制。我被分配在一家很有名的馆子里学厨师，虽然已经三十岁了，但是刚开始拜师学徒。那时候，最不称心的一件事，是几乎没有任何办法尽兴。我说的是夫妻之间的那件事，虽然我们已经成为了合法夫妻，却永远是偷偷摸摸，因为居住的环境实在太差了，实在是太恶劣。

一大家人住在一起的感觉很不好，房子小就更不好。我从小就生活在这样的环境中，我们一家五口人，多少年来，一直住在大约三十多平方的一间房子里，那时候家里没有卫生间，自我懂事起，我母亲，还有我姐姐我妹妹，都当着我的面上马桶。后来我大了，她们就在拐角那里挡一块布，但是常常忘了拉上。在我们家里，永远是阴盛阳衰，永远是女人的气势盛，母亲永远是在埋怨父亲，父亲永远是不吭声。她们大大咧咧地上马桶，坐在马桶上聊天，以此来显示她们才是这个家的主人。

我母亲是个半新半旧的人物，是女中学生，外公是做绸布生意的，在城南开了一个店铺。那时候的女孩子能读完中学已经很不错了，加上母亲嫁给我父亲的时候，是个十足的小美人，她看着自己当时的照片，就忍不住要感叹，忍不住要抱怨，说做梦也没有想到自己一生会那么不称心。母亲结婚的时候，也是我父亲最得意的一段时候，当时，他作为军官学校的武术教练，穿着一身正经八百的军官服，要多神气有多神气。可惜这好日子很快就一去不复返，国民党丢了天下，父亲成了四类分子，成了历史反革命，一切就都改变了。

自小我就与父亲在一张床上睡觉，我们家很长时间里，都是两张床，我与父亲一张床，母亲和姐姐妹妹三个挤一张床。和阿妍结婚以后，我一直在琢磨父亲和母亲的这一辈子。事实上，父母的感情一直不太好，父亲的心思都用在打拳上，母亲一辈子都过得比较压抑。他们不和谐的婚姻给我们做子女的留下了深深阴影。他们是夫妻，又不是夫妻，行同路人，因为虽然住在同一间房子里，做了五十年夫妻，可他们永远都是分床睡觉。母亲这一生中，与父亲的关系始终若有若无，别人谈到夫妻分居的苦处时，她觉得这根本不算什么。她一生中并没有和父亲分居过，过的却是一种真正的分居生活。

当然，并不是说他们之间就没有那种事，三个孩子不可能无缘无故从天上掉下来，我想说的是他们婚姻绝对有很严重的问题，两人的感情异常冷淡，作为子女，我们几乎就没有看到过他们之间有过什么说笑。这个家里没有一个人对父亲有最起码的尊重，我们从来不当面喊他"爸爸"，我们都懒得喊他，他也无所谓。我们甚至都不觉得父亲这辈子有什么冤枉，他后来的历史反革命帽子终于不复存在，得到了什么平反，他的价值好像又被重新发现了，被一所大学聘去当了武术教练，还评上一个副教授头衔，但是我们全家受母亲的影响，加上多少年来养成的习惯，仍然还是不把他当回事儿。父亲潦倒时，母亲看不起他，不潦倒了，母亲为了表示自己过去的观点不错，仍然看不起他。

其实，不只是对父亲这样，在我们这个家里，谁对谁都谈不上有起码的尊重。阿妍与我结婚的时候，我姐姐早已出嫁，妹妹结过一次婚，不久就离了，又住回家来。我这个妹妹脾气特别坏，从一开始，她就不喜欢阿妍，就喜欢挑衅。每次我急猴猴地想做那件事的时候，阿妍总是低声地在我耳边叮嘱，让我轻一些，不要弄出响声来，以免让外面的我妹妹听见。有一天晚上，我的动作幅度稍稍大了一些，第二天一早，我妹妹板着脸，问我们昨天晚上是不是打架了，声音为什么会那么大。阿妍的脸顿时红了，我装着没听见，这丫头竟然咄咄逼人地又来了一句：

"老四，我问你话。"

"什么事儿？"

"好呀，你是真糊涂还是假糊涂？"

在这样的环境中，要想找到做爱的乐趣，几乎是不可能的。我原来一直觉得，与阿妍结婚以后，日子会过得非常甜蜜，可是真结婚了，两个人真在一起了，一切都是与原来设想的不一样。生活永远也不会像想象得那么好。阿妍好像只是把那件事看作妻子应尽的义务，她觉得这只是我一个人的事情，只要能让我满足完事就行了，因此，我常常是白花力气，怎么使劲儿都没反应，怎么忙都是白忙。我们根本找不到什么感觉，阿妍每次只是希望那件事尽快结束，她像个局外人似的躺在那儿一动不动，只要有一点点异常的声响，就会轻轻地拍我的背，就会捏我的屁股，警告我不要太放肆。

在做那事的时候，阿妍对我的耳语，不是"轻一点"，就是"快一点"。我们之间的不和谐，当然还不仅仅是指这件事。在经济方面，也经常要闹些小不愉快，这当然不是与我，主要是与我母亲。结婚以后，娘家规定阿妍每月必须拿出一半的钱来贴补家用。那时候，我已经三十岁出头了，拿的仍然是学徒工资，还得厚着脸皮沾父母的光。我们吃住在这边家里，不贴饭钱，我母亲因此觉得太吃亏了，她主要是觉得阿妍吃里爬外，这边一分钱不出，却还要贴补娘家。母亲和我妹妹一样，都是不肯省事的女人，肚子里有些什么小疙瘩，非要说出来才痛快，非要吵一架才过瘾。

说老实话，这些矛盾害得我在双方父母面前都抬不起头来，双方大人显然都对我们的婚姻不满意。人穷志短，人穷了，很多事就一点办法也没有。这要是真说起来，也是一件很奇怪的事情，阿妍娘家虽然不富裕，也不至于穷到那一步，非要已经出嫁的女儿贴补不可，毕竟孩子一个个都长大了，都有了工作，而且老丈人和丈母娘的工资也不是太低。阿妍的父母在铁路上工作，都算是有点文化的人。丈母娘是铁路小学的教师，偏偏对阿妍这个女儿特别苛刻，动不动就把那句"我不能把你白养那么大吧"挂在嘴上。她从一开始就不喜欢我这个女婿，始终觉得把女儿嫁给我太吃亏了。

我那个丈母娘永远会用两件事来数落阿妍，因为有了这两件事，似乎就有充足的理由让阿妍贴钱。第一件事是她怀阿妍弟弟，快临产的时候，被阿妍吓了一跳。当时阿妍带着两个妹妹在空地上玩，脚底下忽然绊了一下，摔出去很远，丈母娘因此受了惊吓，当天晚上就去医院。她提起这件事就耿耿于怀，认定阿妍从小就有谋害她的用心，丈母娘养了五个女儿，好不容易才有了这个宝贝儿子，如果因此出了意外，你说这有多严重。另一件事，是最先把阿妍弄回城，当时除了老三阿妍，老四老五都在农村插队，做母亲的，在手心手背都是肉的情况，先考虑了阿妍，仅此一点也足以说明待阿妍不薄，就足以让阿妍回报她一辈子的情。

阿妍从一开始就明白，把自己弄回城的真实目的，是要让她照顾当时已经瘫痪在床上的外婆。在几个姐妹中，只有阿妍最能吃苦，最会照顾人，很显然，在这一点上，阿妍并没有占什么大便宜，然而她却因为自己先回城，对两个妹妹一直抱有内疚。阿妍永远是那种心里惦记着娘家的女人，天生就有牺牲精神，从一结婚，她就是想尽一切办法照顾娘家，她母亲即使不是规定她贴钱，她也会主动这么做。当然，我不在乎这个，不在乎她从工资里拿出一半来贴补娘家，老四从来就不是那种小肚鸡肠的人，说老实话，我忍受不了的是丈母娘的那种态度，她始终看不起我，不仅看不起我，也顺带看不起阿妍。她因为阿妍嫁的男人最没出息，总是用各种办法来让我难堪，用最不入耳的话来羞辱我。

阿妍最小的那个妹妹结婚，我母亲把别人送我们结婚的两条绸被面拿出来，找了块红纸包上当作贺礼。这事儿不知道怎么让丈母娘知道了原委，立刻有些不乐意，对阿妍说：

"我跟你说了，那种小市民的家庭，是不能嫁的，哪有这样把东西送过来送过去的。"

如果丈母娘只是在女儿面前抱怨也就罢了，关键是她还要当着我的面，对我喋喋不休：

"老四，这两条绸被面，是算你妈出的份子，还是算你们小两口的？"

阿妍说："妈，这有什么好计较的，是谁的还不都一样。"

"阿妍，你这丫头难道是真不明白事儿，怎么会一样呢？"

在这时候，我只能一声不吭。

阿妍嘀咕了一句："有什么关系！"

"当然没什么关系，"丈母娘又说，"反正也没用过，没把用过的拿出来，已经不错了。真要是这么做了，你又能怎么办，小市民就是小市民。"

这些话当然不会传到我母亲的耳朵里。但是她有感觉，是女人都会有那种直觉，她知道我那个丈母娘看不起她，因此在心里也很有意见。她觉得她太嚣张了，说她自己嫁女儿，怎么也没有见到有什么陪嫁。我母亲愤愤不平地说，哼，说起来还是什么知识分子，动不动就像个大户人家的小姐一样，摆什么阔气，自己该往外拿的时候，却是一毛不拔。我母亲越说越来火，她最受不了别人说她是小市民，为了这句话，她一定要争出个是非来：

"真不知道谁是小市民了，我好歹也是读过书的，要论出身，我比你那个丈母娘不知强多少，你爸爸是不行，说起来是个历史反革命，我哪一点比你丈母娘差了，她凭什么就看不起我，凭什么看不起我们家？"

我做梦也不会想到回城以后会有这些麻烦，做梦也不会想到结婚以后会有这些苦恼。有时候我觉得早知如此，还不如不回城，还不如不结婚。我老四可不是那种没有脾气的人，按照我的血性，阿妍娘家的人全部加起来，也不够我一个人揍。但是，这所有的委屈，我都强忍了下来。我再也不像刚下乡那会儿血气方刚，我再也不是那个几天不打架就拳头发痒的老四，我已经过了三十岁了，犯不着那样。

一开始，我忍气吞声，完全是因为阿妍，一想到她辛辛苦苦地等了我这么多年，一想到她这么多年没有变心，眼见着她也是三十岁的人了，我受多大的委屈都无所谓。要说忍气吞声，阿妍才是真正的忍气吞声，能和我母亲共处，能和我那宝贝妹妹共处，那绝对不是件容易的事情。阿妍的处境要比我艰难得多，我赌气可以不去丈母娘家，她却得天天回到这个家里来受罪。阿妍是那种有了委屈都不会觉得委屈的人。渐渐地，我发现自己根本就懒得与丈母娘计较。打太极拳讲究以柔克刚，多少年来的拳练下来，我也逐渐悟出了一些修身养性的道理。有很多事是没办法计较的，我知道丈母娘看不起我，看不起也没办法，她看不起我，我还看不起她呢。只要我自己事实上混得并不像丈母娘想得那么差劲儿就行了。那时候，我觉得最重要的事情，是赶紧好好地学门手艺。人活在世界上，必须有一门好的手艺才行，我年龄已经不小，不抓紧不行了。

那时候的人对学手艺根本不看重，大家反正是拿一样的钱，都是三十多块钱。当时的餐饮店都是公家经营，小伙子都喜欢干跑堂，因为这样可以在外面大堂里与女孩子说笑聊天。当时也没什么生意，空闲得很，没有什么公款吃喝这一套，哪像现在这样到处都是馆子。当时大家都穷，手上都没什么钱，吃吃喝喝仍然还有资产阶级的嫌疑，因此也没什么客人。我们这些当过知青的人，最大的好处就是能吃苦耐劳，知青出身的人都不怕苦。怎么也比在农村好，怎么也比当农民强。能吃苦耐劳绝对是件好事，我这人后来再怎么堕落，但是吃苦耐劳的习惯没改变过。当时一起进店的几个年轻人中，只有我肯认真地学习点技术，只有我肯动脑筋，只有我肯虚心学习。

我得到了李延龄师傅的好感，那时候，还没有什么人知道他，没有人知道这老头有一手绝活。李延龄那时候什么也不是，他在"文革"中也下放过，调回来以后，差不多已到退休年龄。他一直遗憾没有人肯跟他学手艺，看我愿意学，就很认真地教我，那真是手把手地教。说老实话，当厨师真没什么难的，只要你肯动脑筋，肯虚心学习，用不了多久，你就可以入门。我很快就学出了一些门道。当然了，能遇上一位好师傅这才是你的运气。李延龄师傅语重心长地对我说，手艺活的事儿，认真学，能有个一百来天，就足以蒙人混事，但是你如果要更上层楼，就完全不一样了。他说你老四悟性不错，千万不要满足于一些皮毛，行行出状元，好好干，当厨师照样可以出人头地。

那时候，找我帮忙的人渐渐多起来，那个年头不像现在，办什么事都讲究找个熟人，都要开后门。凡事一定要有熟人关照才靠得住，那些喜欢上馆子的人都希望与我交朋友，我的朋友可以说三教九流，都是些手头有钱的角色，按照李延龄师傅的说法，有能耐的人才会经常上馆子，你多结识一些这样的人，日后自然会有用得着的时候。我跟李延龄学了一年多手艺，他老人家就退休了，当时是真不把他当回事，不像后来，烹饪界动不动就喊他李老，尊他为厨王。

我差不多就算是李延龄的关门弟子了，他退休以后，我常常一本正经地到他家去请教，听他传授经验。说老实话，我还就是喜欢琢磨这菜怎么烧才好。李延龄的两个儿子当时都在外地，我便像他的儿子一样照顾他。他老人家生病了，发烧感冒什么的，包括割痔疮，都是我和阿妍陪他上医院。他的房子漏了，我去找房管所的朋友帮忙，将他房子的屋顶拆了重建。有一段时候，我们还差点为他找个老伴儿，他因此对待我也像儿子一样，什么话都跟我说，什么绝活都不保留。后来我自己开馆子，为了招揽生意，曾经公开打李延龄关门弟子的招牌，他老人家怕我坏了他一世的英名，并不是特别高兴，但是也没有多说什么。毕竟我们有过那么一段缘分，毕竟我在他身边为他做过不少事情。

要说李延龄师傅那才是真正见过大世面的人，解放前，许多国民党的大员，都吃过他做的菜。南京这地方当时是国民党的首都，他曾经是出过大风头的人物。李延龄的观点就是，当厨师首先打出名气，这道理就像今天的馆子一定要有招牌菜一样，名菜名馆名人，作为一名厨师，只有和上层人物打交道才能成名。据说早在解放前，周恩来就知道李延龄的大名，到二十世纪七十年代初期，周总理陪外宾来南京参观，突然想到了他，兴致勃勃地提出要让他掌勺，说是很怀念他做的菜。一个国家的总理隔了二十多年，居然还能记住他，可见李延龄当年的名声有多响亮。这事一度传为佳话，李延龄也一直引以为自豪，但是说老实话，就算是有过这件事，李延龄刚退休那会儿，仍然没人把他当回事。

李延龄后来成为厨王，成为南京餐饮界鼎鼎大名的人物，那都是后来的事情。

　　我那个丈母娘过日子，是再有钱也舍不得用。不过，她很快就发现，我这个没用的女婿偶尔也有用得上的时候。有什么事了，比如丈母娘和老丈人过生日，阿妍的小妹结婚，小弟结婚，就让我去掌勺。二十世纪七十年代不像现在，那时候办喜事不上馆子，都是在自己家里操办，如果地方不够大，还要借邻居家的地盘，屋檐下院子里，只要是个地方就行。不仅是丈母娘家给我这个露脸机会，她家的亲戚朋友家也纷纷邀请我去。毕竟我是出身名门，人家一听我是什么馆子正经八百的厨师，先从心底里开始佩服了。有一次，我还将我师傅李延龄请出山，由他老人家亲自出面为大家做了几样菜，有一道鱼做得真是绝对有水平。可惜好菜也要有人品，遇上不懂吃的人，也是白花力气。我做的这些事，做了也就做了，仍然还不足以提高我在阿妍家的地位，虽然吃的人赞不绝口，她家的人却从来都不肯说我好。

　　阿妍那时候卖猪肉也是个很吃香的工作，因为猪肉价格都是统一的，瘦肉肥肉一个价，给多少瘦肉搭多少肥肉，全看卖肉的高兴。很多人为了少搭一些肥肉，拼命讨好巴结卖肉的。在“文化大革命”中，卖肉的绝对比知识分子有地位，当时很多有权有势的人都愿意和阿妍交朋友。我们的日子开始一天比一天好起来，总的来说，日子过得很不错。为了安全起见，我天天骑自行车送阿妍去上班。那时候社会风气并不比今天差，但是我还是有些不

73

放心，因为在菜场上班，她天天都是半夜三更地就得赶过去。阿妍并不要我送，她根本就不在乎，我母亲也为这事老跟我犯嘀咕，说你这样，天天要少睡多少觉。我说少睡觉是我自己的事情，我喜欢去送她，我愿意天天这么送她。

虽然一路上也没什么话可说，但是她坐在我的车后，用手搂着我，那种感觉真的很好。只有在这时候，只有在这黑咕隆咚的夜晚，穿过静静的小巷，骑在大马路上，我才感觉到她真的是我的老婆了。我也不明白为什么，这感觉甚至比睡在同一张床上都实在，阿妍想不明白我为什么会这样：

"你这个人真有意思，人家明明早就是你的老婆了，你为什么还会有这种感觉？"

阿妍又说："我不是你的老婆，是谁的老婆？"

受李延龄师傅的影响，我开始结交了一些社会上的名流。当时和我来往的人中，有名演员，名中医，名西医，名教授，还有嘴馋的官员。说起来也可笑，我一度还当了票友，正经八百地学唱过几天京剧，唱的是花脸，样板戏中那几段著名的唱腔，我都能唱，唱得还蛮像回事儿。当票友之外，我开始养花，玩儿小鸟，颇有些遗老遗少的味道。那时候，送阿妍上班回来，我便直接去公园打拳。我再也不打陈式太极拳，而是改打杨式太极，有时候是和父亲一起练，他不断地有些新徒弟，我们就在一起练推手。

阿妍怀孕的时候，已经三十岁出头了。我没想到会出意外，因为一开始，好像都很正常。我当时有个玩儿得不错的朋友姓居，是妇幼保健医院的医生，这家伙要比我大个十岁模样，后来成了著名的妇科专家。我们成为朋友，除了他嘴馋之外，还有个重要原因就是也喜欢唱京剧，他是反串，唱青衣，我们在一起唱《沙家浜》，我演胡传魁，他演阿庆嫂。老居到我们家来玩儿，看了看阿妍的身材，随口问了她一些情况，便把我拉到一边，说你老婆以后说不定要剖腹产的。他说她的什么骨头方面可能会有些问题，我当时也没有往心里去，因为我和阿妍曾去医院检查过，医生说一切都很正常。

后来老居又提醒我，说是高龄产妇，多小心为好。于是我们就再次去老居所在的妇幼保健医院做检查。

老居要亲自为阿妍做检查，他穿着白大褂，戴着个大口罩，把阿妍带进检查室，让她脱衣服。阿妍突然犹豫了，她不愿意让一个男人看自己的身体，尤其是不愿意让一个认识自己的男人。我也觉得这有些别扭，因为也没想到会是老居亲自出马。我只是让他帮我找一个熟悉的医生。到了这关键时刻，我只好对老居把话挑明，希望他能为阿妍找名女医生。老居怔了一下，微笑着点点头，他显然不是第一次遇到这样的事情。接下来，我和老居在走廊里说话，一个年纪已经不轻的女医生为阿妍做检查，检查出来，那女医生对老居说了半天，老居聚精会神听着，不住地点头。

老居对什么事似乎有些不放心，反复看着病历。

女医生说："我看问题不太大。"

老居也没有多说什么，只是关照阿妍，一有异常，立刻来医院。又让阿妍尽量少吃些东西，说如果肚子觉得饿，可以多吃些蔬菜。

老居的意思是，现在正处在胎儿发育阶段，阿妍吃得太好，胎儿的营养多，就会变大，大了，生产时就可能会出现困难。那时候，阿妍的肚子已经明显地凸出来了，她站在那里，人高马大，老居与她相比，显得又瘦又小。这两个站在那儿说话，我在一旁看着，只觉得有些滑稽。当时阿妍的胃口特别好，我母亲和丈母娘自以为是过来人，都不赞同听老居的话，她们觉得人是铁，饭是钢，哪有故意少吃东西的道理。双方的老人都鼓励阿妍多吃，阿妍自己也贪吃。她的肚子像小山一样地逐渐挺起来，走路时一歪一歪的，像个鸭子。

在一开始，阿妍一直觉得发生的意外与我有关。她怀孕以后，我还是忍不住要缠着她做那件事。她也不忍心拒绝我，但是担心会出问题，我说书上明明白白地写着呢，孕期开始三个月和临产前两个月应<u>避免性交</u>，其他时间自然就没事儿。她拗不过我，每次都有些提心吊胆，怕伤着肚子里的胎儿。说老实话，我们真是小心翼翼，像做贼似的，偏偏后来还是出了问题。又偏偏阿妍是个认死理的人，她坚决认定这中间有着必然的联系。

为了这件事，她和我闹得不可开交，觉得这都是我的过错。我也一度被她弄得十分疑惑，弄得将信将疑。后来，我很认真地与老居谈过这件事，老居说这根本不可能，那些医学书上的话是对的，就算是有些小小的影响，也不会有那么严重的后果。难产的原因多种多样，很多人都在怀孕期间继续性交。说老实话，我确实是后悔过一阵，出了这样的事情，你总得找点原因。我后悔自己那方面的要求强烈了一些，可是心里怎么也想不明白，心里一直在嘀咕，既然严格按照书本上的话去做了，为什么还会出事儿。这一点始终让我百思不解，想到了心里就隐隐作痛。

要知道，到我们这个岁数，都太想有个小孩儿了，我们不应该拿小孩儿的生命去冒险。我当然没想到阿妍会难产，没想到小孩儿会死，更没想到阿妍从此就再也不能怀孕。我做梦也不会想到出现这样的意外，做梦也没想到会有这么严重的后果。当时的情况还真有些危险，医生已经束手无策，不得不去门诊把老居也请来，老居当时已是全院最好的妇科医生，他来了以后，亲自动手抢救，要不是他果断做手术，阿妍的一条性命都可能搭上。

阿妍对我充满了怨恨，她把怨恨都集中到了我的"铲刀把"上，赌气说一辈子也不干那事儿了。大家都劝她，医生也开导她，她的精神甚至为此都有些错乱。这实在是一件太让人痛苦的事情，有一段时候，她就知道喋喋不休地怪我，好像我真是什么杀人犯一样。她因为这件事痛不欲生，变得有些歇斯底里，变得动不动就要走极端。她完全变成了另外一个人。我只能尽量地让着她，随她说什么都不还嘴。阿妍是个认死理的人，她认定的东西，你说什么也别想改变她的主意，你说什么也没用。到后来，我干脆就不搭理她，随她去唠叨。

渐渐地阿妍自己也明白过来了，知道事情并不是她想象的那样。她也终于知道其实是冤枉我了，用这种事来没完没了地埋怨我是毫无道理。

她的一个女友用事实开导她，笑着说：

"这有什么呀，阿妍，我怀孕那会儿，就特别想做那事儿，肚子大的都像小山一样，还不是照样做，那时候，感觉好得很呢。我就那么躺在那儿，我老公爬上爬下忙个不停，他才不管什么孩子不孩子呢。"

她的女友怕阿妍不相信自己的话，又补充说：

"我老公就喜欢我怀孕时的样子，我告诉你，女人挺着个大肚子，对男人来说，要多刺激有多刺激。"

阿妍于是又开始为自己再也不能生孩子自责。

医生说，像这种意外的情况，只有为数不多的女人才会遇上。很可能一百个人都不会有一例，甚至一千个都不会有一例。

可是人要是真倒起霉来，就没什么办法，这种事偏偏就让阿妍遇上了，就像中头彩一样。要知道，我们当时的年龄已经都不小了，很在乎有这么一个小孩。我们已经做好了当爸爸妈妈的准备，怎么会想到难产，怎么会想到因为难产，连以后都不能再生育了。阿妍因此也由自责转而自卑，她知道我是独子，加上自小在家庭里，就受到重男轻女的影响，渐渐开始感到了不能生育的压力。

我因为阿妍难产，心情变得很不好。原来那种平静的生活，突然似乎已经不存在了。我再也不能像过去那样优哉游哉，再也不能像过去那样自得其乐。一开始似乎还没有觉得什么，好歹阿妍的性命保住了。留得青山在，不怕没柴烧。现在青山还在，阿妍却再也不能怀孕。想到我们以后再也不可能有孩子，我心里就有一种说不出的滋味。我母亲动不动为了这件事叹气，说阿妍不能再生孩子，老蔡家这姓到老四这不就结束了。她对父亲没什么感情，可是对蔡家是否断子绝孙非常在乎。

　　为了这事，我很猛烈地发过一次火，拍桌子摔板凳，不许家里的任何人再提起。于是我母亲不敢当我面再唠叨，我真发火了，她通常都是让我的，知道我会走极端。那时候，我们家里通过朋友刚弄了一个液化气瓶回来，我一怒之下，扬言要点火把家全烧了。我母亲和我妹妹知道我脾气坏，当着我的面从此再也不敢说这些事，可是当面不说，不等于背后不说，不等于就不在阿妍的面前说。

　　我那时候最忌讳别人说断子绝孙这话，谁要是用这事儿来惹我，那便是找不自在。有一天，几个年轻人在我们店里喝酒，多喝了一些，闹起事来，在大堂里与陆大明要动手。陆大明是我们店的伙计，平时也算是个有些邪气的人，很少有人敢招惹他。这一次，对方仗着人多，真打起来，陆大明明显吃亏，眼睛也肿了，鼻子也出血了，我看看情形不对，便冲出去帮忙，三拳两脚，就把那些猖狂的年轻人打跑了。

店里的女孩子看到我如此神勇，都很吃惊，说：

"想不到老四你这么厉害，拳脚这么快。"

我倒是无意出风头，陆大明却死要起面子来，说就算是没有我的帮助，也没什么，他照样可以应付，他才不怕那几个鸟人。这小子是地道的狗咬吕洞宾，不识好人心，我好心好意帮了他，他不说一声谢谢，反而觉得是我多管闲事儿。我说你为什么不早说，要不要我去把那几个小狗日的再给你找回来，你们重新打一场。

说老实话，我已经多少年不打架了。在店里，我是一个埋头业务的上进男人，从来不惹是生非。大家都忘了老四打架的名声，我自己也差不多都忘了。陆大明大约还知道一点，因为他是那种在社会上混的人，他应该知道我老四不是个善种。可是他大约叫人给打糊涂了，竟然胡搅蛮缠地追着我吵架，嘴里不干不净，骂骂咧咧，别人越是在旁边劝，他越来劲儿。我越不理他，他越觉得我怕他。

我就说："好吧，陆大明，是我不好，下回你让人打死了，也不关我的事。"

他的气焰更嚣张，说："他娘的哪个断子绝孙的要人帮忙，你是什么东西呀，我一点都不稀罕。"

我问他："你说说清楚，谁断子绝孙？"

陆大明鼻子里流出来的血刚刚止住。那天他是天生地找打，天生地欠揍。在一旁劝的人看我真来火了，连忙都上来拦我。看到有人拉架，陆大明更加肆无忌惮，竟然扬言准备和我对打，说是要单挑，说你要有胆子，就动手，别动嘴。我从来没见过这么不知好歹的人，怒火上升，便悄悄地接近他，他根本没想到我会那么快就出手，嘴里还在念叨着什么，我一拳已经朝他鼻子上捶过去。这一拳结结实实，啪的一声，就好像打在一个什么脆的东西上面，声音立刻在大堂里回响。陆大明双手捂脸，低着头不吭声，我一个健步上前，连续一套组合拳，打得他全无招架之力。我这一辈子，打过无数次架，没想到这次会失手，会将陆大明打成重伤。这家伙根本不禁打，几拳下来，他一下子跌到在地上，顿时口吐血沫，再也爬不起来。我依然暴怒，认定他是装死，对他继续拳打脚踢。

我当时也有些疯狂，在过去，我老四虽然凶狠，该住手也就住手了，偏偏这一次，我脑子里一片空白。耳旁有人在喊"别打了，别打了"，可是我就是停不下来，下手越来越重。我说你赶快给我起来，不是要单挑吗，爬起来打呀，你装什么孙子。大家赶快打电话喊警察，喊救护车，不一会儿警察来了，救护车也来了，我被警察带走，陆大明被七手八脚送到医院去抢救。

我因为这件事，判了两年徒刑。陆大明因此也落下了终身的残疾，我没想到后果会这么严重，后悔已经来不及。说老实话，我后悔是因为自己从此丢了工作。那时候，只要一被判刑，工作和工龄就全没了。刑满释放，我从牢里放出来，回到家里，我母亲的第一句话，就是：

"老四，你以后怎么养活自己？"

阿妍在一旁安慰说："妈，天无绝人之路，总会有办法的。"

"有什么办法？有屁的办法！你倒是说得轻松。"

我想回到原来的店里去，店领导说，我们当时将你开除了，既然是开除，就不能再让你回来。店领导又说，你没有工作，这怨不了我们，你年龄也不轻了，怎么会一点都不知道控制情绪。

于是我走上自己开店的这条路，开了一家小餐馆。当时已经是二十世纪八十年代初期，刚开始有做生意当个体户这一说法。那时候，最初敢出来做生意当个体户的，都是社会上混不下去的人，有很多人像我一样，刚从牢里放出来，找不到工作，是没办法才这么做的。有正式工作的人根本不屑干这些事，大家把铁饭碗看得很重，一个人没正式工作，在当时绝对是一件了不得的事情。说老实话，想想我老四这几拳打得真不值得，好端端的一个工作，自己刚刚混出人样，就轻而易举地全丢掉了。我仿佛从天堂被打到了地狱，从一名国营单位的正式职工，一下子又落到了比当知青更惨的境地。

一开始，对于如何开餐馆，我心里一点底都没有。正好阿妍的一个姨妈有个街面房可以出租，我们就将它租了下来，租下来以后，为了慎重起见，我和阿妍骑着自行车在街上到处乱转，看到有小餐馆，便冒冒失失地上前向人打听，问人家应该怎么做生意，菜的价位怎么定才合适，万一做不下去怎么办。有一天，我们进了路边的一家小餐馆，一位标致的老板娘把我们迎了进去，知道我们不是吃饭，只是打听些事儿，立刻毫无保留地为我们做介绍。

这是个热情洋溢的老板娘，什么话都肯说，什么话都不隐瞒。她老公在一旁嘿嘿地陪着傻笑，说什么都跟着胡乱点头。阿妍提出要参观一下厨房，老板娘便红光满面地领我们去。

我记得那女人反复说的几个字就是："多大的事儿！"

阿妍对她提了一大堆问题。

"你管它呢，先做了再说，多大的事儿，"老板娘觉得这些都算不上问题，"什么事都先做起来再说，你怕什么，天又不会坍下来，再说就是坍下来，也未必就真砸到你。多大的事儿，不就是买点锅碗瓢盆。你说这能是多大的事儿。"

从这家小馆子出来，阿妍还有点犹豫，我却觉得信心十足，仿佛已经看到了美好前景。阿妍问我有什么感受，我说自己怎么也比那个老板强，像他那样的人，都有胆子开餐馆，我老四还有什么可犹豫的。阿妍不太明白我的意思，我便告诉她，说只要到厨房里看上一眼，大厨师的基本水平就能看出来了，这肯定是非常一般化的厨师，肯定是个野路子的家伙。这种烂人都敢开馆子，科班出身的老四肯定比他强得多。

这以后不久，我们的餐馆就正式开张了。刚开张的时候，连续一个多星期，没有一个客人上门。真是迎头一棒，我做梦也没有想到会这么惨。门庭冷落也是预料中的事情，可是竟然这么糟糕，自然是不会想到的。连续多少天，人们从我餐馆门前走过，只是好奇地往里看几眼，然后掉头就走了。

那时候，要上馆子就是上国营的大馆子，要不然就是去小吃店吃馄饨吃面条。大家似乎不习惯到私人老板开的馆子里吃饭，总觉得像我们这样突然冒出来的小馆子是黑店，肯定要宰人的。刚开张那阵，我们连冰箱都没有来得及买，当时买这玩意儿要凭票，必须找熟人才行。是冯瑞帮我们弄到了一张冰箱票，那时候他还在商业局当秘书，冰箱票紧俏得不得了。真去付钱提货的时候，我和阿妍都有些犹豫了。说老实话，如果这生意真做不下去，还不如不花买冰箱的冤枉钱算了。那时候的人，买冰箱已是一笔很大的投资，花这钱要横想竖想，根本不会想到以后家家都会有冰箱，根本不会想到冰箱会成为最普通的家用电器，结果还是冯瑞笑着开导我们：

"买，买回家了，玩儿一阵，不想要了，你们把冰箱退给我，我保证你们不会损失一分钱，我原价退给你们。"

我说："冯瑞，这生意究竟能不能做下去，我是一点底都没有。"

冯瑞脸一板，说："到现在反正也没什么可损失的了，老四，我不明白你怕什么，你老四都到了这一步了，你还怕什么？"

冯瑞说得对，都到了这一步，我还有什么好害怕的。

阿妍说："我们就买吧。"

于是我们就咬咬牙买下了那台冰箱。现在说起来，真得好好地感谢这台冰箱，当然更得好好感谢冯瑞。这台冰箱的钱，当时还是跟我姐借的，买的时候就在担心，不知道这钱猴年马月才能还清。如果不买冰箱，生意很可能就做不下去。刚开始的生意确实不好做，我们既然买了冰箱，已经花了这么大的本钱，用今天的话来说，是已经投资了，骑虎难下，这小餐馆想不开也得开下去。很多事情根本就说不清楚，没想到我们很快渡过了难关，不仅将冰箱的钱还了，而且生意说红火，就立刻红火起来。生意不好的时候，门庭冷落，你傻坐那没事可做，等到生意真红火起来，人呼呼地都涌来了，你忙都忙不过来。

　　唉，现在回想起来，平心而论，那真是做生意的好年头。那年头，只要你肯去做，只要你能咬咬牙，做什么生意都能发财。我们那条街上，越是盲流，越是下三滥，越是没什么身份地位，越是平时什么都不能干的人，发财发得越快。那时候许多人都一窝蜂地做盐水鸭生意，南京街头是地方就有卖盐水鸭的，要说这活根本谈不上什么技术，可是用不了几年，你肯定会成为万元户。真的只要你做，只要你肯做，只要你敢做，没人不发财。那时候发财太容易了，就好像路上有钱包等着你去捡，那时候的万元户差不多能和今天的百万富翁相比，那时候的家庭要是有个一万元存款，光是吃利息，就够活一辈子的。

第四章

我的小餐馆很快就有了起色。一开始，我们是典型的夫妻老婆店，阿妍只要一下班，就赶过来帮我打点。我妹妹也常在这儿帮忙，她分配在纺织厂，轰隆隆的机器声搞得她神经衰弱，一直歇长病假在家。她跟着我干了一阵儿，动不动就赌气不干了，三天两头见不到人影。我这妹妹比我妈还厉害，有一张非常唠叨的嘴，有一个永远不平衡的心态，自己恋爱老是不顺利，看见我和阿妍恩恩爱爱就心里不痛快，就惹是生非。阿妍老是让着她，她呢，也就永远得寸进尺，永远是欺负自己人。

断断续续地，我妹妹谈了好多个男朋友，她是离过婚的，再找人，能看上她的都是特别差劲，她能看上的，别人又不肯要她，因此她那脾气坏得不得了，也不为什么事，一碰就要撂挑子，一碰就吵个没完。要说她的吵，也就是个唠叨，因为我们都知道她那臭脾气，都懒得理她。

我们不得不考虑雇一个人，于是丁香便成了找的第一个帮手。

那时候，长江路上有个保姆市场，是居委会出面办的。记得是正月十五以后，我和阿妍将歇业多天的餐馆粗粗收拾了一下，然后锁上门，一起去保姆市场去雇人。当时开餐馆，在正月十五以前都不营业，因为在这期间，大家都在家里吃饭，非要到过了元宵节，一切才会恢复正常。我们准备在新的一年里，好好地干一番，雇人的事情是早就商量好的，一路上，阿妍说要找一个顺眼一些的女孩子，我说又不是找媳妇，要顺眼干什么。

很快就到了保姆市场，人声鼎沸，乱得像个大集市。真是什么样的人都有，大多数人都是刚从农村出来。我们就在路边谈了几个人，都不是太理想，双方都不太满意。阿妍既嫌那些女孩儿呆头呆脑，又害怕她们油腔滑调。那些女孩儿听说我们是开餐馆的，纷纷摇头。那时候刚出来的农村女孩，清一色都愿意去做小保姆，因为当时能用保姆的人家，条件都比较好，不是高级知识分子，就是一定级别的干部，在这些人家当保姆，有一种安全感，而我们这些刚开始做生意干个体户的小老板，给人的印象不太好。社会上也有一些乱七八糟的传说，别人说起来，小老板都是一些坐过牢的邪头，是一帮没有正式工作的人，因此一听说是到餐馆打工，女孩子都害怕。

丁香的一条腿有些瘸，人长得怪怪的，是一脸苦相，站在路边，急着要找份工作。她的脸上和脖子上有几条明显的血痕，正是因为这些伤痕，才让我们注意到她。阿妍很随意地跟她谈了几句，她想都不想，立刻一口一个大姐，叫得十分亲热，并且立刻提出来要跟我们走。我看她那样子好像有些笨，插嘴说你的腿到底行不行。她听了我的话，怔了一下，有些不好意思，红着脸说没问题。我说不能你说没问题就没问题，你走给我们看看，要知道，在我们那儿干活，得成天端着盘子跑的。

一旁的阿妍觉得我的话有羞辱她的意思，害怕她会多心，不开心。

丁香却说："你不相信，我走给你看。"

说完，丁香也顾不上害羞，就在我们面前大步流星地走起来。因为她是瘸子，那模样很不好看，一跛一跛的，还真有些健步如飞的意思。

阿妍立刻同情起她来，让她赶快停下来。

丁香用急切的眼神看着阿妍，恳求说："大姐，我就到你那儿去吧。"

我还有些犹豫，不想雇一个腿瘸的女人，阿妍也不跟我商量，便自说自话地答应了。

阿妍说："好吧，我们就要你了。"

丁香立刻喜形于色。

阿妍又说："真到我们那儿，可要好好干。"

接下来便是谈工资。

丁香豪爽地说："大姐，这好说，你看着给吧。"

阿妍说："那不行，总得说好一个数字。"

"真的没关系，大姐，你给多少都行。"

晚上睡觉的时候，阿妍差不多把丁香的所有底细，全都打听到了。她并不是那种喜欢探听别人隐私的人，稍稍知道一些别人的隐私，就会变得莫名其妙的兴奋，一五一十统统地告诉了我。她的肚子藏不了什么事，决不会放弃与我一起分享别人的秘密。阿妍告诉我，丁香脸上和脖子上的伤痕，是让她男人打的。

阿妍说："我起先还有些不相信，可是你真听她说了，你就相信了。"

丁香喋喋不休地对阿妍诉说了许多。然后阿妍又在枕头边，把这些话对我复述一遍。阿妍告诉我，丁香的丈夫是个很坏的男人。她告诉我，丁香原来是一个很不幸的女人，这一次，是让她丈夫硬逼出来的。她丈夫在外面找了个情人，结果不但把那女人公开带回来住，还嫌丁香在家里碍事儿，于是便找借口打她，一定逼着她出来打工挣钱。

我不相信天下还会有这样的事情：

"那男人既然这么不像话，干吗不离婚？"

"我也这么对丁香说，她说她男人不肯离婚，乡下就是这样，男人真不肯离婚，又有什么办法。"

我对丁香的故事半信半疑。

阿妍却是什么都信。丁香对阿妍显然是无话不说，她什么都愿意告诉阿妍，阿妍呢，又继续把这些再告诉我。阿妍告诉我，丁香已经有两个小孩，是一儿一女。正因为有了孙子，丁香的婆婆也不赞成儿子离婚。她婆婆对丁香说，自己儿子不过是给狐狸精给迷上了，这种事儿也算不了什么，男人吗，哪有不嘴馋的，隔一段时候就会回心转意，过一阵就会好的。丁香的丈夫逼丁香出去打工，据说也是她婆婆的主意，丁香的婆婆说，丁香真不在家了，这家里就可以太平一些，女人吃点亏算什么，惹不起，躲得起嘛。

阿妍非常同情丁香的遭遇，我听了觉得奇怪，天下竟然有这样的丈夫，又竟然有这样的婆婆。

隔了不多久，丁香脸上脖子上的伤痕褪得差不多了，阿妍发现丁香好像有妊娠反应。她先还只是怀疑，没敢问，后来越看越像，一追问，果然已经怀孕好几个月了。阿妍顿时有些吃惊，丁香也感到不好意思，为自己隐瞒了这么件大事，感到非常抱歉。我听阿妍说起这事儿，立刻气呼呼地要撵丁香走，我说我们是要雇个帮手干活，这活刚有些上路，没想到又会是这样。阿妍也觉得这事很麻烦，恨丁香竟然会隐瞒这么一件事情，但是也没有什么好办法。倒是丁香索性撕开脸了，既然阿妍已经知道了实情，她便求阿妍帮她找医院堕胎。

阿妍说："这种事儿我不能随便答应你，老四在妇产科医院倒是有个好朋友，可是你男人已经都有了别的女人，你怎么又会怀孕。"

丁香不作声。

阿妍说："你不会有别的男人吧？"

丁香委屈地说："要有别的男人就好了。当然还是我男人的，他那个不要脸的东西，吃了碗里，惦记着锅里，要不然我也不会出来，要不然我也不会被他逼出来。"

阿妍说："我倒让你搞糊涂了，究竟是你自己出来的，还是你男人逼你出来，你说说清楚。"

"我男人也逼我，我自己也要出来。"

阿妍说："我怎么还是不明白。"

丁香便说她忍受不了自己男人今天在她床上，明天又到别人的床上。男人吗，有本事挣钱也算了，丁香说她男人本事没有，养家都养不了，女人却有好几个。除了带回来的这个，他还和谁的老婆有一腿，又和东村的寡妇也有不干不净的关系。丁香一控诉起自己的男人就义愤填膺。她一控诉起自己的男人，就像提到了万恶的旧社会，只要一逮住这么个机会，丁香便唠唠叨叨，没完没了地控诉她丈夫。

我对阿妍说："不管怎么样，这女人不能留，我们得让她走人。"

阿妍也同意我的意见，但是迟迟不肯执行，迟迟不向丁香发出最后通牒。她是有些舍不得让她走，丁香确实是个很不错的帮手。当时除了丁香之外，我们又找了两个女孩，这两个女孩加起来，还抵不上丁香一个人能干。丁香当然明白我们的态度，苦苦哀求阿妍帮她找医生堕胎，说只要帮她渡过了这一次难关，她一辈子都会记着阿妍的情。阿妍于是也有些心动，跟我商量，是不是可以去妇产保健医院找老居，我立刻一口拒绝。

我说："这种事不能乱来，你怎么知道这女人说的都是真话。"

阿妍说："我看也差不多，我觉得她说的基本上是真话。"

"什么叫基本上？"

"我觉得她没必要不说真话。"

"你冒冒失失地帮她把胎做了，万一她男人找来了，说又要这个孩子，怎么办？还有，万一根本就与她男人无关，是别的男人的种，你好心好意地帮她做了，她男人胡思乱想，纠缠上我们怎么办？阿妍你要知道，有些事是说不清楚的。"

阿妍把我的话对丁香说了，丁香说我男人才不在乎这个小孩儿呢，你们家老板也是的，怎么能怀疑我和别的男人，我丁香再不要脸，怎么可能做那种事儿。你们实在不肯帮我的忙，我只好自己去医院，说着伤心地哭起来。阿妍被她一哭，心又软了，又跑来跟我商量。我还是不松口，说这种事儿一定要她丈夫出面，才可能考虑去找老居帮忙。丁香万般无奈，只好写信通知自己的丈夫。

丁香的丈夫立刻找来了，丁香是瞒着家里跑出来的。她丈夫看上去白白净净，个子不高，是一张娃娃脸，站在阿妍面前，要比她矮半个头。阿妍打量着他，努力把他与丁香说的那个男人对上号。丁香的丈夫说他一接到丁香的信，就火速赶了过来。原来这家伙也在到处寻找丁香，不过这男人找丁香的目的，不是不放心她，而是迫不及待地追着要和她离婚。丁香果然说了假话，事实上，并不是她那个丈夫不肯与她离婚，而是她自己死活不肯离。其他的故事大致就是那意思，八九不离十，丁香的男人现在确实是叫一个狐狸精给缠上了，两个人已经公开住在一起，这女人成天逼着他跟丁香离婚。

两个人见面以后，说了没几句话，丁香的丈夫仍然是坚持要离婚。他像小孩儿对大人胡搅蛮缠一样，说：

"你躲也没有用，丁香，你就做做好事，就答应离婚算了，我求求你。"

从来没见过这么不要脸的男人，叫他来是商量堕胎的，他倒好，硬缠着丁香死活要离婚。

阿妍说："你搞清楚没有，女人怀孕期间，受法律保护，你没有权利提出离婚。"

弄到临了，阿妍的嗓门越来越高，变成了是她跟丁香丈夫在吵架。丁香丈夫坚持要离婚，不答应离婚，他就不带丁香回去堕胎。当晚吵得不可开交，阿妍一个劲儿地帮着丁香打抱不平，该说的话都说了，丁香丈夫仍然是认定死理，人他可以带回家，胎可以陪着去堕，婚是一定要离的，说什么都要离。

阿妍变得十分愤怒，气呼呼地说：

"丁香你就跟他回去，离就离，有什么大不了，这种男人你有什么可稀罕的。"

丁香似乎也知道没什么退路了，感到十分绝望。

丁香的丈夫说："她要答应离婚，我这就带她走。"

阿妍指责说："你还是不是人？"

丁香的丈夫说："就算我不是人好了。"

阿妍突然跑来跟我商量，说就让丁香把小孩生下来，由我们来抚养，怎么样。她的意思是，既然我们已经不能再有小孩了，为什么就不能领养一个。这个突如其来的想法，让阿妍有些兴奋，眼睛瞪大了，等待我的回答。对于她这种忽发奇想的念头，我一口回绝了，说你阿妍如果想做好事，也不是这么做的。我们要想想后果。人做什么事情，都不能心血来潮，不能想怎么样就怎么样。我往她的头上泼了一盆冷水，坚决不答应。我说事情也许并不像你想得这么简单，以后人家要说这是老四作的孽，到时候我是有口也难辩，还真说不清楚。我说我才犯不着为这个与我们毫无关系的胎儿去背黑锅。

结果丁香就只好愁眉苦脸地跟着她丈夫走了。

阿妍觉得有些对不住她，说你堕完了胎，再到我们这来。

丁香眼泪汪汪地说："大姐，有你这句话，我肯定来。"

阿妍这个人就是心好，禁不起人哄。她在菜场卖肉，谁都跟她说好话，结果每次卖到最后，面前都会剩下一堆没有人要的肥肉。那时候，无论是谁操刀卖肉，天天站在乱哄哄的肉摊子前，几年下来，都可能变成一个凶神恶煞一般的女人，变成一个蛮不讲理的孙二娘，只有她，永远是和颜悦色。菜场领导找她谈话，说其他人都对你有意见，一样是卖肉，凭什么你老是做好人，凭什么你就狠不下这个心肠，你知道不知道这个道理，你做了好人，恶人便都由别人来做了。

菜场领导很严肃地说："都像你这样，卖剩下来的肉怎么办？"

阿妍也不知道该怎么办，她也觉得很抱歉，觉得对不起领导。

到第二天，卖肉时，顾客仍然一个劲儿地说好话，嘴上一个个比蜜糖还甜。

"师傅，麻烦你了，少搭些肥肉好不好？"

"师傅，我妈是血压高，你这肥肉给了我，回去也是扔。"

"师傅，我能不能不要这猪头肉？"

阿妍便反过来求顾客，告诉他们不得不搭卖的种种理由，晓之以理，动之以情。顾客中什么样的人都有，通情达理的，买了肉就走，难说话的，各种各样的脏话就立刻冒出来。有时候肉都已称好，账也算好，应该付钱，顾客突然改变主意不买了。在国营菜场上卖肉，挥着砍刀与顾客对骂是经常的事情，阿妍却几乎没有动过真正的肝火，有时候也生气，但是基本上也就是生闷气，让她红着脸和顾客斗嘴，这实在有些为难她。因为阿妍的性格，总是让着别人的，她觉得自己卖肉并不占着什么道理，顾客既然不想买肥肉，为什么非要将肥肉搭给人家呢。

人的性格是自小就形成，阿妍在家里就是这样，她的那些姐妹谈不上欺负她，可是与父母一样，心里永远不把她当回事儿。阿妍也有些怯，总觉得自己不如人家，她的两个姐姐是"文化大革命"前的大学生，两个妹妹和她一样也是下乡插队，恢复高考以后，都考上了大学。阿妍家只有她和她的小弟两个人不是大学生，小弟反正是好坏都不要紧的，阿妍父母养了五个女儿，才有这么一个宝贝儿子，他怎么样都没关系。我常跟阿妍开玩笑，说你难道不是你爹妈养的，为什么一样的子女，要不一样地对待。阿妍和我结婚很多年，都是要拿出将近一半的工资来贴补娘家，甚至我坐牢的时候也这样。我丈母娘对她是永远不满足，永远不满意，永远是在数落她，她欠的情好像也永远偿还不完。娘家无论出了什么事，阿妍照例都应该多出钱多出力。

阿妍的两个姐姐一个在中学当老师，一个在小学当老师，两个妹妹大学毕业在机关里上班，小弟在国营工厂，要说谁都比阿妍强。一开始，阿妍娘家的人都觉得开餐馆不好，嘴上不说，心里却看不上我们。在丈母娘眼里，只有下等人才会开什么小餐馆。她娘家的人永远莫名其妙地傲气，好坏都是看不上我这个没出息的女婿。无论我们是否有钱，都不会改变这固定的看法。人的一些看法是根深蒂固的，钱并不能真正改变什么。阿妍跟我结婚这么多年，不知道往娘家拿了多少钱，给了也是白给，丈母娘觉得把阿妍这个女儿养大了，这是应该的，可是对别的女儿就不这样。

丈母娘总觉得阿妍嫁了我这样的穷女婿，太吃亏，不要些钱就更亏了。我们越是穷，她越是要榨钱，硬是要从石头里榨出油来。等我们有钱的时候，她又觉得你们反正有钱，又不能有孩子，留着钱也没用，因此更觉得阿妍应该花钱。我在阿妍的娘家总是抬不起头来，过年给老人买礼物，给小辈送压岁钱，阿妍永远是花得最多，可是花多少钱都得不到那个自尊。到后来，风水轮流转，我们的经济情况也不太好了，她父母也老了，病的病，死的死，临了都是靠阿妍照顾，理由是阿妍反正下岗了，反正又没班可上，照顾二老天经地义。

我为此很有些意见，很有些不痛快，我不是舍不得钱，是舍不得阿妍。我觉得这太不公平。我觉得她家里不应该因为阿妍人好，就欺负她，不应该觉得阿妍好说话，就不把她放在眼里。凭什么我们永远都低人一等，穷的时候，我们没地位，她娘家的人看不起我们，等我们赚了些钱，他们心里又不平衡了，又是一肚子的意见。他们总觉得像我和阿妍这样没文凭的粗人，不应该发财。他们看不惯我们这批最先富起来的个体户，我们下海做生意的人成了改革开放后的第一批有钱人，他们感到很不舒服。当然，不只是阿妍娘家的人看不惯我们，社会上很多人都这样。

那一阵，冯瑞常常带人来光顾我的餐馆。那时候他还没下海，还不像后来那么发财。他只是商业局的一个小办事员，是个什么秘书。成天游东逛西蹭吃蹭喝，四处为别人拉皮条介绍生意，要不就是帮朋友弄一些凭票供应的紧张商品。说老实话，他小子到哪儿都改不了一个干部子弟的嘴脸，而且真没少帮过我的忙，不知道为我老四介绍了多少笔生意。我们虽然是多少年的朋友了，不过我对他总是有些那个，怎么说呢，总是有些小小的醋意吧，有些小小的不放心。这小子也曾有不仗义的地方，当年我还在农村插队的时候，他竟然动过阿妍的脑筋，是读工农兵大学的那会儿，竟然偷偷地追求过阿妍，当时阿妍和我的关系已经定下来了。

这事儿我本来也不知道，结婚以后，阿妍有一次说悄悄话，头脑一发热，便把这个秘密告诉了我。女人就是这样，只要男人对她好过，追求过她，就会一直放在心上。因此对于冯瑞，我一直有些戒心。我知道就算冯瑞是奔阿妍而来，他也没有那个胆子再追求阿妍，而且阿妍也绝对不会给他那个机会。我更担心的是冯瑞会把我与谢静文的事情说出来，因为他知道我和她的关系。我觉得这是一颗定时炸弹，炸弹的引信就在冯瑞手上捏着，只要他使坏，随时随地都可能爆炸。

有一天，喝了一些酒，冯瑞端着一个空酒杯，看着杯底，叹起气来，对我语重心长地说：

"老四，要说也真是不公平，难怪你那大姨子小姨子不服气，要心理不平衡，你说这年头，知识实在是不值钱了。现在是谁有钱，谁狠，谁有钱，谁牛逼。想想人家好歹都是大学生，可大学生又有什么屁用，像我这样，就算是在商业局，都说是肥得不能再肥的差事，又怎么样了。这年头，搞导弹不如卖五香茶叶蛋，搞尖端科技不如去贩老母鸡，有文化不如卖大碗茶，都说在'文化大革命'中，知识最不值钱，今天的知识还不是一样的不值钱。什么科学的春天，什么改革开放解放思想，都是些漂亮话，我有时想想，与其这么在商业局混下去，还不如像你老四一样，开一家小饭馆算了。"

我知道他当时是有些羡慕我发财，是看着老四挣钱眼红。

我等到他不想再说下去的时候，调侃了一句："说这么多，还不是那个意思，其实你冯瑞自己心里不服气，其实你也看不上我。"

"说这话就没劲了，我们俩，谁跟谁？"

"别跟我说谁跟谁，我没读过多少书，话还是听得懂。"

"我他妈发发牢骚还不行。"

这时候的冯瑞已开始发胖，肚子也有了些意思，挺起来了，他本来是不戴眼镜的，最近突然在鼻梁上架起了一副金丝眼镜，不时流露出港台人的说话腔调。时间过得真快，转眼间，我们都已是三十多岁的中年人。我和冯瑞结交也有十多年，这十多年的变化实在太大，或许当年跟我学武术的时候，他那样子太可怜了，我内心对冯瑞总有些看不上。我忘不了他在学校门口遭遇的胯下之辱，无论他再怎么神气活现，我想到他当年一把鼻涕一把眼泪的狼狈样子，就忍不住要在心中产生一点不屑。

酒已喝得差不多了，冯瑞意犹未尽地继续往酒杯里倒酒，还让我陪着他一起喝。我说我是不能喝酒的，他想喝多少，那是他的事儿，我不会舍不得酒，不过喝完了得自己走，别喝倒了摔在马路上，我可不会送他回去。

"妈的，不喝了，你不够意思，"冯瑞借酒蒙脸，说，"你说我会摔在马路上，就冲着这句话，我不喝了，老四，不喝了，真的不喝了。"

他嘴上说不喝，结果还是又喝了两杯。这两杯酒下肚，他基本上管不住自己了，跌跌撞撞去公共厕所撒了一泡尿，再跌跌撞撞回来，往桌子上头一歪，立刻打起呼噜，鼾声惊天动地，睡了将近三个小时，从午后一直睡到晚上客人来。

丁香走后的第二天，我们又去保姆市场找了两个人回来。加上原来的两个姑娘，我这餐馆已经雇了四个人。后来的两个人是一个村上的，都姓王，很愿意在一起干活，说好要做就一起来。来了以后，这两个人在一起老是疯疯癫癫，一天到晚说不完的话，而且和原来的两个人配合不好，来了就闹不团结。结果，人虽然多了，干活远不如丁香在的时候。阿妍因此很有些怀念丁香，觉得像丁香那么勤快的帮手走了，实在有些可惜。

好在不过半个月工夫，丁香便又来了。她的脸色苍白，问她是怎么回事儿，神色黯然地说胎儿已经打掉了，并且婚也离了。从外形来看，丁香的变化并不大，因为她走的时候，还穿着大棉袄，现在给人的感觉，不过是脱了件棉袄罢了。天气说热就热起来，丁香为了保暖，穿得仍然要比一般人的衣服多，大棉袄脱了，还套着一件厚厚的夹袄。与阿妍一样，丁香如果不是腿瘸，也是一个又高又大的女人，像她这样的身坯，有没有几个月的身孕根本看不太出来。对于她的突然出现，阿妍很有些吃惊，说你既然是刚堕了胎，怎么不歇一阵儿就出来了，这才几天时间。

按照通常的说法，堕胎是坐小月子，要保暖，不能下凉水，是要卧床静养的，丁香却在这么短的时间里，冒冒失失地跑出来了。阿妍的一番问话碰到了伤心处，丁香立刻伤心地抹起眼泪来。这一流眼泪，阿妍的同情心立刻被唤醒，又是问寒问暖，又是问这问那，还亲自为丁香下了一碗热乎乎的面条。

丁香感激地说："大姐，你待我真是太好了。"

阿妍本来就是与丁香说好的，只要她来，我们还雇用她，她现在真来了，我们不得不兑现承诺，不得不把她接受下来。可是我们已经雇了四个人，再多一个人就得又多一份开支，毕竟小餐馆只是刚有些起色，而且现在这情形，也不能让丁香干什么，我还有些犹豫，阿妍十分爽快地说：

"好吧，事情已经这样了，那你就先住下来，工资我们照付，暂时也不要你做什么，你该怎么休息就怎么休息，我们不要你做任何事，别给我累出什么毛病来，落下什么后遗症。"

丁香对阿妍真是感激不尽，这以后，她一直把阿妍当作自己的救命恩人。说老实话，阿妍对待丁香真是没话可说，对她的关心无微不至。阿妍这个人不仅有同情心，而且有侠气，她要是准备对谁好，那就绝对不会有一点点含糊，她属于那种对人好能把心都掏出来的女人。那一阵，这两个人好得跟亲姐妹似的，丁香更是什么话都无保留地告诉了阿妍。

丁香和她那个丈夫的婚事，早在两人小时候就订下来了。据说她丈夫要离婚的一个重要借口，就是要解除他们之间的包办婚姻。丁香家的条件当时比较好，经济状况好，成分也好，因此她虽然一条腿有些瘸，比丈夫还大两岁，丈夫家还是觉得娶她这么一个媳妇不吃亏。丈夫家是地主，在当时，地主的儿子往往找不到老婆。丁香结婚的时候，"文化大革命"还没结束，已经差不多了，结了婚，家庭成分渐渐不是什么问题，她丈夫开始觉得有些吃亏了，觉得丁香不配他。这男人的脾气有些怪，或许是自幼受人欺负惯的，性格有些分裂，既不喜欢丁香人高马大的样子，又不喜欢她太老实，太温顺。他喜欢的都是那些小一号的女人，喜欢女人凶，喜欢女人泼辣。他喜欢那些小妖精似的女人凶神恶煞一般地对他发号施令。

那天丁香跟丈夫连夜走了以后，因为没赶上最后一班汽车，就在长途汽车站的凳子坐了一夜，然后乘第二天的头班车回家。下了车，丁香的丈夫不是先领她回家，也不是去医院，而是急匆匆地赶去公社办离婚。那是一个阳光灿烂的日子，春意盎然，山坡上，一排排梨树都开花了，白花花一片。丁香坐在梨树下休息，她丈夫在一旁迫不及待地等着，迫不及待地催她走。这个男人的脑子里这时候能想到的事就是离婚，他最担心的就是丁香会突然变卦，担心丁香会再一次从他眼皮底下跑掉。丁香歇了一会儿，含着眼泪继续跟在丈夫后面走。她现在只能把自己交给他安排了，她现在是个木偶，随他怎么摆布。现在，丈夫想怎么摆布她都可以。到了公社，负责盖章的人找不到，丁香的丈夫东奔西跑，到处给人递香烟打听，最后硬是让他像警察捉贼似的将管公章的人找到了。

在离婚证上盖了鲜红的印章以后，丁香的丈夫心情开始变好了，和颜悦色地问丁香要不要吃点什么，他请客。丁香说，我是有点饿了，那就吃一点吧。那男人就在面馆里要了两大碗面，等到面做好了，端上来，丁香又一点胃口都没有了，结果丁香丈夫撑了几次，才把那两碗面条都装到了肚子里去。再下来，便是去公社卫生院。卫生院的鲁医生与丁香夫妇认识，知道他们已经有一儿一女，所以也没有多问，直接把人带到手术室，立刻消毒，立刻做人流。鲁医生这种手术非常熟练，她这一辈子，天天与女人打交道，已经不知道流产了多少个胎儿。不一会儿，就顺利地将手术做完了，鲁医生问丁香的丈夫，要不要就手替丁香上个环。那男人支支吾吾地不吭声，鲁医生便又追问了一句，他瓮声瓮气地说：

"这你恐怕要问她了。"

丁香直到听见这句话，才真正意识到自己已经离婚了。直到听见了这句话，她才第一次有那种他们确实已经离婚的感觉。这是她听到的最让人伤心的一句话，正是这句让人心碎的话，才让丁香突然意识到自己确实已经和丈夫分手了，因为如果是在过去，大事小事肯定都会由丈夫做主。现在他根本就不管她了，他现在根本就不在乎她了。丁香突然意识到，从现在开始，他们之间最后的那点可怜联系，已经不复存在。这次怀孕本来就是个错误，它不仅没能挽留住丈夫的心，而且让他更厌恶她，因为他把这看成了是个不折不扣的陷阱，看成是个威胁，他这人铁石心肠，他根本不会接受这种要挟，他才不管她的死活。

丁香后来成了我生意上最得力的助手。当然，也不仅仅是在生意上。很多事情在一开始绝对不会想到，即使料事如神，一个人也不可能知道后来究竟会是什么样子。如果阿妍能知道后来的事情，她再怎么有同情心，也不可能将丁香留下来。如果阿妍知道我会变成后来那个模样，会坏得那么彻底，会坏得那么不可救药，她会宁愿我没有工作，也不愿意我去当那个发些小财的餐馆老板。她宁愿我们还是像过去一样穷，宁愿像过去那样情意绵绵朝思暮想地分居两地，很多事情都是始料未及，等到明白过来，已经晚了。

阿妍一直觉得我在一开始就不怀好意。她觉得我在一开始，就已经看上了丁香。女人在思考女人这个问题的时候，脑筋总是不那么好使。阿妍不知道，这实在是冤枉我老四了，事实并不是这样。说老实话，在一开始，我就不是很赞成雇用丁香，更不赞成还有后来的第二次将她留下来。我可以对天发誓，在一开始，我老四不仅对丁香丝毫不动心，而且做梦也不会想到会有后来那些疯狂的事情。我自己也不明白怎么就动了邪念，那邪念蠢蠢欲动不可抑制，像一粒发了芽的种子似的突然从地里冒出来，我一下子就失去了控制。

也可能，是故意没有以漂亮为选择标准，我觉得自己找一个长相差一点、条件差一点的女人，在道德上或许要好一些，犯罪感要少一些。也可能，我所以会看中丁香，是因为她看上去实在不值得去看中。很显然，我是打错了算盘，聪明反被聪明给耽误了，我觉得像丁香这样的女人，根本不可能引起阿妍的嫉妒，根本不会撼动阿妍在我心目中的地位，事实却是，丁香不仅成了阿妍最妒忌的对象，而且恨之入骨，始终都不原谅她。

我已经说过了，丁香看上去怪怪的，不只是一条腿瘸，脸盘子的模样也实在不怎么样。丁香根本就是一个难看的丑女人。我总是说她长得又高又大，并不是说她就像阿妍一样漂亮好看，恰恰相反，作为女人，她几乎没有一样可以与阿妍相比。阿妍是白皮肤，白里透红，丁香是黑皮肤，到处都是皱纹。阿妍丰满结实，丁香要比阿妍年轻几岁，浑身的肉都已松弛，两个奶子像干瘪了很久的茄子。阿妍各方面都比丁香强，丁香和阿妍简直就是没办法比。

事情发生在第二年秋天。那时候，我开的那家馆子欣欣向荣，人气旺得让人眼红。那时候，真的是赚了些钱，财源滚滚而来。当时也不懂什么规模营业，生意再好，仍然还是那么大的一个门面，每天就那么几桌客人，老客户要来我这吃饭，一定要预约。和别人的馆子不一样，我做的基本上都是回头客，我有我老四的招牌菜，从我这出去的客人，吃了我做的菜，都会主动替我做广告做宣传。随着生意一天比一天好，我在离餐馆不远的地方租了一间小房子，那时候还不能公开租赁，只能在私下里偷偷交易。租下房子不久，我母亲就中风了，阿妍刚搬出来与我一起住在外面，为了照顾她，不得不又住回家去。

我母亲在我刚结婚的那几年，与阿妍的关系并不融洽。婆媳之间多少都会有矛盾，母亲没想到自己生了重病，媳妇会那样细心照顾她。她没想到自己的媳妇会那么贤惠，心情好的时候，她就在我面前夸奖，说这样的好媳妇现在打着灯笼也找不到。说老实话，不管是作为儿子媳妇，还是作为女儿女婿，我和阿妍都是十分传统的。在赡养和照顾双方的老人方面，我们都尽了最大责任。我姐姐和我妹妹总说自己抽不出什么时间来，我姐姐是自己身体不太好，我妹妹是好不容易又结婚了。我妹妹的新丈夫和她一样，也是个离了两次婚的人，这种婚姻本来就有些脆弱，而且据说那男人也是个不太讲道理的人，我们都害怕不要为了照顾我母亲，影响我妹妹的夫妻关系。

照顾我母亲的重担顺理成章，都落到了阿妍身上。说来也巧，也该是阿妍倒霉，当时她所在的菜场正好要翻盖，要拆了旧房子盖新大楼，所有员工全部暂时打发回家。她下岗在家，本来还可以给我做做帮手，我母亲这一中风，她不可能两头都兼顾，只能死心塌地负责照顾老人这一头。对于阿妍来说，照顾老人她无怨无悔，毕竟是在尽媳妇的本分，吃什么样的苦都不在乎。她所不能接受的，是在她吃辛吃苦的日子里，自己的男人竟然背叛了她。她所不能接受的，在她一把屎一把尿替丈夫照顾母亲的时候，我竟然神不知鬼不觉地把别的女人的肚子弄大了。

这件事对于阿妍来说，犹如晴天霹雳，好像六月酷暑天，突然劈头盖脸地下起了鹅毛大雪，一下子把她给惊得目瞪口呆。等到她缓过劲儿来，等到她明白过来事情是怎么回事的时候，丁香的肚子里胎儿已经好几个月了。我前面已经说过，因为阿妍待丁香不薄，丁香对阿妍一直有种报恩的想法，她们好得跟姐妹似的，阿妍怎么会想到老实巴交的丁香，临了是用这种独特的方式报答她。这是一件她做梦都不可能想到的事，在没有暴露以前，没有任何预兆。

阿妍说什么也接受不了这个残酷的事实，等到事情真暴露了以后，愤怒的阿妍对着丁香大声呵斥，她说你这个不要脸的东西，就是这样报答我，这就是你的报答，这难道就是我收留你的结果。你原来是这么个东西，你简直就是一条毒蛇，竟然和我男人睡觉，竟然让他那么容易地就把你肚子给弄大了，你真有能耐，不是，是老四那个王八蛋真有能耐。阿妍平时是个和蔼的女人，可是这件事让她成为一个十足的悍妇，她原来是只善良的绵羊，现在突然成了一头疯狂的母老虎，她恨不得猛扑过来，将我和丁香生吞了。

丁香眼泪汪汪，不吭声，一声不吭。她心里充满了歉意，恨不能挖个洞钻到地底下去。她好像有很多话要对阿妍说，只不过现在还说不出口。我站在一旁，像木桩一样发呆，无颜面对暴怒的阿妍。我这心里自然是感到非常内疚，自己确实太对不起阿妍。但是这时候已经没什么办法，后悔也已经来不及了。好汉做事好汉当，我必须勇敢地站出来，把所有的事情都承担下来。我说这都是我老四不对，是我老四混账，祸是我闯的，你有什么就冲我来。

阿妍当然不会放过我，她举起了一个大钢精锅，冲过来，朝我脑袋上就是结结实实的一下。

我也说不清楚自己与丁香算是怎么回事。人往往会做些疯狂的事儿，却又不明白自己为什么会疯狂。我也说不清是偶然还是必然，就像当年与谢静文的关系一样，也许，一切就是这么安排好的，也许，本来并不应该是这样发展的，可是因为一点小小的意外，结果事情就不可逆转。我是说如果那天我要住在家里，那天晚上我要是和阿妍在一起，后来的那一系列故事很可能就不会发生。

那天晚上收工早，我骑车回去看阿妍。那天晚上，说老实话，我本来是准备回家住的。我没想到自己会一赌气就走了。记得回到家的时候，半身瘫痪的母亲早已睡着，正好我妹妹也回来了，一起坐在那儿看一台十二英寸的黑白小电视。阿妍没想到我突然回来，说老四你怎么回来了。我说怎么了，难道不欢迎呀，这是我自己的家，想什么时候回来，就什么时候回来。阿妍奇怪我用这种腔调说话，问我是不是遇到了什么不称心的事情。我也觉得很奇怪，因为事实上那天我并没有什么不称心。正说着，母亲醒了，她口齿不清地说：

"老四，回来了，你回来看我了？"

我便和母亲敷衍，敷衍完了，刚准备回自己房间。

我妹妹冷笑着说，"我妈也是，她还以为老四是回来看她的。"

"不是回来看妈，看谁？"

"这我就不知道了，是看谁，你自己心里还不知道。"

我忍不住便和妹妹斗了几句嘴。说老实话，因为她对母亲的病差不多是不闻不问，我心里对她真是有些不痛快。现在母亲病情好转，她却突然跑回来说风凉话。我说你别管我是回来看谁，我倒想反过来问你一句，你回来是看谁。妹妹说你这不是废话，我当然是回来看妈，你以为我要看你呀。我冷笑着说，要看妈，也该早些回来。我妹妹从我的话里听出了牢骚，本来对这事儿还有些歉意，让我一说，怨气立刻都撒到我身上了，板着脸说：

"噢，我知道，是心疼老婆了，所以就来找我的碴儿。"

我不想和她纠缠下去。我这妹妹从小就要尖儿，有理无理，一定要占了便宜才肯善罢甘休。于是我就转身逃回自己的小房间，妹妹心里毕竟有些歉意，有些心虚，加上还惦记着没有完的电视连续剧，也就不再乘胜追击。阿妍怕她生气，找话跟她敷衍，我妹妹笑着说：

"阿妍，你不要担心，我不会跟老四生气，谁让他是做哥的，我做妹妹的还能不让着他。"

阿妍看她真不像生气的样子，便说："你哥就这臭脾气，不要跟他计较。"

"你让他有什么就冲我来好了，哼，我才不怕他呢。"

不一会儿，我妹妹就跟什么事儿没发生过一样，与阿妍嘻嘻哈哈地说笑起来。等到电视里播放广告的时候，阿妍到小房间里来上马桶，压低了嗓子，怪我不该去招惹我那个脾气古怪的妹妹。我说谁招惹她了，明明是她在招惹我。阿妍怕话传出去让外面的我妹妹听见，连连对我做手势。她害怕刚刚平静下来的战事硝烟再起。阿妍系好了裤带，还准备出去接着看电视，我还有些愤愤不平，说这破电视有什么好看的，别看了。阿妍便笑着说，总不能你一回来，我就急不可耐地和你上床吧。我说上床又怎么样，她说你这人真是有些不讲道理，难怪你妹妹要问你究竟是回来看谁。你说你这算是怎么回事儿，难道赶回来心里就只有这个，你看，我就知道你回来没安什么好心，什么看你妈，什么看我，这都是假的，看谁都是假的。

阿妍当然只是开玩笑，我心里立刻不痛快。我已好几天没有回这个家了，夫妻分居了多日，我匆匆地赶回来，用意是十分显的。但是这种事情如果真让人说破了，就会很没劲，就会让人感到煞风景。有些事只能说不能做，有些事只能做不能说。而且我的意思也不是说两个人立刻就上床，我只是让她别看电视了，两人几天没见面，总会有些话要说。那天注定是鬼使神差，话不投机半句多，明知道阿妍只不过是随口说说，但是我却有些控制不住自己的情绪。我气鼓鼓地说，人家本来就是回来看你的，你要是不愿意领情，我马上就走好了。

阿妍说："你要走，我也不会拦你，今天是怎么了，真是回来找碴儿？"

"让你说对了，还就是回来找碴儿的。"

我于是真的说走就走了。走的时候，我仍然还在赌气。谁都没想到我会走，我自己甚至也都没想到。不过既然说了要走，我老四就不会厚着脸皮再留下来。阿妍没想到我会突然这样，不知道怎么办才好，只能做出根本不在乎我走的样子。

我妹妹有些吃惊地看着我，说："别走呀，老四，你怎么了？"

我酸溜溜地说："我要是不走，你就不会相信我真是回来看妈的。"

我妹妹立刻讨饶说："妹妹我说错了还不行，既然回来了，就别走了，你这不是存心让阿妍恨我吗？"

"她要恨你，我也没办法。"

我妹妹真有些急了："老四，别走。"

我还是要走，我妹妹看出苗头不太对头，急得眼泪都快出来，阿妍连忙安慰她，说我只不过是回来拿东西，又说我本来就没有打算在家里住。我知道阿妍这是在打圆场，一边走，一边毫不含糊地戳穿了她：

"我确实没打算在家里住，不过，也谈不上什么回来拿东西，我拿什么了，什么也没拿，就是回来看看，既然你们大家都不欢迎，我还是早走早好，免得影响你们看电视。"

阿妍还是有些舍不得我走，她跟着我走到门口，想说什么，没有说出来。我就这么气鼓鼓地走了，就这么头也不回地说走就走。一路上，我不清楚自己是对妹妹有意见，还是对阿妍有意见，反正心里是非常不痛快，而且也知道把大家弄得都不痛快。我并不想这么做，可是情不自禁就这么做了。人常常会情不自禁地控制不住自己。我也说不出自己当时是后悔，还是不后悔，骑着一辆又笨又大的自行车，这种老式的车子现在已很少见到，从城市的这一头，一直骑到城市的那一头。我们家住在城南，我们的小餐馆却开在城北。时间大约已是晚上十点多钟，路上见不到什么行人，我突然感到一种说不出的惆怅，真想扯开了嗓子，痛痛快快地喊上几声。

　　骑到广场的时候，我没有立刻拐弯，而是一直骑到广场中央，推着自行车站在那儿傻傻地看了半天月亮。我觉得心烦意乱，想让自己的心情平静下来，可是做不到，就好像有一堆耗子在心窝里乱窜。那天的月亮并不好，只是个月芽儿，在云层里忽隐忽现。不知怎么的，若有若无的月色让我突然想到了谢静文，想到了在烈士陵园与她经历过的一切。那一幕幕就仿佛在眼前活生生地浮现，我突然怀念起那些放肆撒野的日子。转眼间，和阿妍结婚已经八年了，八年的夫妻做下来，我发现我们之间始终没有磨合好，尽管大家似乎已经很熟悉对方的脾性，尽管什么都已经不再觉得陌生了，却总是找不到可以回味的东西。我们好像什么都满意了，又什么都不满意。我们的性生活单调重复，永远是不和谐。就好像在做一件很熟悉的事情，所以孜孜不倦地在做，只不过是夫妻都这么做，只不过是在尽各自的义务。我突然发现我们的生活真是很平淡无味。

我没有拐弯直接去自己住的地方，而是绕道去了餐馆。铁栅栏门的防盗锁已经被锁上，我乒乒乓乓敲门声，把已经睡觉的丁香她们都吵醒了。丁香披着衣服慌慌张张地走了出来，问我有什么事儿，我说你先把门打开，有事儿要跟你商量。丁香赶紧回去拿钥匙，打开铁栅栏，其他的几个女孩子也衣衫不整从被窝里爬了出来。她们满脸疑问地看着我，不知道出了什么事儿。我想了想，做出很严肃的样子，一本正经地对丁香说：

　　"这样，我有事要你帮忙，你出来一下，跟我走。"

　　我让那几个年轻的女孩子锁上门先睡觉，我告诉她们，丁香一会儿就会回来。我那样子就好像发生了什么事情。丁香不知道我要把她带到哪儿去，忐忑不安地出来了，跟着我走，我让她坐在自行车后面，可是她不会上车，在我后面追了半天，怎么也跳不上来。我没办法，看她那样子实在太笨了，只好将自行车停稳，等她坐好再往前骑。她大约是第一次坐在自行车后面，紧紧地拉着我的衣服，中途竟然连续掉下来两次。好在地方不远，不一会儿，已经将丁香带到我的住处。一路上，我什么话也没说，她想问，看我的表情十分严肃，也没敢问。到了目的地，她发现就我一个人，而且表情仍然是那么严肃，立刻有些局促起来，用颤抖的声音问我阿妍在什么地方：

　　"大姐呢？"

　　我母亲到晚年，对媳妇的态度有明显改善，但是仍然改不了不会说话的毛病。她嘴上不再提想抱孙子的事，对阿妍不能生养，心里始终有些看法。毕竟我是独子，我父亲那辈兄弟三人，到我这一辈，男男女女加在一起八个人，按大排行，我排在第四，所以小名就叫老四。蔡家很看重儿子，在我这一辈的八个人中，只有两个男的，我叔叔还有个儿子，比我小两岁，可惜他生的是个女儿。听说我把丁香的肚子弄大了，我母亲只是轻描淡写地在阿妍面前骂了我几句。她说老四这孩子，怎么能做出这种不要脸的事来。她那时候的脑袋，已经是一会儿清醒，一会儿糊涂。清醒的时候，我母亲安慰阿妍，说男人真不要脸了，什么下作的事都能做出来。她曾经见过丁香，想到丁香的模样，我母亲说，你看看那个女人那么丑，老四居然也还会看中她，这又有什么道理可讲。

在临终时，我母亲语重心长地对阿妍说：

"阿妍啊，你可惜没有小孩，他们蔡家是不是断子绝孙无所谓，只是你到要死的时候，谁来照顾。"

这可能是阿妍最不愿意听到的话。阿妍对自己不能再生育有一种特殊的敏感，最忌讳别人在面前唠叨这些。我母亲生前，阿妍辛辛苦苦照料她，没想到都到了临终，还要让阿妍心里再添不痛快。不能拥有孩子是我们夫妻之间的一个隐痛，这是我们的心病。我这个人遇到过不去的关口，就会想到天意，就会想到是老天爷有意这么安排。我知道老天爷的心思，知道他为什么不允许我们有自己的孩子，我甚至知道他是有意不允许我们有我和别人的孩子。这是老天爷有意不让阿妍接受的。我知道这是老天爷的一个惩罚，谁让我在结婚之前就对阿妍不忠实，我这样的男人怎么可能事事都称心如意。

丁香刚来的时候，阿妍第一次发现她怀孕，很认真地考虑过要收养那个小孩，她觉得这很可能是一种缘分，是老天爷准备送给她的一份礼物。有一段时间，阿妍提起了这件事就忍不住要感叹，她觉得老天爷对自己实在是太不公平，她那么喜欢小孩，不能受孕，别人不想要，却非要怀胎。阿妍提起丁香那个已经被打掉的胎儿，就有一种说不出的惋惜。

人就是这样，越是没有的，越想得到。说老实话，我们之间出现的最大问题，就是缺少一个小孩。阿妍的二姐生了两个儿子，有一阵，有意将小儿子过继给我们，当时这孩子已经七八岁了，我们把他接回家养了两天，感觉完全不对路。男孩子对阿妍还算亲热，只不过是太亲热了，连阿妍都有些吃不消，动不动就缠着她玩亲吻的游戏。亲吻是他表示感情最直接的方式，喜欢什么，就把小嘴噘起来，十分响亮地亲一下。他整个就是活脱脱的小流氓，而且是个具有同性恋倾向的小流氓。也不知道这孩子的父母是怎么教的，好端端的一个小男孩，弄得跟小女孩一样，留着长头发，最喜欢的玩具是洋娃娃，动不动就喜欢穿裙子，喜欢扎花头巾，喜欢梳辫子，坐着马桶上撒尿。

这孩子还有个东问西问的坏毛病，什么事都喜欢小大人似的乱打听，有一天，他一本正经地问阿妍：

"三姨妈，你为什么不能生小孩？"

阿妍不知道对他说什么好。

"你是不是有什么毛病？"这孩子非要打破砂锅问到底，而且接下来的话更不像话，"我爸爸说，女人不生小孩，以后都会变态，三姨妈，什么叫变态。"

阿妍为了孩子的这番问话，气得恨不能抱头大哭一场。或许正是因为这个插曲，阿妍彻底打消了领养小孩的念头。她说自己既然命中无子，就老老实实地接受命运的安排算了，人不能和老天爷斗气，不能硬把不是自己的东西据为己有。她为了这件事感到极度的失望，不止一次对我说，老四，我看我们离婚算了，这样你可以重新找个女人，可以有一个自己的小孩。阿妍说，你真要有这样的想法，我绝对不会耽误你。到时候了，你只要跟我说一声就行，我绝对会成全你。

我们一起陪着丁香去医院堕胎，那情形就像押着个犯人一样。到了医院里，丁香流着伤心的眼泪对阿妍说：

"大姐，我求求你了，就让我把这孩子生下来吧！"

丁香一口一个大姐，她说大姐和蔡老板不是没有孩子吗，那好，这就是天意，我把孩子给你们，然后我就走，永远也不再来。丁香说我说的话绝对算话，你们夫妻两个人都不错，你们绝对都是好人，对我那么好，我不会忘恩负义，我不会不知好歹，我把孩子留给你们，然后我就跟死了一样，永远不会再出现。大姐，毕竟这是蔡老板的骨血，我求求你，丁香是对不住你，丁香不是人，可孩子没什么过错，你就放这孩子一条生路吧。

阿妍被她说得很难受，板着脸说："你别求我，你要求，就求蔡老板。"

我站在一旁十分尴尬。

阿妍说："老四，你赶快表个态呀。"

"表什么态，不是早就说好了，这都预约好了，老居都做了安排。"

阿妍说你们最好再商量一下，要不然再后悔可就来不及了。

我脸色很难看，既不耐烦，又有些恶狠狠地说："还有什么可商量的。"

正说着，老居穿着白大褂过来了。他看了看丁香，也不多说，就领着她去做手术。丁香进手术室前，回过头来，有些绝望地看了我一眼。她那样子很难看，我是说看上去比平时更丑，表情更怪。我立刻把眼睛移开，因为当时阿妍正盯着我看。阿妍的眼泪在眼眶里打转，她注意到我的目光，立刻也把眼睛转向别处。不一会儿，老居从手术室出来，说护士已经替丁香消毒了，说这手术很简单，很快就能解决问题。我们便一起站在过道的这头说话，阿妍的脸色很痛苦，她迅速地调整着自己的情绪，时不时强作笑脸与老居敷衍。老居也不问丁香是谁，天南海北地与我们瞎聊，问这个说那个。我若无其事地听他说着，不停地点头，老居是一个非常健谈的男人，他这时候已经是副院长了，身上一点也没有那种当官的架子。聊了一会儿，突然说我现在得去手术室看看，然后扭头就走，进去不到一分钟，就又探出头来，说手术已经做完了，问我们想不想见识一下刚刮下来的胎儿。

我摇摇头，过了一会儿，阿妍却说：

"看看就看看，老四，我们一起去。"

我便木然地跟着阿妍一起去了，这时候，老居已随手将手术室的门带上了，我们冒冒失失地跟了进去，刚进门，就看见丁香撇着两条腿躺在不远处，一个护士恶声恶气地轰我出去，我连忙往外退。那个护士紧追出来，指了指过道上的一行"男人止步"的小字，问我是不是没长眼睛。

丁香打下一个血肉模糊的肉团。阿妍从手术室出来，脸色沉重，略略带着一些歉意。她看着我，想说什么，我摆了摆手，让她什么也别说，但是她忍了一会儿，还是低声地嘟哝一句：

"医生说可能是个小男孩。"

我假装什么也没听见。

阿妍用手比画着大小："差不多这么大。"

我仍然不理她。

接下来，我们找了一辆出租车，与丁香一起回去。一路上，那气氛有些怪怪的，阿妍试图找话说，大家都没有什么情绪，谁也不愿意接她的话茬儿，连她自己也是说了上句，没有下句。这时候，真是说话尴尬，不说话也尴尬。我尽量做出一副无所谓的样子，不住地往车窗外看，回家便闷闷不乐地喝起酒来。在此之前，因为自己把丁香的肚子弄大了，对阿妍我充满了歉意，充满了一种犯了滔天大罪的感觉，现在我突然觉得已经与她扯平了。这就好像一个调皮的孩子闯了祸，一开始，老是在想大人知道了会怎么样，会如何处置自己，是打还是骂，现在反正是真相大白，该怎么处置也已经怎么处置了。

　　事到如今，我突然觉得已经没什么可禁忌的，破罐子破摔，就是这么回事了。阿妍似乎也感觉到了我这种明显的变化，她为此深深地有些触动，因为她知道我这人是不怎么喝酒的，而且性格也是乐观的时候多。她从来没看我如此不开心过。一连几天，我都是无精打采，仿佛生了一场大病一样，连生意都不想做。阿妍知道我是在惦记那个孩子，问我是不是有些后悔。她知道我为了这事儿，心里很不痛快。她知道为了这事儿，我有些忌恨她。

第五章

在这以后的日子，我开始一个劲儿地变坏。男人有钱就变坏，这句话开始在我身上起作用。我开始得寸进尺，得陇望蜀，一天比一天不像话。阿妍起先只是让了小小的一步，谁知道就是这小小的一步，渐渐地就对我完全失去了控制。男人要是想变坏，真是太容易了。男人要是想变坏，快得只要一眨眼的工夫。阿妍因为自己不能生育，虽然对我与丁香嫉妒得要死，却不得不睁一只眼闭一只眼，对这事儿采取不闻不问的态度。她很快就发现已约束不住我了，阿妍一撒手，我便像断了线的风筝一样，立刻不在她的控制范围之内。我开始理直气壮地堕落了，变得越来越肆无忌惮。

事实上，自从做生意赚了些钱以后，不断地有人给我出馊主意，劝我在外面找个女人，偷偷地生个孩子。这相当于现在的包二奶，那时候还没有这种说法，我也确实不止一次地动过心，但是因为有了丁香的教训，我知道阿妍坚决不会接受，一直没有敢付之行动。我知道，真要是这么做了，那就是意味着与阿妍彻底地决裂了。我知道，阿妍特别在乎这个，她可以容忍我和别的女人睡觉，却绝对接受不了我与别的女人私通生的孩子。阿妍一方面想要个孩子，另一方面，她又视我和别人的孩子为世界末日。她无法容忍一个丈夫不忠实的见证在自己眼前晃悠。她接受不了这个，这是一个原则性的问题，没有任何的商量余地。阿妍只认一个死理，如果我想要孩子，那就只有坚决离婚一条路。

毫无疑问，我不能为了孩子，把这个家给毁了。虽然我完全可以瞒着阿妍，可以神不知鬼不晓悄悄地进行，我的一个朋友许诺，他能保证将这件事情做得滴水不漏。朋友说，兄弟，你不留个后人，日后那些钱都给谁呀。我真的是动过心，但是我绝对不会这么做，我老四决不是这种男人。如果这个孩子阿妍不能接受，对于我来说就没有任何意义。在小孩儿与阿妍两者之间，我会毫不犹豫地选择阿妍。不管怎么说，我离不开阿妍。不管怎么说，我还是更喜欢阿妍。没有什么比阿妍更重要，没有什么女人能够真正地代替阿妍。我对她的爱，虽然遇到一些挫折，虽然出过一些意外，却从来都没有减弱过。我们是结发夫妻，我们同甘苦共患难，这远非一般的男女关系可以相比。我是真心真意地爱阿妍，对别的女人，更多的只是男人的那种欲念，唯有对她，唯有对阿妍，才是真正的喜欢，才是刻骨铭心的爱。

阿妍永远是我心目中不落的太阳。她是阳光，我是享受阳光的小草和树木。阿妍是站在田埂上放风筝的人，我就是天上放飞的风筝。阿妍在底下轻轻地扯线，我在高空上翻着幸福的跟斗。说老实话，如果她继续盯着我闹，不时地扯紧手上的风筝线，结局完全可能是另外一种模样。如果她继续控制着我，我就不会有以后的乱来，就不会堕落得如此不堪救药，就不会成为一个不折不扣的下流坯。是阿妍纵容了我的胡来，是阿妍给了我机会，她将自己手中应该紧紧勒住的缰绳，很轻易地就丢开了，结果我这头野马便越跑越远。

从医院回来，阿妍并没有立刻就撵丁香走。她十分大度地将丁香留了下来，就好像什么事都没发生过似的。很显然，经过激烈的思想斗争，在这件事情的处理上，阿妍想表现得与别的女人有些不一样。

阿妍说："我才不会把一个病歪歪的女人赶走，她走不走，我根本无所谓。"

她强压住了自己的愤怒，但是，她的脸色还是很难看，阴沉沉的，像一场暴风雨前夕的天空。她既不是原谅我，也不是不原谅我。我当时并不知道阿妍的心里，到底是在想些什么。女人的心思实际上你永远也不可能捉摸透。

我说："既然你还同意让她留下来，我保证以后不会再有那种事儿了。"

阿妍看了我一眼，眼睛里都是怨恨。

我有些犹豫，又说："算了，还是让她走？"

"我都已经说过了，她走不走，我根本就无所谓！"

接下来，我们便处于一种不战不和的状态之中。阿妍说是要离婚，说了也就说了，也没什么下文。这以后不久，我母亲的病情加重了，阿妍的一门心思好像都在照顾她。她好像暂时把这件事情给忘记了，没日没夜地陪着我母亲。她当时是真的非常辛苦。我知道这事儿并没有过去，我知道暴风雨还在后面。过了一段时间，我母亲死了，死了过后一个星期，阿妍突然一本正经地找我谈话，说要从我们的积蓄中，拿出一半的钱来做服装生意。我吃了一惊，不知道她这忽发奇想，葫芦里卖的是什么药。

其实对于这件事，阿妍早就是深思熟虑，早就想好了，只等着我母亲咽气，再开门见山地跟我谈判。与其说是跟我谈判，还不如说是通知我一声，还不如说是最后的通牒。那时候我很能挣钱，差不多是我这辈子最能挣钱的时候，而且当时的钱特别管用。我没想阿妍会突然提出这么一个问题，颇有些措手不及。那时候，家中的一切财政大权，一向都是阿妍掌握的，挣多少钱都是全部交给她。说老实话，我都弄不明白我们究竟有多少存款。我不知道应该怎么回答她，以我老四的脾气，根本不会在乎那个钱，让我想不明白的只是，为什么自己的生意做得好好的，阿妍她却还要重开炉灶。

阿妍已经下了决心："你如果不同意，我就是跟别人借钱，这生意也要做的。"

她这人的脾气，轻易不会做出决定，一旦认定了一个死理，不撞南山不回头，你就是用九条黄牛也别想把她拉回来。

阿妍又说："希望你不要干涉我，我不管你那些乌七八糟的事，你也别管我的事。"

后来我才知道她这是准备离开我，要自己去创业，做出一番成绩来。阿妍相信女人只有独立了，才能自强。女人只有自强了，才能活出一个人样来。她的主意已定，我拗不过她，确实也找不出什么理由来拒绝，只好勉强同意。阿妍于是在外面租了一个摊位，当了女老板，正经八百地贩卖起服装。她这样的性格去做生意绝对是个误会，她太老实太善良，然而误会也只好让她误会，吃苦头也只好让她去吃苦头。有很多事情都是没办法避免的，阿妍结识了一帮做服装生意的朋友，当时卖的服装都是从福建石狮那边贩过来的走私货，一开始的生意还可以，好了差不多一年，便走起了下坡路，这以后又不死不活地拖了两年，基本上把投进去的本金，包括一开始赚的那些钱，统统都赔光了。

那一段时间，我们始终处于一种分居状态。阿妍搬回娘家去住了，因为是做服装生意，她也开始化妆打扮起来，尽量地把自己弄得时髦一些。有一段时候，她穿了一身的皮衣服，从头到脚都是皮的，皮夹克，皮裤子，长筒皮靴，活脱像个电影上的女杀手。这还不算，又涂脂又抹粉，又披金又挂银，手上还套了一个很大的金手镯。阿妍很快就成了一个十足的老板娘，当时在商场摆摊卖衣服的，差不多都是她那模样。我偶尔也去她那里坐坐，她呢，就跟我们之间什么也没发生过一样，高兴时胡乱说笑一阵，不高兴了，就酸溜溜地问我一句：

"喂，你和你的那些女人怎么样了？"

我每次都被她问得有些不好意思，立刻狡辩说："什么怎么样，我跟她们根本就没什么事儿？"

"根本就没什么事儿？"

我做出有些委屈的样子。

"那个丁香，你还没有舍得赶她走哇。"阿妍又悠悠地说，"老四，既然同样是玩女人，你为什么不玩儿漂亮的，丁香长得实在是惨了一些，是不是漂亮的女人你玩儿不到？"

阿妍从来不是个尖刻的女人，她说起尖刻的话来，声音完全不像是她的。一遇到这样的情况，我只好不吭声。

"怎么不说话了？"

"我说了你也不会相信。"

"为什么不相信？我为什么会不相信？"

"你当然不会相信。"

"不相信什么，不相信你又钓上了别的女孩？"

我于是就求饶，希望结束这样的谈话。除了对阿妍，我老四岂是那种轻易就肯求饶的人。我知道是自己做错了，是自己做得不对，是我对不住她。我说阿妍，我们总不能老是这么憋气憋下去，老这么憋着，要憋死人的。事实上，这句话我已经重复了无数次。这句话其实已经意味着认错，意味着我在向她道歉。我希望阿妍能与我恢复那种正常的夫妻关系，我说我们之间的事，总得有个明确的说法。

阿妍说："你想要什么样的说法呢，是不是要离婚？"

阿妍咄咄逼人地说："你要离婚我就奉陪，我正等着你呢，去法院，去民政局，去哪儿都行，你只要说一句话，我马上就跟你去。"

我从来没有想到过要与阿妍离婚，要离婚，我们早就离了。我早就打定了坚决不离婚的主意，既然这话谈不下去，只能怏怏而去，落荒而逃。那一段与阿妍分居的日子，也正好是我老四迅速走向堕落的时候。背着阿妍，没有了阿妍的约束，我开始彻底地堕落了，越来越不像话。也许还是因为阿妍的话起了作用，她的话像蜜蜂蜇人似的刺了一下我，当时我不仅继续保持着与丁香的关系，而且还把店里最漂亮的那个叫王丽的女孩也睡了。我要让阿妍知道，只要我老四愿意，漂亮的女孩我老四也能弄到手。

世界上不会有不透风的墙，显然阿妍也有所耳闻，不知道她是从什么地方得到了这些风声，冷笑着说：

"老四，总也不能老是吃窝边草吧。"

说老实话，那年头要想找女人，你的眼睛就只能盯着身边的人，你只能是近水楼台先得月，只能捡身边的人下手。兔子不吃窝边草，也得外面有丰富的嫩草才行。那时候的社会风气比较好，在外面见不到一个妓女，也没有什么三陪。

正是从王丽开始，我开始变得不像话起来，这就仿佛山坡上的一块大石头，一旦真滚动起来，你想拦也拦不住。在那些不像话的日子里，我开始追逐店里干活的每一个女孩儿。不管长成什么模样，不管年纪大小，对谁我都试试运气。我变得非常无耻，仿佛一头走进玉米地的狗熊，见玉米棒子就掰，走一路掰一路，如果谁不肯与老四有染，便立刻找机会请她走人。结果很多女孩子来了没几天，就红着脸走了。她们不敢相信，天下竟然有我这样不要脸的老板，竟然会有这样肆无忌惮的男人。我赤裸裸毫无羞耻地提出了那些不合道理的要求。说老实话，在那些疯狂的日子里，我并没有遇到过什么太大的麻烦。很多事情你只要有胆子去做，虽然有时候确实把有些事情做过了头，有的女孩儿扬言要去告我，想把我送到监狱去，有的女孩父母找上门来，让我赔钱，赔偿青春损失费。好在这些事最后都摆平了，结局无一例外，无非是花些钱，无非托几个朋友帮帮忙。

当时，也曾有人想把我搞臭，想让我身败名裂，不知道我老四反正已经到这一步了，还有什么可搞臭和身败名裂。万事开头难，只要迈出了第一步，渐渐地你就会有经验。渐渐地你就会知道，遇到这些事应该怎么对付，到时候你就什么都懂了。说老实话，我老四有时候确实不是个讲道理的人，我是作了不少孽，但是在男女这种事情上，我再他妈无耻，我再他妈不要脸，却从不蛮来的。什么霸王硬上弓，不管人家同意不同意就硬搞，摁在床上就胡来，那绝对不是我老四。我的态度向来很明确，喜欢把这件事情明明白白地放在桌面上。我喜欢直截了当地对那些女孩子说，我明白无误地告诉她们，说我是个坏男人，说我这个男人就这点坏毛病。

我毫不掩饰地对她们说:"你们整天在我面前转悠,在我的眼皮底下,像蝴蝶一样飞过来飞过去,要知道这对我的干扰太大,已经影响了我的工作。是你们让我分心的,这是你们的错,因此,不让我达到那个目的,我就没办法好好工作。我不好好工作,大家都没饭吃。"

在所有的那些女人中,最称我心,最能了解我心思的是丁香。当然,这并不是说在做那件事情上,我们之间有多少默契。事实上,丁香与阿妍一样,在做那件事儿的时候,总是让你找不到感觉。她们在这方面,就像是一对孪生的姐妹,都是绝对的冷淡。在床上她们永远是不知道怎么办才好,好像永远这只是你一个人的事情,是你一个人在干活。换句话说,她们从来不在精神上接纳你,可是即使身体已经接纳你了,也始终处在一种排斥的状态。她们总是让你感觉到做那件事儿一点乐趣都没有。总是让你意识到她们是在做一种牺牲。你和她们做爱的时候,总有一种迷路的困惑,不知道应该往什么地方走,不知道是应该进还是应该退。

我说的丁香最了解我心思,最善解人意,是因为她天生是个好帮手。在这方面,丁香简直就是个天才,完全是出于本能地知道该怎么做。你在她身上得不到什么太大的乐趣,找不到什么太大的快感,但是她会有意识地去为你寻找这种乐趣和快感。那时候,丁香成了我最好的女管家,她不仅帮我照料店里大事小事,安排这安排那,而且像一名出色的工会女干部一样,知道什么样的女孩儿更适合我。她知道怎么样让我高兴。

每隔一段日子，我对身边的那些女孩开始感到厌倦，需要得到一些新刺激的时候，就会在丁香的陪同下，一起去保姆市场物色女孩子。那些年里，保姆市场是我的狩猎场，那里面有太多的机会，蕴藏着各式各样的猎物。我当时的那一套做法，可以和林彪儿子林立果"文革"中的选妃子相媲美，说老实话，那感觉甚至要比林立果还好，他毕竟是由别人帮着选，我却是自己亲自去挑。自己挑的感觉完全不一样，这好比你去菜场买菜，并不是扔到箩筐里就是菜，随便拿两个萝卜捡三棵青菜便算完事。买菜的乐趣在于选择，在于选择的时候就已经想好，想好回家以后这菜应该怎么做，怎么才能做出最好的口味。

学坏真是不用教的，你很快就会无师自通你很快就会成为一名真正的猎手。你很快就能一眼看出来那些女孩有戏没戏，你很快就会发现有些事，仅仅是凭直觉就知道该怎么办。当然要想做好这些事，要想办得很顺利，和丁香天衣无缝的配合分不开。丁香可是一个非常难得的好帮手，她会用最直截了当的话询问对方，在公共的场合，有些问题只有让一个女人提出来更合适。对于丁香来说，提出什么样的询问都不能算过分，她可以坦然地问别人各种情况，婚姻，家庭，身体状况，生过几个孩子，甚至是不是结扎过。

丁香非常尽责地履行着自己的义务，在进行这些问话的时候，被询问的人常常误以为我们是夫妻，于是很认真地就这些提问做出如实的回答。

那些被询问的女人会说："老板娘，你放心，我什么事都会做。"

我和丁香从来不在那些刚从农村出来的女孩子身上浪费时间。城市是个大染缸，女孩子要学坏，还得有个慢慢的培训过程，我这人性子急，已经等不及了。那时候，我已经是个四十岁的男人。我愿意一下子就可以跳过这些过程，省略掉这些麻烦，更希望直截了当。说老实话，我不喜欢没结过婚的女孩，或者换句话说，我老四并不喜欢什么处女。

要知道，农村出来的女孩子很在乎这个，她们把这第一次看得很隆重。有过第一次的女孩上手就容易多了，同样是闯祸，我宁愿把别人的肚子弄大，你把别人肚子弄大，这会有一种成就感，就好像农民种庄稼一样，种瓜得瓜，种豆得豆，是你种下去的东西有了收获，可是把人家的那一层处女膜弄破了，那算是什么事呢，你不过是把一件原本美好的东西给破坏了，你把一个好端端的花瓶给弄碎了。

把别人肚子弄大了，去打胎就行了，那层什么膜你赔不起，这不是花了钱就能完事。当然，现在据说可以去做一个假的处女膜，报纸上就有广告，花点钱，可以补起来。我想说的只是，假的还是假的，脑子里的那层薄膜，你再大的本事也还是弥补不了。你说你去惹这个麻烦干什么，你说你是何苦呢。你这不是有病吗。说老实话，只要一到保姆市场，你就什么都知道了，就什么都能看明白。你保证一眼就能看出来我们这些当小老板的，其实都不是什么好东西。你会发现我们这些小老板看女人的眼光全都不对。当年最先下海当个体户的这些小老板，现在一个个都是有钱的主儿，男人千万不能有钱，尤其是我们这些素质本来就不高的男人。

男人有了钱就变坏，而变坏的标志无非就是喜欢女孩子。我喜欢那些有那么一点堕落经历的女孩儿，换句话说，我才不在乎她们是不是被别的男人玩儿过。那几年的风气说变就变，年轻的女孩子纷纷往城市里拥，这中间有相当的一部分，已经与前些年的情况完全不一样。过去都是一窝蜂地愿意去当保姆，现在却都觉得当保姆不好听，不自由，更愿意到我们的这种小餐馆里来打工。明知道小老板们不是好东西，明知道这些人都是色狼，一个个穷凶极恶，一个个虎视眈眈，可就是有不少不怕死的羔羊，喜欢冒险往狼群里钻。女孩子天真的时候容易受骗上当，受了骗，上了当，以后胆子就大了。

我再也没有见过比琴更容易让男人上手的女人。我再也没见过像琴那样无所顾忌，对男女的事情根本不在乎的女人，在我看到她第一分钟里，琴就毫不掩饰地跟我挤眉弄眼。这女人真是天生的没心没肺。丁香问她会做些什么事，她感觉良好地说自己什么都会做，什么都能做。说到什么都能做的时候，她故意假装不好意思地看了我一眼，脸唰的一下红起来。丁香继续盘问她，琴也不隐瞒，问什么答什么，连跟上个东家的老板娘吵架的事情都说了出来。我站在一旁，抱起膀子听着，不时地插一句嘴。很快她的身世我们就都知道了，不仅是知道，而且差不多是一清二楚。这是个结过婚的女人，今年刚二十六岁，有一个五岁的儿子。男人三年前在上海打工时出了意外，被一块掉下来的楼板砸死了，这以后，把儿子留给了公公婆婆，自己一个人出来在外面闯荡，几年里换了无数次工作，也换了好几个男人。

不用说，这种女人最适合我的口味。在带琴回去的路上，她就让我感到十分冲动。我恨不得在当天晚上就能跟她把事情办了。她似乎也觉察到了我这个老板的迫不及待，一路上，显得有些不安分，竟有些故意挑逗我的意思。琴的身段十分好看，该大的地方大，该小的地方小，该凸的地方凸，该凹的地方凹。与又瘸又丑的丁香走在一起，琴简直就像个尤物，简直像个小妖精。她的一举一动都是在引诱你，身上是那种最廉价的连衣裙，又薄又透，里面的三角裤和胸罩看得清清楚楚。

我走在她们后面，一边走，一边想入非非。

幸好我有老居这么一个朋友。老居绝对是一个够交情的朋友，有求必应，不知道帮了我老四多少忙。那些年中，我一次又一次地麻烦他，让他帮忙堕胎，让他帮我解决那些意外，前前后后不会少于二十次。

有一次，老居终于有些忍不住了，感叹说：

"老四，我这人不喜欢打听别人的事儿，我不明白你为什么老是有这些事情？"

我做出一头一脸无辜的样子："我也不想这样，但是人家托我，我也没办法。"

"什么是人家托你，老四，你给我说一句实话，这到底是怎么回事儿？"

"什么怎么回事儿？"

"你和这些女人到底什么关系。我跟你说，要是没什么关系，别来找我了。我也是想不明白，你一个大男人的，怎么会成天有这种事儿。我还真是想不太明白，这种事儿，你总不能老是这么源源不断吧，喂，你累不累。我跟你说，还是那句话，以后不是你闯的祸，别来麻烦我。"

我故意模棱两可地说："你就当是我闯的祸好了。"

"凭什么？"

"就凭我们这么多年的交情。"

"这种事儿少谈什么交情。"

"怎么能这么说，交情吗，还是交情。"

说老实话，跟老居成为朋友，在一开始还真有些别扭。老四怎么碰巧会结交这么一个朋友。一个男人选择去当妇科医生，说起来是难听一些，男子汉大丈夫怎么能干这鸟工作。可是这工作也有一个好处，就是饱览人间春色，这是多大的眼福呀。当然我不会与老居开这种玩笑，我从来就不喜欢拿这种事情开玩笑。到后来，已经不是老居亲自动手，人家现在是很有名气的副院长，

133

一般的小手术犯不着劳他大驾，也用不着我亲自出面陪同，常常一个电话就可以轻松搞定，丁香把人领去，先找到老居，然后再安排一个年轻医生，很容易地便把事情处理了。

说老实话，把别人的肚子搞大，总会让人产生一种辉煌的成就感。我知道这听上去有些怪，但是老四就是这么想的，也就是这么做的。人总会有些古怪的念头，总会做些莫名其妙的事情。虽然我不能拥有自己的孩子，事实却已经证明，我老四是能有小孩的，不仅能有，还能有许多许多。我千方百计地要证明自己的这种能力。要说这也是阿妍的过错，正是因为她的原因，正是因为她不能再怀孕，才让我变得有些不正常，变得有些不可理喻。不能有孩子确实是一件很遗憾的事情，既然阿妍的这块地里长不了什么庄稼，我便到别人的地里去胡耕乱种，而且从来不考虑避孕。不仅不考虑避孕，我甚至是有意识地让那些女孩子的肚子大起来。

我成了一个勤劳勇敢的农民，成了个会种地的好把式，一天到晚只知道辛辛苦苦地耕耘，只知道干活，从来不问收获。我知道阿妍最担心的，就是我老四会弄出一个什么私生子来。这是阿妍不可能接受的一件事，这是阿妍的心病，一旦这件事成为事实，我和阿妍的缘分就真到了尽头，想不离婚也得离婚。阿妍非常喜欢小孩，可是她喜欢的只是那些与我毫无关系的小孩。因此，在那些胡闹的年头里，无论把事做得有多出格，我坚决遵守着这条游戏规则。不管怎么胡闹，游戏规则一定要严格执行。不管是把谁的肚子弄大了，结局一定是由丁香陪着去老居那里堕胎。丁香自己就以身作则地去过三次医院，在这方面，她早已经是熟门熟路，并且知道我决不会做出让步，知道不可能有任何的商量余地。

有一天，我带着丁香和琴一起去买菜。作为大厨师，我总是喜欢亲自去买菜，因为买什么样的菜，这是一门重要的学问，会做菜的人，首先要学会买菜，要知道挑挑拣拣地买菜，也是一种乐趣。菜买好了以后，让琴先雇辆小三轮车送回去，我呢，就和丁香又去了保姆市场。

去那种地方当然不会安什么好心。我忘了说一声，就在离我餐馆不远的地方，新开了一个保姆市场，规模要比原来在长江路上的那家大得多。平时除了在菜场转悠，我对保姆市场一直保持着特殊的激情，有时候也不急着要找什么人，我只是喜欢过来看看，看看有没有中意的女孩儿。那天人很多，乱哄哄的一大片，大约是个休息日，我一眼就看到了小鱼。远远的我看见她站在那，眼睛正往我这边张望。在保姆市场上转悠，看到一些熟悉面孔并不奇怪，不过我并没有想到会遇到小鱼。

我会注意到她，是因为这丫头原来在我隔壁的餐馆里干过一阵，曾给我留下过很深的印象，后来不知怎么就消失了，我还真有些牵挂她。记得有一阵，小鱼常常和别的丫头一起坐在门口择菜。那时候，我们那条并不宽敞的街上，接二连三地开了好几家馆子，大家都做餐馆生意，竞争得很厉害。有一天我从她们身边走过，与小鱼一起择菜的女孩儿大约说了我的一些什么话，她听了，咻咻地笑起来，一边笑，一边盯着我看。我注意到了她在对我笑，她呢，也看到了我的目光，仍然是灿烂地笑着。当时她穿了一条红裙子坐在那儿，腿放肆地张开着，一看到我的目光，两条腿立刻并拢，然而就是在一瞬间，还是让我看到了里面的花裤衩。

那时候刚从农村出来的女孩儿，有很多都穿着那种很土气的花短裤，我立刻想到了自己在农村插队时的情景，立刻想到当时的一些农村小女孩儿，这心里就有了些不安分。小鱼长得很像阿妍当年插队时邻居的小女儿，个子高矮，年龄大小，都很相似。记得那时候我去阿妍所在的集体户玩，邻居家养了一条大黄狗，见了我就汪汪乱叫。为了讨好那条大黄狗，我常常不得不先讨好邻居家的小女儿。邻居的小女儿也很喜欢我，我去阿妍那里，她动不动就找借口跑过来玩儿，坐在一边听我们说话。

小鱼这一年还没有满十八岁。通常的情况下，我不太会为她这么大的女孩子动心。我已经说过，老四并不喜欢乳臭未干的黄毛丫头。可是我也说不清楚这丫头什么地方打动了我，总之一句话，她突然吸引住了我。很显然，我们来晚了一步，等我和丁香到那里的时候，另外一家开餐馆的夫妻俩也在选人，已经选中了小鱼，正与她谈价钱，双方已在讨价还价。我不由得为此感到非常惋惜，眼睛情不自禁地盯着她，盯在她身上不肯离开，站在一旁的丁香一眼看出了我心思，丁香最能明白我的，她于是立刻用了些小伎俩，将小鱼挖了过来。

丁香把小鱼拉到一边，轻轻地问她究竟想要多少工钱。小鱼如实地报了一个数字，丁香说，我再加你五块钱，你把那家赶快回了。小鱼有些将信将疑，那时候的五块钱，相当于现在的一级工资，顿时动摇了。她似乎还不相信天下会有这样的好事儿，正与小鱼谈价钱的那对夫妻没想到丁香明目张胆地挖墙脚，脸上立刻不好看起来，那位老板娘本来对小鱼就不是很满意，见她因为有人撑腰，在工资上不肯有丝毫的让步，便冷笑着说：

"这年头，真是谁钱多谁狠，那就算了，你就去找那些钱多的主吧。"

老板娘狠狠地白了丁香一眼，故意把眼光落在丁香的那条瘸腿上，露出一副不屑的神情。

老板娘又说："有钱，也用不到跑这来斗狠！"

我站在边上一言不发。

老板娘回过头来，怒冲冲地瞪了我一眼。说老实话，我还真让她这一眼，弄得有些不好意思。这小女人长得小模小样，看上去凶得很，一副惹不起的腔调，显然是那种得理不饶人的角色。她骂骂咧咧地和自己男人说着什么，一边说，一边还有要冲过来的意思，好在那男人是个省事的主，默默地不吭声。我依然一言不发，丁香不说话，由她去发作，老板娘见我们不敢接她的话茬儿，总算有了些面子，便悻悻地带着男人去找别的人了。

我长叹了一口气，不是因为丁香将小鱼留了下来，而是终于摆脱这样一个尴尬场面。这件事做得实在是有些不上路子，做得有些丢人现眼。说老实话，我对丁香的做法并不满意，她做得有些过头了，不应该这样挖人墙脚，而且凭什么随随便便地就给小鱼加五块钱。我当然不是心疼这五块钱，五块钱是小事儿，我是担心别的女孩子知道了会不开心。钱多了不一定是好事儿。女孩子的心眼都小，气量都不大，我必须一碗水要端平。

丁香也意识到这是个问题，在回来的路上，一再叮嘱小鱼千万不要把自己的工资情况告诉别人。不用说，像小鱼这样的小女孩儿，一看就知道不能干，一看就知道不怎么会做事。在我们那条街上，女孩子来来去去，是很平常的事情。隔壁餐馆的老板知道我雇用了小鱼，就对我说这丫头笨得很，而且绝对的没心没肺，对她再好也没有用的。小鱼果然是有些缺心眼，关照她不要说的话，第一个月工资还没有拿到手，已经毫无保留地把她加五块钱的事情全说出来了。店里几个女孩儿立刻有些不高兴，立刻搭起档来捉弄她。都欺负她是新来的，与那些已经出来一段时间的女孩儿相比，小鱼要单纯得多，要容易哄容易骗得多。人家问她为什么要离开原来的地方，小鱼就说原来的那家老板和伙计不怀好意，都对她动手动脚。

她的话还没说完，听的人哈哈大笑，琴一本正经地对她说："对你动手动脚有什么可奇怪的，谁叫你长得那么标致？"

小鱼立刻脸红了。

琴接着又说："丫头，你等着吧，你以为我们老板会放过你！"

其他的女孩儿都说："我们老板比谁都流氓，他要是放过你才怪呢。"

那时候的小鱼出落得像朵鲜花似的。我当然不会放过她，要说当时我和畜生也没什么大区别。我那时候就是个畜生。在小鱼身上，我费了很多心思，用了不少手腕，一度甚至都想到了放弃，直到最后，才将她哄到手。

说老实话，把小鱼哄到手确实是花了些力气。由于其他的几个女孩捣乱，小鱼从一开始就对我心存恐惧，总是想方设法躲避我，尽可能不和我单独在一起。我对小鱼的态度，与对别的女孩儿也不一样。我当时的耐心好得连自己都不太相信。对别的女孩儿，我像个流氓，直来直去，对小鱼，我更像个谦谦君子。说老实话，按照我对女人的态度，换了别的女孩，我早就放弃了，偏偏对于小鱼，怎么都是有些舍不得。

那一段时候，我是根本没有什么羞耻之心，如今回想起来，说是十恶不赦决不为过。不过，虽然我作恶多端，做了不少坏事，却从来不动粗的。我只是赤裸裸地对她们表明态度，在这干活，不让老四称心如意，是不可能干长久的。我总是这样赤裸裸地威胁她们。赤裸裸的最大好处就是，亲兄弟明算账，有什么都放在桌面上，愿打愿挨，决不强求。正派的女孩很快便吓走了，能留下来的迟早都会成为我的掌中之物。我老四就有这个本事，我既然喜欢她们，也能让她们喜欢我。我们好得就跟一家人一样，我们像一家人那样生活在一起。

我其实也把她们一个个都宠坏了。当时电视机还不是很普及，我就给她们买了一台黑白的十二寸电视机，放在店堂里让大家看。因为有了这台电视机，常常会耽误了做生意。那时候也没什么好节目，可是电视机成天开在那里，我手下的那些女孩儿，干活不可能不分心。记得演《上海滩》的时候，放到最后几集，差不多要结尾了，突然有个朋友要办两桌酒，替儿子过生日。提前一天就跑来预约，我的那些老客户都是预约好的，因为这样我可以事先配菜。结果朋友刚说明来意，我的那些女孩儿都急了，在一旁对我直使眼色。

我于是对朋友说："你儿子这生日真不是时候，能不能改一天。"

朋友听了，眼睛发亮，说："老四，你这是什么话，哪有随随便便改生日的。"

我也知道自己说错了，便说怎么会这么凑巧，好事都撞到一起了。我告诉朋友，说我是从来不看什么电视剧的，可是我的这些丫头，一个个都走火入魔，都快疯掉了，都跟要发作神经病一样，我就怕到时候会忙不过来。

那朋友听了我的话，笑了，回过头来，看了看姑娘们，很认真地说：

"总不至于为了这些丫头，你连生意都不做了吧。不过，老四，这香港的《上海滩》确实好看，不瞒你说，我也是一集都不耽误。"

"改在中午怎么样？"

"中午？"

朋友很认真地琢磨着，那些女孩儿一个个瞪大着眼睛看着他。

我说："就中午，为什么不能是中午？"

朋友说要回去和老婆商量一下，他似乎也觉得这是不错的想法，大家都不耽误。《上海滩》当时真的是很多人要看，朋友告诉我不仅是他要看这连续剧，他老婆也喜欢看，还有那些要请的亲戚熟人都要看。既然大家都要看，把时间挪到中午也不失为是个好主意。朋友一边离去，嘴里还在一边念念有词地嘀咕。他前脚走，店里的这些女孩儿立刻就欢呼起来。

说老实话，我喜欢我的这些女孩儿，她们也喜欢我这个当老板的，因为我时时刻刻都像老大一样关照她们。在她们心目中，我是个挺不错的老板，虽然有些流氓好色，总的来说还算是通情达理。在她们的心目中，我这个人既像老板，又不像老板。那一阵我虽然挣钱不少，人却是很辛苦，每天都累得腰酸背痛，累得死去活来。要知道，我这个老板干的活最多，因为店里就我一个男的，不仅要当大厨师，凡是要用些力气的活，都让我老四一个人包揽了。我这个老板比谁的苦吃得都多。

人难免喜新厌旧，过一段时候，我就会产生换换口味的念头，这心里又开始蠢蠢欲动。我不会轻易赶那些女孩儿走，但是，通常情况下，在我餐馆里干活的女孩儿，如果人数太多了，我便会让她们自己在窝里斗，让她们争风吃醋，让她们吵得不可开交，让她们自己决定究竟是否应该离开。在这方面，我老四确实也有不地道的地方。在这时候，我老四也会玩点小小的滑头。我看中的都是些智商不高的女孩儿，我喜欢那些傻里傻气的丫头，对付她们你不用花什么力气，对付她们你肯定稳操胜券。和这些女孩儿打交道是很好玩儿的事情，对付她们我自有一套好办法。我让丁香出头露面管理她们，让丁香得罪她们，让丁香最终决定她们的去留。

过了一段时候，丁香就会把她们召集在一起开会，让她们讨论，让她们互相攻击，互相揭短。有时候，她们谁也不肯离开，都憋着一口气，最后只好用投票的方法，决定谁应该离去。丁香说我的这办法很坏，是借刀杀人，是随手扔一把枪在地上，让大家去抢这把枪，然后让她们拿着这把枪去打死别人。这些丫头很轻易地便落入我的圈套，她们斗得很厉害，斗得死去活来。这个游戏规则十分简单，简单而且有效。她们很快也找到了对付我的办法，同样是简单而有效，不久，丁香和琴再拉上了涉世不深的小鱼，结成了一个牢不可破的联盟，这三个人走到了一起，形成了一个铁三角，每次准备要淘汰谁的时候，她们都是惊人的一致。

过了差不多有三个月，我才第一次把小鱼带到我的住处。我把她骗到了我的那间小屋里，东扯西拉地说了会儿话，假装很关心她。我绕了半天圈子，终于露出庐山真面目。她虽然早有这方面的心理准备，仍然是吓得哇哇大叫。我那房间的后窗紧靠着大街，她一喊，外面的人听得一清二楚。我说你喊什么，要是不愿意，你就不应该来，来了，就说明你不应该不愿意。她一喊，我也乱了方寸。我说你放心，老四又不会硬来的，我说老四什么时候硬来过的，老四从来不喜欢那些不愿意的女孩儿，你有什么好害怕。

小鱼听我这么一说，总算不叫喊了，脸红得像块红布，眼睛里全是恐惧。她的皮肤很白，农村女孩中很少能见到像她这么白白净净的。我既然已经把她骗到自己的住处，自然不肯轻易失去机会。我告诉她，在我这干活，这其实是很自然的事情，要不然你干吗还要留在我这呢。我又说，要是我老四不喜欢你，怎么会把你留下来呢。小鱼很认真地听我说着，那表情好像是完全明白我的意思，好像是完全赞同我的观点，但是就是不肯就范。

我说："如果你肯听我的话，绝对不会吃亏，绝对不会有什么事儿。"

我告诉她，我真的是很喜欢她。

我这人从来就不会甜言蜜语，对别的女孩子，没有这样好声好气过。我不得不用些好话哄她，说了半天，她很认真地听我说，最后仍然是不行，仍然是说要走，要离开我。

我于是有些来火，气鼓鼓地说，别以为你真有什么了不起，别以为我会跪下来求你，我告诉你，这件事就好比秃子头上的疤，是明摆着的，迟早就是这么回事，你搭什么狗屁的架子，充什么正经，说老实话，如果我放了你，对你有所例外，这不是自己坏了自己规矩吗。我要她想明白，老四身边并不缺女人。

她似乎是被我说服了，也明白她这么做是有些不对，已经惹我生气了，但是还是要离开。我黔驴技穷，很失态地喊她滚。她看我真的翻脸了，扭头就走，走出去一截路，我追了出去，让她把丁香喊来，然后又补了一句，让丁香和琴一起来，让她们两个人都过来。

不一会儿，丁香和琴赶来了，问我有什么事儿。我还在生气，板着脸，不愿意说话。丁香身上系着一条围裙，好像已经知道怎么回事儿，又好像什么都不知道。门还敞开在那，我让琴把门关上，把保险也上起来。她们不明白我准备干什么，大眼瞪小眼地看着我。

我说："小鱼这丫头真气死我了，害得我他妈憋了一肚子邪火。"

她们不吭声。

我又说了一句："我非收拾她不可！"

琴懒洋洋地说："你要收拾她，也不用把我们两个人都喊来呀。"

这以后，我不止一次想过要解雇小鱼。既然她不愿意跟我有那种事儿，既然她更愿意做一个正经的女孩儿，我以为她会主动提出来要离开，可是她就跟没事儿一样，就跟什么也没发生过一样，继续干她的活，继续心安理得地拿她的那份工资。她继续在我的眼皮底下打转，我不愿意再在她身上花太多工夫，在女人的事情上，我一直就是这个态度，愿意就愿意，不愿意就拉倒。硬扭的瓜不甜，硬摘的柿子不熟，我承认自己对小鱼有些特别的心肠，但是，我再也不愿意在她身上花工夫了，我不愿意费那个事。老四绝对不是那种放长线钓大鱼的男人，我可是没有那个耐心，也没有那么好的脾气。

转眼就要过年了，小鱼母亲突然来接女儿，这女人冒冒失失来了，来了就开口问我再借三个月的工钱。她看上去已不年轻，土头土脑。我立刻说这怎么可能，我怎么知道你女儿还会不会来，再说，我也不想再雇用她了，我早就不想要她。

小鱼母亲连声恳求我，这女人当过妇女队长，能说会道，说起好话来不怕你肉麻，不怕你起鸡皮疙瘩，好话一串连着一串，一口一个蔡老板，叫得十分亲热。我说你求我没用，也用不着给我灌米汤，你说一百句，还不如你女儿说一句，要是让小鱼求我，我可能还会考虑考虑。小鱼呆呆地站在一旁，眼泪汪汪很委屈的样子，听我这么一说，仍然是不吭声，她母亲于是就一个劲地责怪她，责怪她不懂事儿，责怪她不肯听蔡老板的话，又说她从小就任性，求我不要跟她计较，不要和一个小孩子顶真儿。然后她就继续啰嗦，像控诉万恶的旧社会一样，说她家里怎么急需要救命的钱，说小鱼大哥的儿子要念书，说小鱼的刚娶媳妇的小哥哥要盖新房，反正说来说去，这三个月的工钱，蔡老板是非预付不可了。

当时我就想，除非小鱼开口求我，只要她认个错，服个软，什么还都可以商量。可是她坚决不吭声，最后，反倒是我有些忍不住了，对她母亲说：

"你这女儿也太倔强了，让她开口求人就这么困难。"

小鱼母亲于是破口大骂她女儿，骂了半天，小鱼仍然是不吭声。母女俩都流起眼泪来，母亲是愤怒，女儿是委屈。一个硬逼着，一个坚决不服从，小鱼母亲竟然要动手打女儿。

我说："算了，算我倒霉。"

我神使鬼差地就预付了三个月的工钱给小鱼。这丫头真是够倔强的，她母亲拿了钱千恩万谢，说蔡老板你真是好人，你良心真好，小鱼却连个笑脸都没肯给，头也不回地就走了。过了正月十五，除了丁香无处可去，留守在店里，没有回乡下过年之外，其他的女孩儿纷纷地都回来了。只有小鱼迟迟没到，大家都知道已预付了三个月的工钱给她，都在暗笑我上当受骗，竟然会让小鱼这样的傻丫头给要了。

"小鱼怎么还不来呀，估计是不会来了。"她们故意在聊天时这么说。

小鱼临走，她母亲信誓旦旦地说好，一过了年初五，肯定让小鱼出来，不出来也要赶她出来。说老实话，我当时就心存疑惑，根本不相信这个鬼话。初五刚过，我就在想，小鱼是不会来的。等过了正月十五，我基本上死心了，很显然，她才不会来呢，换了谁都不会来，只有傻子才会来，显然那三个月的工钱算是白白地扔到水里去了。

春节期间，冯瑞拉着我一起喝酒，他当时也下海了，刚开始做生意，开一个什么贸易公司，开了没多久，便赚了不少钱。人真是不能有钱，一有钱就跟原来不一样，他顿时不把我这个小老板放在眼里。士别三日，刮目相看，要说他做生意比我迟了好多年，可是人家是起点高，一下子就赚了很多钱，一下子就有了今天大款才具备的那种神气。我知道他是有能耐的人，让他帮我出些点子，问他在新的一年里，我应该出些什么新招。

冯瑞想了一会儿，首先想到的就是让我店里的女孩儿统一着装：

"你得把门面弄漂亮一些，弄几个漂亮的女孩儿，不漂亮也打扮得漂亮一些。我知道你老四的菜烧得好，可是现在风气已经变了，很多人上馆子，不是冲你的菜好吃，而是你那里的姑娘水灵。"

冯瑞一本正经地开导我，说我的思想过于保守，已经跟不上飞速发展的形势。这道理搁在今天，谁都已经知道，谁都这么做，在当时却还有几分新鲜，当时根本就没有这种风气。那时候，我总是以自己的厨艺精湛自豪，觉得好厨师就是好厨师，开餐馆怎么说都得靠厨艺吃饭，毕竟我是李延龄师傅的关门弟子，毕竟我有一手绝活，我老四根本用不着搞那些邪门歪道。说老实话，我的那些老客户他们也都认这个，他们嘴馋了，就会惦记我了，他们都知道我的手艺货真价实。那时候，我的生意依然还算是火爆，

147

并没有意识到潜在的危机。我不可能一下子会想那么远，不过冯瑞的话还是起了作用，我在去看阿妍的时候，也算是照顾她的生意吧，从她那里为我的姑娘们一人定了一套工作服。

服装统一了，店里的气氛果然就不一样，顿时焕然一新。谁也没有想到，春节过后两个多月，我已经把小鱼忘得差不多，这丫头突然出现了。大家都吃了一惊，都没想到她会突然冒出来，她羞答答地站在店门口，好像知道自己是犯了错误一样，有些不好意思走进来。由于人人都换上统一的新服装，小鱼来了以后，首先有一种走错地方的感觉，她傻头傻脑地站在那，不动弹，两个大眼睛滴溜溜地乱转，我店里的女孩儿都是属于那种没什么心眼的人，她们在背后叽叽咕咕，一看到小鱼，一个个都很兴奋，盯着她问这问那。

我故意很严肃地说，你既然来了，还站在门口干什么。说完我就笑起来，因为小鱼来了，我心里十分高兴，其他的女孩儿都起哄，说小鱼你看，你来了，我们老板多高兴。小鱼被大家一说，也乐了，仍然站在门口傻笑。到晚上我掌勺做菜的时候，小鱼已换上了新的工作服，过来端菜，站在我边上看我忙乱。我忙里偷闲，回过头来看她，红红的炉火照在她的脸上，十分好看，于是我戏谑地说：

"我还以为你不来了。"

小鱼不说话。

我又说："你这不是羊落虎口吗。"

小鱼还是不说话，傻傻地笑，好像不明白我说什么。

一年以后，小鱼母亲突然出现在我面前，说是要在我这找份工作。在过去的一年里，她几次出现在我的店里，都是来看望女儿。小鱼再次出来不久，她也开始和女儿一样，离乡背井外出闯荡天下。先是在城市的另一端打工，在一家做熟菜生意的小老板手底下干活，不长的时间里，已经换了好几个东家。这一天，小鱼母亲突然跑来求我，说是蔡老板，我就在你这儿做了。类似的恳求已经有过几次，我并不觉得事情太突然，仍然是一口拒绝了她。

小鱼的这个母亲和她女儿一样倔强，一样缺心眼，一样对有些最简单的事情，总是弄不太明白。她死皮赖脸地缠着我，说蔡老板你人好，你良心最好了，你就收下我吧。

这女人口口声声说我人好，说我良心好，我于是板着脸说：

"别跟我来这一套，说什么都没用，我这人的良心一点也不好。"

小鱼母亲说："我知道，你是真的良心好。"

在一开始，我还担心她会拿我与她女儿的事来讹我。小鱼的年龄毕竟太小，才刚十八岁。我知道这种事情迟早都会暴露，不如先透点风声给她，为以后可能会有的麻烦做些铺垫。我说我这人的毛病就是喜欢女人，看到女人我就忍不住，就会不怀好意，你怎么还会觉得我这人好呢，你应该觉得我坏才对。俗话说，好人没有肚脐眼，你要不要看看我有没有这玩意儿，说着，我假装要撩起衣服给她看：

"我告诉你，我的肚脐眼比谁的都大。"

小鱼母亲以为我是在挑逗她，脸上顿时露出那种与年龄已不太符合的灿烂笑容：

"男人吗，还有不喜欢女人的。"

"你知道我喜欢女人就好。"

接下来她又啰啰嗦嗦说半天，我还是不肯同意。她说蔡老板你又不是多我一个人，为什么死活不肯要我，为什么这么不喜欢我。我说还真让你说对了，还就是多你一个人。你看看我现在的生意，今年怎么能和去年比，再这样下去，我的生意都快没办法做了。她仍然不依不饶，说我就在这做，先不拿工钱怎么样，又死皮赖脸地说蔡老板，我白给你干还不行。

我实在有些受不了这种纠缠，脸色难看地说：

"我说不行，就是不行。"

她怏怏地去了，隔了没几天，又来了，说是到处都找不到活干。这次又是老一套，又是死皮赖脸地纠缠着不放，我还是不理睬她。她说你蔡老板心肠怎么这么硬，怎么这么听不进话的。她说蔡老板你真是铁石心肠，好吧，我老实告诉你，我也不是真的没地方去，我是喜欢你蔡老板这地方，我是喜欢你蔡老板这个人。我喜欢你，才跑来求你的。还是那句话，我在你这白干还不行，你真要我白干的话，我保证一分钱都不要你的。她十分煽情地说了半天，见打动不了我，便让自己女儿来说这事儿。小鱼的心里未必真愿意，她母亲逼着她，也没什么办法，就真跑来求我了。

我板着脸对她说："你起什么哄？"

小鱼无可奈何地说："她非要死赖在这儿，我又有什么办法？"

我对小鱼说："你真是糊涂，我什么人都会要，也不可能要她。"

小鱼好像不太明白我为什么这么说。

我对她说，你怎么不动脑子想一想，万一她要知道我们的事情，怎么办。小鱼说知道就知道，这丫头好像根本就不在乎。我说你真是年轻不懂事，当然是最好不要让她知道了。小鱼撇了撇嘴，我又说，我跟你说了，不能让她留在这，说不行，就是不行。我说你又不是不知道我的坏毛病，在这的女人，我是一个也不肯放过的，难道你不怕我按捺不住，把你妈也给睡了。

小鱼的脸立刻红了，她没想到我会说这么下流的话，脸上立刻不高兴。但是缺心眼的人就是这样缺心眼，脸红，心里不高兴，她还是继续求我。

我说："你怎么说也没用，我不会要她的。"

小鱼说："我妈说她没地方可去。"

"她没地方可去跟我有什么关系。"

"没地方去，你也赶她走？"

"我当然赶她走！"

最后小鱼气鼓鼓地说："反正我就不让我妈走。"

虽然我并没有同意，小鱼自作主张地把她母亲留了下来。这丫头仗着我有些宠她，竟然不管三七二十一地就这么做了，就这么自作主张了。她母亲知道我是坚决不想要她的，就拼命做事，尽量躲着我，不在我眼皮底下转悠。她还拼命讨好其他的女孩儿，主动为她们做事，帮她们洗衣服，做她们的老妈子，结果她们得了些好处，尝到了些甜头，都站出来为她说话。

说老实话，我真是不太明白，为什么这女人非要死赖在我这里。说老实话，在一开始，我真有些讨厌她。我嫌她的话太多，嗓门太大，或许是当了多年妇女队长的缘故，稍稍有一点机会，她就倚老卖老，立刻自作聪明起来，立刻忘了自己是谁，立刻说个没完。当然，我更怕她知道了我和她女儿的事情，怕因此会生出什么意外来。这毕竟不是什么能见人的事情。不管怎么说，与小鱼的关系，已经打破了我老四的游戏规则。我说过自己不愿意跟那些太年轻的女孩发生纠葛，女孩太小了，会有许多预想不到的麻烦。小鱼这时候才十八岁，实在是太嫩了一些，她母亲一旦明白事情真相，决不会放过我。

但是，按照目前的情形，一切都似乎风平浪静，我想这女人大约已经什么都知道了，已经默认了我和她女儿的关系。既然如此，我也就没什么可担心的。我并不知道，这小鱼丫头其实是瞒得密不透风。我并不知道，这女人其实是什么都不知道，仍然还蒙在鼓里。她只是隐隐地知道，我和店里其他的女人有些不清不楚。仅仅是凭女人的直觉，她就知道我是个爱占便宜爱吃豆腐的家伙，因此只要是和我单独在一起，这个已经五十岁的女人，竟然会像小姑娘一样忸怩作态。她显然也不是那种安分的女人，有时和她调笑几句，立刻十分勇敢地应战，一下子就把妇女队长的本性全露出来了，反倒让我下不了台。

小鱼这母亲是个比女儿更笨手笨脚的人，整天出错，整天闯祸，有一次，竟然把菜泼翻在客人身上。我几次要撵她走，不止一次暗示丁香想办法炒她鱿鱼。说老实话，在内心深处，我就一直没想要过她。没见过像这样笨的女人，而且越是笨，越是喜欢逞能抢着做事，做又做不好。几天以后，她又把一个煨好的砂锅给打坏了，还差点烫到自己，吓得女孩儿们乱作一团。于是我板起脸熊了她一顿，坚决要撵她走。我说你跟丁香把账结一下，不到一个月也算你一个月，钱我不会少你一分，但是明天一定要给我走人。

第二天一早，天还没有亮，我还没有起床，迷迷糊糊地就听见外面有人喊：

"蔡老板，蔡老板！"

我听出来是她，还想再睡一会儿，故意不理她。她有一声无一声地喊着，喊了几声，人走了，过了不一会儿，又跑过来。她就是这样，没完没了，我没办法，只好跳出被窝，开门让她进来。

我气鼓鼓地说："这么一大早，你跑来干什么？"

幸好我从来不留女孩儿在这儿过夜的，要不然她这么一大早赶过来，正好把小鱼堵在被窝里。那时候我要干坏事，总是先用自行车把女孩儿驮来，完事后再用自行车将女孩儿送走。我这一辈子，身边除了阿妍，换了别的女人就睡不踏实。不管是谁，事情只要一结束，我就会立刻毫不犹豫地将她们打发走。当然，不愿意留女孩儿过夜的另外一个原因，是我这人不喜欢睡懒觉，这也是自小就养成的习惯，我天天早晨都要起来去公园打太极拳。

我怎么也不会想到小鱼母亲在这么早就来找我，她傻傻地站在门口，我当时已经回到了被窝里，说你要么进来，要么赶快走，站门口干什么，大清早的，把我的好梦都给吵醒了。她于是进到房间里来，随手将门带上，门咣的一声，吓我一跳，把我最后的那点困意都吓跑了。她站在我床前看着我，然后大大咧咧地在床沿上坐了下来，好像有很多话要说的样子，我怕她又说个没完，也不想再睡了，立刻坐起来穿衣服。

她刚开口喊了一声蔡老板，我立刻打断她，说你千万不要再说什么，我现在不想听你唠叨。

她说："蔡老板，你能不能听我说一句？"

我说："我不要听，你说了已经不只一句了。"

我让她赶快跟丁香把账结了，把账算清楚，尽快走人。我问是不是已经结好，要是还没好，赶快去找丁香结账。然后我也不容她有任何说话的机会，就去附近的一家公园打拳。她憋了一肚子话没说出来，便一路傻傻地跟着我，一直跟到公园里，远远地站在一棵大树底下看我打拳。

打完一套拳，差不多要四十多分钟。我继续活动了一会儿拳脚，喊了几嗓子，然后穿上衣服往回走。她立刻又跟了过来，我只当没看见她，回到住处，已经是一身大汗，于是倒了一盆热水，准备擦身子。这时候，她竟然推门进来了，也不管我是在干什么，自说自话地又唠叨起来。她显然不考虑自己话别人要不要听，想不想知道，又一次说起自己的丈夫，说她丈夫天生是个好吃懒做的家伙，别人都已经在起新房子了，而她家的房子还是破烂不堪，又说起小鱼的两个哥哥，说自己的这两个儿子都怕老婆，然后说起了她的孙子，说孙子在学校里怎么怎么样。

她说这番话的目的，无非是想告诉我，她想到要回家就觉得活得没意思，她一点也不留恋她那个家。她全然不顾我的不耐烦，说到临了，几乎是用恳求的声音说，只要我能让她留下，吃什么样的苦都行，受什么罪都没关系。

"蔡老板，蔡老板，你就当作是做一回好事吧。"

我一边把湿毛巾伸到衣服里面擦身子，一边说：

"这谈不上做什么好事，你说的光能吃苦也没有用，还得会做事才行。"

"我能做事。"

我看着她说："你这么笨，怎么在外面做事。"

小鱼母亲立刻有些不服气，女人的笨，有时候就表现在明明是笨，又不愿意别人说她笨：

"我好好学还不行，蔡老板。"

"人要笨，想学也学不会。"

155

我告诉她，真是找不出什么理由要留下她来。我说像她这么笨的女人，除了会坏我生意，干不成别的什么好事。对于她，我也是仁至义尽，早已经没有什么耐心了。她让我说得不好意思，不知所措地两个手搓来搓去。突然，她好像突然变聪明了一样，讨好地说：

"蔡老板背上擦不到，我来帮你擦吧。"

说着，便扑过来抢毛巾，不由分说便把我手上的毛巾抢了过去。我吃了一惊，说你这人怎么这样。我告诉她，你就是再讨好我也没用，你要知道我铁石心肠，根本不吃这一套。她只当什么都没听见，往盆里加了些热水，把毛巾放在里面浸了浸，轻轻地搓了几下，绞干，举在手上，要为我擦背。我当时就想，她既然愿意效劳，恭敬不如从命，也就随便她了，便撩起衣服让她擦。她于是一边为我擦背，一边又一次苦苦地求起情来。她说蔡老板，我知道你良心好，你看你这身段多漂亮，保养得多好，就像小伙子一样。她说蔡老板你看上去真年轻，一点都不像四十出头的人，在我们农村，要一过四十岁，看上去就是个小老头了，看你这皮肤，比我们女人的皮肤都细嫩。

我说你不要一个劲儿地说好话行不行，你这样拍马屁，我要起鸡皮疙瘩的。

她却继续无所顾忌给我戴高帽子：

"真的，刚开始，我还以为蔡老板三十岁刚出头呢。你真的看上去很年轻。蔡老板，你就高抬贵手吧，算是放我一马，给我一个机会还不行，让我有一口饭吃还不行，只要你蔡老板肯答应我留下来，让我干什么都行。"

我觉得很好笑，这女人就是这样自作聪明。我不由得脱口而出，说你说得倒轻巧，说得跟唱一样，让你干什么都行，你又能干什么呢，总不至于还能陪我睡觉吧？她让我这一说，手上立刻停止了动作，毛巾还贴在我的背上。我为自己突然冒出这么一句赤裸裸的话感到有些后悔，她红着脸到脸盆那里去搓毛巾，嘴里嘀咕了一句，说：

"蔡老板真会说笑话。"

我想玩笑反正已经开了，干脆继续开下去，便说：

"要不是说笑话怎么办。"

她让我这话逼得无路可退："蔡老板怎么会看中我？"

我笑着说："万一我是真看中你呢？"

"你不会的。"

"万一会呢？"

她看我不怀好意地笑得十分开心，窘得无地自容，脸涨成了猪肝色：

"蔡老板不要说这种让我们难堪的话好不好。"

开玩笑往往也会弄假成真。这时候，我的老毛病又犯了。我觉得怪怪的，心里徒然就有些不安分起来，突然想到自己还从来没有和比自己大的女人做过。到我这来的女人，要说都是与我有一腿的，偏偏眼前这个女人，竟然与自己没发生过什么事情。我是说，我和她之间什么也没发生过。一个十分歹毒的念头突然冒了出来，既然从来没有和比自己岁数大的女人有过故事，为什么不试试呢。

我一下子就想起自己母亲五十岁的样子，在我记忆中，五十岁的女人已经是一个十足的老太婆了。说老实话，在这间租来的小房间里，我干了无数桩坏事，再多干一桩也不为多。这里差不多就是我老四为所欲为的行宫了，女人既然已经送上门来，当然不应该放过。我不知道老女人会是什么样的反应，虽然她没有什么出色的地方，但是这并不妨碍尝试一下。我突然觉得自己很想冒一次险。眼前这个女人突然让我产生了欲望，显然，产生欲望直接的原因，不是因为她徐娘半老风韵犹存，她差不多已是一点风韵都没有了。现在，她那一脸的沧桑，她粗糙的手，粗糙的脖子，眼角边深深的皱纹，反而更让我感到一种异样的刺激。

不知不觉中，我的上衣早已经脱去了。她很认真地为我擦着背，一边又一边地擦。在她卖力干活的时候，我突然带着一些恶作剧地问她，除了和自己的丈夫之外，她有没有跟别的男人睡过觉。我以为她会很难为情，会拒绝回答这样的问题，没想到她一点都不扭捏，手上的毛巾正在我胸前擦着，想不明白地说：

"蔡老板问这个干吗？"

"有，还是没有？"

"不告诉你。"

"那就是有了？"

她笑了起来，是傻笑，牙全露出来。

我笑着说："一看你就不是什么正经女人？"

她继续用湿漉漉的毛巾在我胸前将过来将过去，仍然还是傻笑。

"你不要不好意思，我老四就喜欢不正经的女人。"我笑嘻嘻地说，"你要是个正经女人，我还不敢勾引你了。"

"算了吧，你蔡老板才不会看上我。"

"别打岔，告诉我，你到底是不是正经女人。"

这个笨女人突然冒出一句还算聪明的话："我又没说我是正经女人。"

"好了，那就是承认自己不正经了，不正经好，我跟你说，我就喜欢女人不正经，女人一正经就讨人厌。喂，你又是怎么个不正经呢，能不能给我说说？"

她咯咯地傻笑起来。

我说："干脆你也和我来一次不正经算了。"

我做梦也没有想到这女人会突然直截了当。我正得意洋洋地捉弄着她，用语言让她难堪，她右手的毛巾还在运动着，左手却突然伸向了我的要害。要说我也是见多识广的男人，从来没有遇到过这么直截了当的女人，从来没遇过这么胆大妄为的袭击。当时，我的嘴上虽然在不断地调戏她，也只是说说而已，我并没有完全做好准备。我只是有些不安分的想法，但是说老实话，究竟该怎么做，并没有最后拿定主意。最可笑的是，她二话不说，不仅一把抓住了我那玩意儿，而且像抓住什么做坏事的证据一样，抓住了就不丢开。我一向自以为神勇，在她的突然袭击下，反倒有些不知所措，半天都没有什么反应。

我苦笑着说："你轻一些，别捏碎了。"

接下来，不干那件事儿，显然是不可能了。当时，真说不清楚是她想做，还是我想做，反正事情已经到了这一步，要是没有一点什么实际的内容，双方都没办法收场，都下不了台。我的脑子里隐隐地还在想，自己是不是有些趁人之危，她是不是被我逼得不得不这么做，很快就打消了这些念头，因为她表现出来的主动，远远地超过我的预料。我做梦也想不到一个五十岁的女人，一个已经做了奶奶的女人，竟然会爆发出那么大的激情。她的左手继续抓着我的那玩意儿，感觉到它的反应不是很强烈，便扔掉了右手的毛巾，抓住了我的右手，非常坚定地把它往她裤子里塞，由于她那根细细的裤带还没有解开，我的手被卡在了半路上，她笨手笨脚解着裤带，解了半天，解不开，手忙脚乱，反而变成了死结，便用力将裤带拉断了。

我不安分的手当然不会拒绝她的邀请。到这时候，我当然不会有丝毫的退却。我的手指不由自主地向前滑行，终于到达了目的地，像蛇一样游进满是露水的茅草丛，她立刻感觉到了我的反应，便开始一件接一件地脱起了衣服，她身上的衣服看上去都很旧，贴身的汗衫上到处都是洞。你怎么也不会想到，在这么破旧的衣服里，又是这么一个岁数，竟然会隐藏着如此疯狂的身体，竟然会爆发出如此惊天动地的激情。我没想到光天化日之下，房门甚至还没有来得及插上，就会这样轰轰烈烈，就会这样不顾死活。我的剑已经出鞘了，已经准备跃跃欲试，仍然还有要退却的念头。我的勇气仍然还有些问题，我的思想上仍然还是有些障碍。

我情不自禁地说："真是见鬼了，你总不至于是为了留下来，才跟我做这事儿吧。"

这时候，她已经不在乎我说什么，终于脱完了自己的衣服，又接着帮我脱，然后便将我顺势推倒在了床沿上，然后迫不及待地骑在了我身上。在这之前，她的左手紧紧抓住我的那玩意儿，始终没有松开。做什么都是用另一只手，因此做什么都笨手笨脚。终于，该扫除的障碍都扫除了，钥匙插进了锁眼，火车驶进了黑黑漫长的隧道，她咄咄逼人地冒出了这么一句话，冒出了一句让我目瞪口呆的话。

"实话告诉你蔡老板，我不是为了留下来才这样的，我是为了这样才留下来。"

这女人竟然能说出这么聪明的一句话。事情的进展，远比我所能想象到的要快得多。我突然明白自己这时候，根本不是趁人之危，而是在为一个渴望男人的女人解决欲望问题。眼前的这个女人显然已经很久没和男人做那种事儿了，显然她比我更渴望做那件事儿，更占据着主动的地位。我突然意识到她死死缠着我的真实动机，突然明白她为什么一定要留在我这。我唯一不明白的是她为什么会选中我。我不明白她为什么会喜欢我。或许，正是因为喜欢，我怎么伤害她，怎么要撵她走，她都以惊人的毅力忍受下来了。毫无疑问，这个女人喜欢做这件事情。幸好我已经是这方面的老手，并没有因为她的疯狂而失去控制，毕竟昨天晚上刚和小鱼云雨过，所以我不至于那么迫不及待。我知道在这种关键时候，越冷静，越能把活干好。我知道，在这种时候，脑子里必须想一些乱七八糟的东西。这是谢静文当年教给我的绝招，这一招屡试不爽。

我不得不承认，她粗糙的手在我身上捏过来捏过去，总是有些异样的感觉，就好像有人在给你搔痒一样，既让你兴奋，又让你忍不住就要笑出来。她的动作有些粗鲁，有些野蛮，有些疯狂，还有些滑稽。有那么一会儿，她甚至弄得我很难受。当时我被她压在了床沿上，两条腿还放在地上，那场面就好像我是在被人强暴一样。我不得不拼命地开小差，想一些完全不搭界的事情，想一些能够让自己分心的事情。我想到了谢静文，想到了阿妍，想到了这些年一个个给我带来美好回忆的女孩。我甚至想到了小鱼，想到昨天晚上之后，我甚至都没来得及洗一洗。这些念头都是一闪而过，因为这女人太疯狂了，好像根本就不允许我胡思乱想，她的嘴里有节奏地喊着蔡老板，她把三个字拆散开了，每运动一下，便喊一个字，越喊越快，越喊越歇斯底里。我感到有些狼狈，不知道怎么样才能收场，不知道怎么样才能让她那没完没了的动作停下来。

这女人让我情不自禁地想起插队时遇到的一个女干部，跟小鱼母亲一样也是个妇女队长。我直到现在还能清楚地记得这个女人的名字，叫王素贞，当时大约四十岁模样，人长得有模有样，个子不高，却很结实。王素贞常常讥笑我们知青偷懒，骂我们没有用，吃得比她多，干活却还不如她一个女人。身为妇女队长，她专门爱管我们男知青的事情，好坏都要她管。有一次我们把生产队的一条母狗偷吃了，她堵在门口活生生骂了三个小时，几个知青被堵在屋里，被她骂得连尿都不敢出去撒。

这以后，我们在背后常常研究妇女队长为什么会这么凶，为什么会这么厉害，为什么这么张扬，最后得出一致结论，就是她男人太无能了，女人欠×，结果就是这德性。我们一致认定她男人是阳痿，认定她男人性无能，并给他起了个外号叫"老痿"。事实上，"老痿"是生产队的会计，我们的结论完全是个错误，这家伙风流得很，跟村上好几个小媳妇都有好事，都说他床上的功夫确实第一流，经过他手的女人想甩也甩不掉。

我一直没弄明白小鱼母亲究竟叫什么名字。我只是在偶尔想到她的时候，会突然想到勇敢泼辣的妇女队长王素贞。王素贞的勇敢泼辣让人感到害怕，王素贞的勇敢泼辣让人怀念，小鱼母亲的所作所为也差不多。三十如狼，四十如虎，你怎么也想不到一个五十岁的女人会这么疯狂，会有这么强的战斗力。

第二天一大早，她又来了。

我有些狼狈，说："你这是什么意思，总得让我歇两天吧？"

她让我说得面红耳赤，什么话也没敢说，讪讪而去。

接下来，一连几天没有动静，我倒有些想她了，便给她一个暗示，让她明天老时间过来。说老实话，我不愿意用自行车去驮她，不想让店里的女孩笑话我竟然和她也会有一腿。到了第二天清早，天还是蒙蒙亮，她已经到了，来了就上床，那种迫不及待，那种肆无忌惮，弄得我异常兴奋，神魂颠倒，多少年都没有这么爽过。虽然她已经是一个五十岁的老女人了，在床上的表现足以和当年的谢静文相媲美。多少年来，我一直在寻找一个像她这样的女人。我喜欢女人能够全力以赴地做这件事。在我接触到的那些女人中，除了谢静文，只有这老女人是真心地喜欢这个，她简直就可以说是热爱。

这女人和谁比都不逊色，甚至比谢静文更让人销魂。说老实话，她的全力以赴，是所有男人心目中的一个理想，她这样的女人可以让你忘掉年龄，可以让你忘掉美丑。谁都不会相信，这女人竟然让我在一段时间里，对其他的女孩儿突然没有了兴趣。这女人竟然就有这样的能耐。毫不夸张地说，我一度完全屈服于她的淫威之下，陶醉在她层出不穷的游戏之中。像她这样的女人，有一个就足够了。像她这样的女人，只要有了一个，你就没必要再去找其他的女人。

我不得不深深地感叹说：

"我的妈哎，知道不知道，你可真是个不折不扣的老——"

"老什么？"

"骚货！"

"蔡老板喜欢这样，那我还有什么好客气的。"

"你给我说老实话，到底和多少个男人睡过？"

"蔡老板——"

"给我说老实话。"

"除了我丈夫，还有谁？蔡老板真是占了人家便宜，还要看不起人家。你不要以为我真是裤带子松的女人。我们农村妇女很在乎这个的，怎么会随随便便和别的男人睡觉。"

我笑了起来。

"你干吗笑？"

"你在乎这个？"

"当然在乎。"

"我要是相信，那才叫见鬼了，跟我装什么假正经，"我仿佛已经掌握了什么确切的把柄一样，很严肃地说，"别跟我来这套，我已经明确告诉你了，我这人不喜欢正经女人，别在我面前充什么大姑娘。你那么大的能耐，只有你男人一个人享受，岂不是太可惜了。你这样的女人，冒出来一打的男人我都相信。"

"蔡老板为什么会这样想？"

"你床上的功夫十分厉害。"

"什么叫厉害？"

"厉害就是厉害。"

165

她傻乎乎看着我，想了一会儿，吞吞吐吐地说："好吧，跟你说老实话，是有过一次，只有一次——"

　　"一次什么？"

　　她不想讲，是不愿意讲。

　　我让她一定要讲，一定要讲出来，我用命令的口气说，自己很有兴趣知道这个，我说就喜欢听这种带些荤的事情。她有些为难，又不敢不听我的话，怕我不高兴，犹豫了半天，只好用发抖的声音，把埋藏在心中的秘密说给我听。刚开始，她还有所顾忌，有所保留，渐渐地，便什么也不再瞒我了。她告诉我，她可以对天发誓，除了她丈夫，只和生产队放牛的刘瘸子有过一次那种事。她一生中就只有那么一次出轨，就做错了这么一件事，除了这一次，她基本上就算是个正经女人，换句话说，如果我蔡老板觉得她床上的功夫厉害，那也是天生的。

　　她说的那刘瘸子是一个富农的儿子，这人小时候得过小儿麻痹症，一条腿严重变形。在农村，像他这样条件的男人，找不到老婆是很自然的，注定是要当一辈子的光棍。有一次，小鱼母亲走过生产队的牲口棚，发现刘瘸子站在一个小板凳上，正从屁股后面弄一条母牛。因为一开始也没看明白，不知道他是在干什么，她只是疑疑惑惑地知道事情不太对头，于是走过去，一把将他从小板凳上揪了下来。刘瘸子当时正干在兴头上，被她突然打断了好事，吓得坐在地上，捂着自己的那玩意儿乱滚。他以为妇女队长会痛骂他，会把他拉出去示众，没想到她只是呵斥了几声。

"老实说，大家都是人，蔡老板，他这么做，也是没办法。要是有办法，也不会拿畜生撒气了。"

小鱼母亲重提此事的时候，一会儿平静，一会儿激动。她说她当时什么也没做，就把刘瘸子给放了，不仅不为难他，而且还有些同情他。她说这种事儿她自然不会对别人说，真说出去，他怎么做人。可是刘瘸子他总是放心不下，以后见到她，只要旁边没有人，就求她千万不要把这事儿说出去。他真被这件事吓坏了，口口声声说，二婶子，你要说出去，闹得大家都知道，我刘瘸子再也没脸做人。她教训他说，你还要什么脸，你还有什么脸。他呢，颠来倒去地就这么几句话，他说真的，你二婶子要是把这话说出去，我就不活了。

小鱼母亲看着我，脸上的表情很丰富："我当时真是给他缠得不轻，后来，这不要脸的东西，居然用死来讹诈，真的用死来讹诈我。"

我有些好奇地问："怎么个用死讹诈法？"

"他说要是那样，就上吊，就喝农药。他可不是说着玩玩，他是真为这事急，真的是可怜死了，人看着看着，一天天地直瘦下去，都是为了这事操心的，脸上的那肉说没有就没有了，颧骨也高高突了出来。你知道，他这心里有块大石头，这块大石头压着他，可怜瘦得人都脱形了。"

我想尽快知道实质性的东西，便问：

"后来呢，后来你到底有没有把这事儿说出去？"

167

"我当然不会说，我要是说了，不是送了人家一条命嘛。"

结果有一天，刘瘸子大白天闯到她家，他事先就已经知道她是一个人在家，已经在后面的竹林里藏了半天。就这样，他突然愁眉苦脸地跑进来，抱住了她冒冒失失地就要做那种事。他说二婶子，你只有跟我做了，我才会相信你真的不会说出去。要不然，我真是没脸活了，我活不下去了，我心里放不下这件事呀。这大石头一直压在我心上，二婶子，你救我一命。他的意思就是，就是要用这件事封住她的嘴，只要这样，他才相信她不会说出去。她心一软，完全是因为同情，就让他得逞了。

我笑起来，说："你倒是真做了件好事。"

"你说我还能怎么办？"

她说刘瘸子从来也没跟女人弄过，没有女人会跟他，他急猴猴地扯她的裤子，将裤子扯到膝盖那里，就在堂屋的中央，让她将屁股撅起来，让她趴在吃饭的方桌上，然后就像弄他的母牛一样，从后面狠狠地杀了进去。天气很热，两个人的身上都是汗，湿漉漉的，好像刚从河里捞起来。

她说这些的时候，仿佛在说别人的故事，仿佛在说另一个与自己毫不相关的人。救人一命，胜造七级浮屠。显然这件事曾经给她带来过很大快乐，因为刘瘸子从此变了一个人，人也胖了，脸上也有肉了，比过去要精神许多。这以后，刘瘸子每次看到她，眼睛里都充满感激，那是发自内心深处的感激之情。他再也没有来骚扰过她，就好像他们之间什么也没有发生过一样，就好像只是在梦中有过一次这样的遭遇。让我感到吃惊的，是这女人叙述中，不知不觉流露出的一丝遗憾，遗憾刘瘸子以后竟然没有再来找她。这件事已在她心目中埋藏了很多年，今天终于有机会，可以痛痛快快地说出来。她一边说，一边放肆地做动作比画，这件事现在终于说出来了，她感到无比轻松。

然而这场春梦很快就烟消云散，过于疯狂的梦注定长不了的。小鱼母亲的美梦破了，我的美梦也破了。定时炸弹终于爆炸了，她终于知道了我和她女儿小鱼的关系。这女人明知道我不是一个正派的男人，隐隐约约地也有些怀疑，但是事情的真相一旦败露，她还是觉得像天塌下来一样受不了。她那妇女队长的母老虎脾气立刻暴露无遗。这女人本来不在乎我和别的女人，但是一想到我是和她女儿一起睡过觉，就仿佛吃了什么恶心的东西，立刻就作呕要吐，立刻就从荡妇变成了烈女。

一切来得很突然，本来什么都好像是隔着一层薄纱，都朦朦胧胧的，突然什么事都真相大白。好多事情就是一层薄薄的窗户纸，非要有人捅破才好，这和店里的那些女孩儿作梗分不开，大约是她们再也忍受不了她的嚣张，实在看不惯她的霸道，于是联合起来与她斗争。说老实话，小鱼母亲不仅在那方面疯狂，恨不得天天都是过年过节，而且是个不折不扣的大醋坛子，她自恃我跟她已经关系不同一般，突然反客为主，一反原来卑躬屈膝的姿态，竟然梦想着要当起这店里的女主人来。她又成了妇女队长，谁都敢管，对着丁香也指手画脚，动不动还要让别人滚蛋。

最后把事情挑明的不是别人，恰恰是她的女儿。小鱼竟然也站在反对她的行列中。有一天，小鱼母亲又在那教训人，小鱼悻悻地对母亲说：

"喂，别以为这里就你一个人了不起！"

这母女两个公开地吃起醋来，说着说着，母亲先扇了女儿一个耳光，女儿也不示弱，还了一个。于是两个人互相打了一通耳光，这一打一闹，该说的话说了，不该说的话也说了，大家都叫板，都豁出去了，都撕破了脸皮。谁也占不了上风，针尖对麦芒，一个是打麦场上撒泼的野蛮村妇，一个是街头撒野的不良少女，一个比一个凶，一个比一个更邪乎，都变成了另一个人。结果小鱼母亲终于从女儿话中听明白了意思，她顿时哑了，半天没有声音。接下来，她失魂落魄地在那发呆，然后就当着众人的面，当着姑娘们和客人的面，突然冲过来，恶狠狠地扇了我一个大耳光。

她不是在刚上班没人的时候扇我，不是在后面的厨房里扇我，她是在生意最火爆的时候，趁我出来向客人敬酒之际，冲上来，狠狠地扇了我一个大耳光。重重的一记耳光，声音巨响，就好像晴天打了一声雷，不光是我傻了，所有在场的人都傻了。

她咬牙切齿地说："你这个畜生，你不得好死！"

我的客人并不知道她是谁，她打得快，跑得也快，转身跑进厨房。

我强作镇定，把手上的那杯酒喝完。我好像什么事儿也没发生一样，对客人笑了笑，然后就气势汹汹地冲进厨房。进了厨房以后，这女人已拎着一把菜刀在等着我，看到我，不是往前冲，而是往后退。我以为她会用刀劈我，后来才知道她是怕我冲过去打她。我说你发什么神经，你竟然敢在店堂里打我的耳光，当着这么多客人的面。她的气焰这时候稍稍地下去了一些，一口一个畜生地骂开了，她说你真不是东西，你那岁数都可以做她爹了，我女儿是黄花闺女，就这么被你糟蹋了，你不是人，你是畜生。她的声音很响亮，里里外外全听见了。

我觉得她太过分了，太不给我面子，我说你说对了，我他妈就不是人，我就是畜生，是畜生又怎么样。我告诉她，如果不服气，可以去告我，可以去派出所喊人来抓我，我老四反正是坐过牢的，破罐子破摔，什么样的场面没见过。

我不是不知道自己做错了，心里已经后悔，但是嘴上不肯服软。再说了，这种事儿后悔也来不及。我知道这时候只能用更狠的话吓唬人。她就在厨房里没完没了地哭，一边哭，一边哭诉。我呢，只好硬着头皮继续掌勺做菜。姑娘都在偷偷地看热闹，一个个心里说不出的痛快，小鱼也在那跟着看热闹，这丫头有时候就是这么没心没肺。只有丁香一个人不时地在一旁提醒，让她等一会儿再闹，先把当天晚上的生意做完了再说。好不容易熬到生意结束，外面的客人付了账走了，我便让丁香关上大门，准备就今天的事情做个了断。姑娘们看我铁青着脸，立刻都有些紧张，不知道我会做出什么过激的举动，没想到这时候，我的气早已消

171

得差不多了。

我想最好的办法，还是给自己台阶下，于是主动认错说：

"这件事确实是我做得不好，做得不对，不过，你也太让我丢人了。"

我从来也没有这样丢人过，当着客人的面，被这么一个老女人纠缠，吃了一记那么响亮的耳光。说老实话，一个大男人当众出这么大的洋相，多大的罪名也可以抵消了。

我说："你打也打了，闹也闹了，还要怎么样？"

我也不知道事情怎么才能算结束。我只是想，我已经认错了，事情应该结束了。出乎我的意外的是，就在我以为已经风平浪静的时候，她突然像老鹰一样扑过来，在我脸上恶狠狠地抓了一把，而且狠狠地在我脸上啐了一口，然后颠来倒去地又是那几句话：

"我们反正是没脸做人了，你这个不要脸的畜生，你不得好死，你让我们怎么做人。我女儿还没有满十八岁，我女儿刚十八岁，你这个畜生，不要脸的畜生。你不是人，你是畜生，你是公狗。"

这时候，我只能一走了之。这时候，是畜生也好，是公狗也好，我只能狼狈逃窜。好男不和女斗，我总不至于动手打一个女流之辈。我突然意识到，自己犯的最大错误，就是不该去招惹这个疯狂的老女人。疯狂必定会付出疯狂的代价。这件事在一开始就是个大错误，当初根本不应该答应让这个女人留下来。开始是个错误，结尾当然也一定是个错误。现在，我只能三十六计，走为上计。在离开这个是非之地前，我把丁香叫到身边，让她想方设法为我把这件事摆平。这时候，我又想到丁香了。我真是昏了头，差一点犯了更糟糕的错误。我差一点就要让这女人取代了丁香的位置。这时候，我终于明白丁香的位置是不可取代的。我知道对付这种棘手的事情，没有丁香出面不行。我知道丁香最后会摆平所有的麻烦。

第六章

　　小鱼母亲临走，一定要跟我谈一次话，要正式谈一次话。丁香已与她说好，多付她半年的工资作为补偿费。我于是对丁香说，既然钱都赔了，还有什么狗屁的话要谈，我不想听。丁香说，她非要和你谈，我又有什么办法，你要是真不愿意，我再去跟她说。丁香走了不久，小鱼母亲自说自话地还是来了，她像过去一样，招呼也不打，直接推门进来了，红着眼睛对我说：

　　"蔡老板你不要怕我，我不会把你怎么样的。"

　　我苦笑着说："你说不怕就不怕了，问题是，我还真有些怕。"

　　"事情已到这一步了，我不会再和你闹，"她怔了一会儿，很严肃地说，"但是你得给我说句实话，小鱼这丫头你打算怎么办？你总不能也赔她几个钱就算没事儿，你不能因为自己有钱，想玩什么人就玩什么人。我是老了，不值什么钱了，小鱼这才多大，我们农村人，很在乎这个的，你让她以后怎么嫁人，不能说拿出几个臭钱来，就跟什么事儿也没有一样。反正对我们家小鱼，你一定要有个好好的交代。"

她想把小鱼带回家，小鱼根本就不理睬她。

"这不要脸的小东西，我现在是拿她一点办法也没有。"

我说你要我怎么办，我显然有些无可奈何，难道要让老四和老婆离婚，娶小鱼做老婆。

她立刻咬牙切齿地说：

"你不要做梦，你做她爹还差不多，她这么年轻，凭什么嫁给你这种不要脸的东西。你以为她会真喜欢你，她只是好吃懒做，图一个在城里过日子的舒服，才不会真看中你，别还以为她会想嫁给你。"

我听她这么说，忍不住笑起来，是冷笑。她便说你不要笑，你笑得难看死了，我说我是不想笑，我也是没办法。我说，这事情不是明摆着吗，你说你要怎么办。既然她为我出了个难题，我索性也为她出个难题。她顿时无话可说，脸色一阵发青一阵发白，经过这么一吵一闹，她看上去足足老了十岁，比我刚见到她时更显得土头土脑，而且还添了一分憔悴。我突然想到自己当年从监狱里放出来的时候，第一眼看到我母亲的时候，母亲的脸色就是这样的。

"蔡老板，我真是看错你了，你蔡老板虽然一表人才，你比那些别的老板更坏，比他们更阴险。"她憋了好半天，眼泪水打着转，充满了刻骨的仇恨，"丁香那女人说我是自己送上门，这话我一辈子也不原谅她，就为这话，我记恨她一辈子，我一辈子都不会忘了这骚货说过的话。不错，我是贱，我是不正经，我是白白地送上门的，我这是自找。"

她说自己是让我当初预付给小鱼的那三个月工资蒙住了，她说你那时候是多么好的一个人，我就想这么好的人，有机会我一定要报答他。她说我一直觉得你蔡老板是个不错的好人，人长得有模有样，良心又好，我怎么会想到你也是这样的一个不要脸的畜生。

"我真是太愚蠢了，你既然是这么不要脸，怎么会放过小鱼。告诉你蔡老板，你不要占了便宜，还看不起人家。你不要以为我真是那种裤带子松的女人，我穷归穷，裤带子紧得很。你不要以为我是那种只要是男人就肯的女人，我知道你蔡老板喜欢不要脸的女人，但是我不是。"

我没有想到她还会这么平静地跟我说道理。当时，我更害怕她会再闹，我怕会再次撒泼，她已经看出来了这一点，反过来安慰我说：

"我不会和你闹的，我只是恨自己瞎了眼。"

她这么一说，我倒真有些不好意思："事情已经到这一步了，你还有什么要求。"

"已经到这一步了，我还能有什么要求？"

"有要求你尽管提出来好了。"

"我希望再也不要见到你，"说这话的时候，她的眼泪流了下来，她迅速擦了一下眼角，"我知道你更不想见到我，希望我走得越远越好。"

"我这事做的是不好。"

"我再也不要见到你。"

我说我还是喜欢她的。我说我也很后悔，真的很后悔。我说自己不是人，是个无赖，请求她不要跟我太计较，希望她能原谅我。我说我这人从来不道歉的，但是现在心里真的觉得对不住她。她说我已经不恨你了，对你这样的畜生，恨也没用。我知道她说的不是真话，因为从她的脸上，看不出任何原谅人的迹象。我说我心里也很难受，人不要和畜生生气，你现在要是觉得能够解恨，就打我几下好了，我愿意让你打，愿意让你骂。

后来，她就说我不打你，也不骂你，现在，我只要你做一件事。她说我只要你做一件事，这件事做完了，她就走人，天涯海角，永远不会再见到我。她说的那件事让人大吃一惊，我做梦也不会想到，她竟然是希望在临走前，再和我云雨一番。我不相信她竟然会做出这样荒唐的决定，但是事实却不容我有半点怀疑，她走过去将门带上，插上插销，然后一件接一件脱去衣服，赤条条地躺到了床上。

我不知道这是事先就准备好的，还是即兴发挥。

我没想到会有这么一场戏，不知道应该怎么办。

她看出了我的犹豫，很冷静地说：

"今天要是你如果不做，我就不走。"

我站在那儿不动弹。

她说你过来，我帮你脱衣服，听见没有。我便鬼使神差地向她走过去，她坐了起来，伸手要解我的裤子。我想往后退，她拉住了我的皮带，冷笑说：

"装什么假正经？"

我只好不动弹，很快裤子顺着我的腿滑了下去，落到了脚背上。很快，事情反正已经这样了，我只能像个听话的孩子一样，服从她的安排。这是个很滑稽的场面，我们努力想把前不久发生的事情忘了。一开始，她似乎还有些激动，但是突然，突然就浑身都僵硬了，无论我怎么努力，都像具尸体一样没有任何反应。我继续努力，怎么努力都是白费力气。

我已经完全失去了方向，想快点结束，又怕她不满意，不愿意。

"把你那该死的玩意儿拿出来，"她突然用力推我，用很恶毒的声音说，"我不要你的脏东西留在我的身体里。"

她突然让我停止干到一半的工作，事情都干到这节骨眼儿上了，她突然停止了应该两个人一起做的游戏，让我自行解决，自己把那脏东西弄出来。

我觉得这么做好像有些过分，她却用不容置疑的声音命令说：

"听见没有，我让你干什么，你就得干什么！"

她让我当着她的面手淫。我那时候真是一点办法也没有，脑子里一片空白。说老实话，老四从来就不是一个听话的人，可是我也不明白自己为什么当时会对她的话言听计从，仿佛一个幼儿园的乖小孩，老师让怎么做就怎么做，不敢有半点违抗。我已经

178

感觉到她现在是想羞辱我，羞辱就让她羞辱吧。她聚精会神地看着我，我让她看得六神无主，便机械地加快手上的动作。

她说，你那么快干什么。

她用命令的口吻说，慢慢地，不要那么急。

我说："你不是折磨人吗？"

"我今天就是要折磨你，你现在明白了，我就是要折磨你。"她悻悻地说着，伸手去捞衣服，开始穿起衣服来，"好了，今天的事情已经结束了。"

我当然不肯就这样结束，这他妈算什么事儿呀。我强行把她推倒，想再次进入到她的身体里去。她根本不给我这个机会，我没办法，只好阻挡她穿衣服。我赌气不让她穿衣服，当时我真的很愤怒，像小孩抢东西一样跟她争夺着衣服。终于她让步了，她不愿意让步，我也不肯让步，最后，或许看我是真急了，是有些可怜我，便闭上眼睛，板着脸叉开了大腿。我这时候已被她折磨得没有了锐气，根本没有斗志，刚到门口，刚接触到那一片干枯的茅草，便已经不可阻挡地跑了出来，弄得她身上到处都是。

她迅速起床，拿了我的洗脸毛巾，仔仔细细地将身上擦干净，然后用最快的速度把衣服穿好。衣服穿好了，她回过头来，不动声色地看着还处于沮丧中的老四。在她的注视下，我既感到窝囊，又感到窝火，更感到无奈。这个老女人的眼神中流露出了一种鄙视，这是我从来不曾见到过的。她显得非常傲气，十分平静地咽了咽口水，突然从口袋里掏出了丁香给她的半年赔偿金，粗粗地数了数，在那一沓钱上连啐了几口口水，然后狠狠地将钱对着我的脸砸过来：

"现在我们谁也不欠谁了，我不要你的臭钱，你以为我是什么东西，告诉你，老娘我虽然穷，你花再多的钱也未必能买到，我是喜欢你蔡老板，才让你这个畜生占了便宜。我是瞎了眼！"

我记得那时候，好像还没有开始用一百元的大票子。小鱼母亲将那沓钱向我砸过来，钱在半路上散开，撒得一地。虽然离我还有相当一段距离，其中有几张钞票还是奔我脸而来，正好打在了左眼球上，就觉得眼前一道金光，立刻火辣辣的灼痛。

我的眼睛因此又红又肿了很长一段时间。这件事弄得我很是无趣，一想到心里就不是滋味。要说这真是个不小的教训，从此，我对自己的荒唐行为收敛了不少。正是从那时候开始，我第一次有了改邪归正的念头。这一年，我已经整整四十一岁，过完了四十一岁生日，我很认真地对自己说：

"老四，你他妈的不能再胡闹了。"

这一年是个转折点，很多事情都开始发生了变化。首先表现在对女孩儿的态度上，我再也不像过去那样穷凶极恶。自从小鱼母亲走了以后，我再也没有去过保姆市场。我的眼神在看女孩子方面发生了巨大的变化。有一天，有个很漂亮的小女人突然出现在店里，口口声声说要留在我这做事。她戴着一副很怪的银耳环，是那种少数民族姑娘才会佩戴的大耳环，头一动，那两个大耳环在你眼前乱晃。这种小女人一看就知道久经沙场，一看就知道不能离开男人，一看就知道是我当年喜欢的那种女孩。胸脯是大号。她老是斜着眼看人，跟我说什么话都心不在焉，用眼角的余光打量我店里其他的女孩，那意思仿佛是在说，只要肯把我留下来，我今天晚上就可以跟你上床，我保证比这儿的所有的女孩都出色。

我毫不犹豫地就将她撵走了。我突然发现自己对不断地更换新的女孩儿开始有些厌烦。小鱼母亲走了以后，我常常情不自禁地就会想到她曾经提到的那个刘瘸子，虽然我从没有见过什么刘瘸子，但是总觉得有这么一个人，在自己的眼前晃过来晃过去。我突然发现，有时候通过想象，也能很好地满足自己。我发现胡思乱想并不比真刀真枪的实干逊色。事实上，并不仅仅是小鱼母亲把刘瘸子的故事叙述得栩栩如生，而是我借助了自己的想象力，才把可能会有的那些场面想得活灵活现。我仿佛看见刘瘸子正在怎么对付他的母牛，看见他搬了一张小板凳，一瘸一拐走到母牛面前，好言好语地对那母牛说着什么，就好像医院的护士准备给小孩子打针一样。我仿佛看到刘瘸子很严肃地走到了母牛的屁股后面，哆哆嗦嗦地站在了小板凳上，一个走路都不安稳的瘸子，站在小板凳上几乎就是在做高难动作了。

我仿佛看到刘瘸子正焦急不安地伏在竹林里，那是一个炎热的夏日，风吹着被太阳晒得发烫的空气，知了在尖叫，狗在喘气，远远地，小鱼母亲正在屋里走来走去，穿着花裤衩小短衫，身上洋溢着女人的气息，乡村妇女到了夏日，在家里都是这身打扮。她正在那儿手忙脚乱，准备给养的蚕喂桑叶，碧绿的桑叶，雪白的蚕，蚕正在吃桑叶，吃桑叶的声音清晰可闻。我仿佛看见刘瘸子大汗淋漓地走了过去，他英勇无比又惊恐万分，他情绪激昂又忍不住一阵阵地哆嗦，好像走在到处都埋着地雷的战场上，好像到处都隐藏着凶险的敌人。终于，终于他和也是一身臭汗的小鱼母亲遭遇了，两个汗如雨下的人纠缠在了一起，宽松的花裤衩很容易地便被扯到了膝盖那里，花裤衩像麻花一样卷了起来，绞在一起，小鱼母亲慌乱地对刘瘸子说着"不、不、不"，一直到事情已经结束，嘴里还在说着这个字。

"不——"我仿佛听到空气中还在回荡着这个声音。

这时候，我的生意正式开始走下坡路。到年底，发现已接近难以维持的地步。给姑娘们发了工钱以后，扣除了房钱水电费，扣除了各种费用，我突然发现自己几乎没赚什么钱了。好日子说过去就过去，不错，过去我曾经是赚了些钱，那都是老四一个人领着几个丫头苦出来的，随着时代发展，这种家庭作坊似的小餐馆已跟不上潮流。我突然意识到自己正在被淘汰，已被远远地扔在了时代潮流的后面。过去人们上馆子，更多的是嘴馋，是打牙祭，他们到我这来，是认口味，是认老四的手艺，现在却都变了，现在是吃装潢，吃公款，吃人情债。大家走进一个馆子，不是因为这家馆子菜的味道好，而是因为装修得好看，而是因为人家会宣传。

我的风光日子突然一去不返。记得一两年前，我那条街上，生意最火爆的，总是老四的这个馆子。现在，晚上做生意的时候，都是冷冷清清，就那么一两桌人，有时候连个鬼影子都见不到。其实早在小鱼母亲离开前，店里的生意就已经开始不好做了。我们那条街上所有的馆子突然都没有了人气。做生意就是这样，生意好的时候，天天会有大把的钞票进账，你都想不明白钱为什么这么好赚，可是一旦生意不好了，你会发现天天都在赔钱，就会发现你原来赚的那些钱，照现在这样发展下去，很快就会坐吃山空，很快就会变得什么也没有。我突然发现自己这些年并没有发什么大财，这种小餐馆，说穿了也只是小打小闹，要说赚钱，并不比当初刚开始与阿妍一起干的时候赚得多。后来就算是赚过一些钱，也都花到了女孩子身上去了。

　　女孩子陆陆续续地都走了，都给我打发走了。现在店里潦倒得只剩下三个帮手，丁香为人忠厚，忠心耿耿，不太想到自己的前途。琴和小鱼还年轻，这心里开始有些活思想。琴就直截了当地说，她说生意做不下去了，你蔡老板赚的钱，反正一辈子都花不完，可我们以后怎么办呢，还不是只好乖乖地去别的地方打工。说老实话，我在琴身上没少花钱，她迟迟不肯离开我，很重要的一条，就是因为常常能从我这拿到一份别人没有的补贴。小鱼倒是不说什么，这丫头自从她母亲走了以后，一直对我不冷不热。她好长时间里都不愿意理我，我知道她心里始终憋着气，因此尽可能地对她好一些，尽可能地找机会讨好她。

有一天，小鱼做错了一件事，我冲她发火，她竟然火气更大地顶起嘴来。这丫头一向是没有什么脾气，从来不这么恶声恶气，我没想到她竟然会这样怒不可遏：

"我就错了，我高兴错，怎么样，你赶我走好了。"

我说："你做错了，怎么还跟有理一样。"

"我就是有理，我就有理。"

我笑起来："还说有理，你这是不讲理。"

"我今天就是不讲理。"

说来说去，她还是那句话，说我知道你想赶我走了，你赶我走好了，我又不是没地方可去。

我被她这么一说，气全消了："谁说我要赶你走了。"

小鱼说："你迟早有一天会赶我们走的。"

由于生意不好，剩下的这三个人都有一种危机意识，觉得我迟早会不管她们。不管怎么说，她们在我这拿的钱，肯定要比别的地方多，当然还是愿意留在我这里。我们相处得还是很愉快，生意虽然难以维持，我可是从来都没有亏待过她们。她们也知道我不会亏待她们，我向她们交底，对她们赌咒发誓，说老四已经胡闹够了，从此就会改邪归正，再也不做偷嘴的馋猫。我发誓以后即使来什么新的女人，老四就像一条割了××的狗一样，决不再去招惹她们。我说到割了鸡巴这几个字的时候，她们不约而同都嗤嗤地笑起来。我说自己讲话绝对负责任，老四既然是个男子汉大丈夫，我就会对她们负责到底。我告诉她们，只要我还有一口饭吃，就不会不要她们，就不会让她们饿肚子。我说我们有福同享，有难同当，患难见真情，只要她们能和我一起渡过眼前这个难关，我一定不会亏待她们。我说我现在是真的喜欢她们，在我的生活中，有她们三个人就足够了。

"根本不要说得那么好听，生意要是真做不下去了，"小鱼还是不相信我的话，她撇着嘴说，"到了那一天，你最后还是不会要我们的。"

我继续安慰她们，我说我怎么会不要你们，我怎么会，我说我现在担心的，是你们会不要我，是你们什么时候会离开我。

我不得不开始与冯瑞合伙。几年过去，冯瑞已经从当初那个瘦骨嶙峋的小个子，变成了一个壮实的矮胖子。他这时候是真正地发财了，连报纸上都会经常提到他的名字。下海做生意也不过两三年工夫，他已经成了巨富，钱也赚了，婚也离了，新娶了一个年轻漂亮的女人，个子要比他高出半个头来。冯瑞原来有个儿子，现在这女人又刚给他生了女儿。

他到我店里来了一趟，看了看店里的状况，叹气说：

"老四，不行呀，你这生意维持不下去了，还是我来救你一把。"

冯瑞于是将我的店盘了下来，他完全是出于哥们儿义气，接下了我的这个烂摊子。他说他总是惦记着当年，忘不了那时候别人欺负他冯瑞，是我老四站出来为他摆平的，是我老四为他打跑了那些乌龟王八蛋。他说他忘不了我们当年一起打打杀杀时的情景，他说现在应该是他报答我的时候，因为对他来说这很简单，并不是什么大不了的事情。他拿出钱来，将我的餐馆重新装潢了一下，而且顺带着把旁边的两家店也盘了下来，能打通的墙全都打通了，那气派立刻完全不一样。新餐馆重新开张，冯瑞让我继续当老板，我知道他花了很多钱，说什么也不肯接。

我说："我就当大厨师吧，当老板，我没这个本事。"

我说我已经落伍了，跟不上形势，你这次的动静也太大了，我怎么敢再当这老板，我应付不了。冯瑞说，白白地送你一个老板，你却不肯要。我说不是不肯要，是不敢要，没这个水平要。冯瑞说，×，老四也竟然学会说软话了，这样，事情你总可以帮我打点吧，其实也无所谓当不当老板，也不在乎那个名分，反正我冯瑞不会亏待你的，拿出你老四的本事来，好好给我干。

现在，这个餐馆已经不再是我的了。虽然营业执照上还挂着我的名字，餐馆的招牌换了，新取了一个店名，门面扩大了，经营的方式也完全改变。浩浩荡荡地招兵买马，弄了一大批新人进来。和过去一样，我仍然还是大权在握，说话算数，因为冯瑞自己有个更大的公司，是个什么都做什么都敢做的公司，根本没有精力过问这边的事情。他对店里的人说，我姓冯的不在，这里就是蔡老板说了算，你们都得听蔡老板的话，谁不听他的话，立刻给我走人。

冯瑞很注意在别人面前提高我的威信，他说管理管理，没有威信，最后什么也管不了。说老实话，我当时真没有那个本事管这一大摊子的工作，只是答应替冯瑞照管这个餐馆。既然他是帮我一把，我就不应该辜负他的好意，但是，我心里仍然觉得冯瑞是个公子哥，好摆阔，并没有做餐饮的经验，觉得这生意是不可能维持下去，明摆着要赔钱。我不相信砸那么多钱下去，生意就会突然好起来。我觉得这根本就不可能，这些年来，我小打小闹惯了，看冯瑞这么大把地砸钱，真有些目瞪口呆。

新餐馆开业以后，冯瑞连请了三天的客。这三天，就是白白地贴银子，没赚一分钱。一个月下来，灯火辉煌，门庭冷落，我们的价格实在太贵，贵得要比我原来定的那些价格高出一倍都不止，人们偶尔进来，看了看菜单上的价格，吓得掉头就跑。到月底结账，一算，亏了好大一大笔，我便跑去找冯瑞，问他应该怎么办。

冯瑞说："×，老四，这就害怕了，不是才一个月吗？"

我说再亏下去怎么办。

他说："那就再亏两个月试试，老四，我他妈现在没时间管你的事，亏就亏吧，先这么耗着再说。"

我顿时有些来火，说冯瑞你不能因为自己有钱，就跟我来这种满不在乎，就跟我摆谱，到时候说起来，一算账，一看亏了那么多银子，还是我老四没屁本事。我告诉他，说我早就觉得这事情不妙，当初就觉得这么花钱会有问题，这哪是什么投资，这是把钱往炉子里扔。

我说："我当初劝你，你就是不肯听。"

"我又没怪你。我怪你了没有，没有，"冯瑞看我急了，笑着说，"你急什么，有什么好急的。"

"不赚钱我当然急。"

"谁说不赚钱了，你等着。"

几个月以后，餐馆的生意突然好得让人不敢相信。风水轮流转，奇迹说来就来，眼见着一条街上，上馆子的人都往我这馆子里涌过来。真是见了鬼了，冯瑞这小子是真有本事，他那小脑袋瓜一动，立刻就是钱，就是大钱。他这人天生地对赚小钱没什么兴趣，要赚，就是恶狠狠地宰一刀。一刀下去，就是实实在在的一块肥肉。在宰客方面，冯瑞绝对是第一流的高手，很快，他把那些开后门请客的，有公款消费能力的，统统都介绍到这来了。

冯瑞绝对精通宰人的诀窍，他宰了人，还要让你心服口服地觉得自己不吃亏。他宰你的本事，是你花了大价钱，还要你发自内心地感谢他。冯瑞采取了今天包装女明星一样的办法，下大本钱包装我老四，大大地提高我的知名度。也亏他想得出，他不遗余力地宣传我的厨艺，电视电台连着做介绍宣传，甚至花钱让一家报纸为我做连续报道。也就是在这个时候，我开始和厨王正式联系在了一起，我被誉为李延龄的关门弟子，成了厨王菜的唯一传人。说老实话，已经半身不遂的李延龄他老人家也反过来沾我的光。经过一系列的宣传炒作，李延龄当年的辉煌荣耀，也就移花接木，都附会到了我老四的身上。当然并不是说我给蒋介石和周恩来掌过勺，卖点只是说老蒋和周总理当年吃过的菜，现如今就我老四一个人会做。什么叫包装，包装就是吹大牛，吹得越大越好。我做梦也没有想到生意就此会好起来，生意一旦好起来，立刻食客盈门，天天爆满。

要说这一段时候，可以说是回光返照，我老四又变得风光起来。想当年，我自己开餐馆，因为客人越来越少，我的厨艺越来越差，越来越不用心。这做菜，也得有人会欣赏才行，也得有人喊好你才会来劲儿。冯瑞是个会吃的主，精通吃的门道，是个地道的美食家。早在当年我还在公家餐馆做事的时候，他就是个实实在在的馋鬼。因为好吃，冯瑞亲手制定了一系列的厨王招牌菜，许多菜都是无中生有，都是他从别的菜系的菜谱中琢磨出来的，经过与我研究协商，做了少许改进，然后重新起个名字，漂漂亮亮印在烫了金的菜单上。

有了精心印刷的菜单还不行，还得摆谱，谱要摆得大。既然我是厨王的嫡系传人，当时就说好每天每桌，由我亲自做一个拿手菜，只做一个，多了就没有那种神秘感，多了就不值钱。如果想让我做一桌菜，价格就是另外一回事，那就是天价，宰得你不知东南西北。天下事就是这么出奇，就是这么不可思议，你越是贵，越是好赚钱。

我已经说过，让老四掌勺把菜做好，这没问题，我有这个能耐，我毕竟是科班出身，有那个扎实的基本功，况且我老四还本来就喜欢在这方面动脑筋。但是让我管理好这么多人，管理好财务，这便有些为难我了。现如今不像当年，是我一个男人做党代表，领着一群没什么心眼的女孩儿干活，现在是男男女女各有十来号人，多得让你眼花缭乱，多得都让你绕不清谁是谁。冯瑞招了一批如花似玉的女孩儿进来，大多数都是二十岁上下，又从一家烹饪学校弄来了几个刚毕业的男孩，红案白案都有，让他们老老实实地跟我学。

"老四，只要把这几个徒弟给我带好就行了，他们能做事，你不就省心了吗，不过，也还得留一手，别什么都教给他们。"

冯瑞开导我，让我留个心眼，防备他们日后可能会跳槽。这一段日子里，我不仅要管着这帮男的伙计，那些女孩儿也归我管，我管不过来，便让丁香给我盯着他们。没有多少时间，这帮人便都知道我那点差不多是公开的小秘密。没有不透风的墙，大家很快就知道我还没有和阿妍离婚，知道我们已经分居好几年了，知道我和谁有一腿。我这人说话算话，那时候，虽然眼前美女如云，但是我已经改了喜欢拈花惹草的坏毛病。我已经没有了胡闹的兴趣。有丁香，有琴，还有小鱼，仅仅是应付这三个人，我已经足够了。当我用自行车把她们载到我住处去的时候，店里有老婆没老婆的光棍们好生羡慕，都觉得我这么明目张胆地拥香携玉，同时拥有几个女人，才像个混得好的潇洒男人。

我当时也是无所顾忌，因为和过去相比，自己的这种做法实在已是收敛多了。我已经显得够本分的，说老实话，那么多新鲜可人的女孩儿在你眼前打转，一个比一个漂亮，一个比一个可爱，你却从来不去再生那个邪心，这对我老四来说，很不容易。那时候我真是改邪归正了，不管怎么说，名义上我还是老板，营业执照上写的还是我的名字，我要谁留下，要谁离开，权力大得很。我并没有因为自己手上有权，就为所欲为，想干什么就干什么。在大家的心目中，我是个很不错的老板，自己能干活，对手下也宽松。

琴竟然背着我，和一个姓朱的伙计搞到一起去了。这种事儿瞒不了在一起干活的人，除了我稀里糊涂地蒙在鼓里，所有的人都在看笑话。其实就算我事先已经知道了，我也犯不着为了琴打翻醋坛子，天要落雨娘要嫁，如果真是一段好姻缘，说不定我还会为他们祝福。这姓朱的伙计知道琴和我的关系，并不把她当回事，不过是跟她玩玩而已，偏偏琴却当了真，竟然动了真情，要跟他谈婚论嫁。男的不肯要她，于是两人就闹了起来，这家伙不是个善种，心里大约也有些嫉妒琴和我的事，说着说着，就动起手来。琴一个女人怎么能是他的对手，他小子不仅手毛躁，而且心狠手辣，不由分说，便把琴打得鼻青脸肿。

我当然会很愤怒，男人怎么能打女人，怎么把一个女人打成这样子。因为事先蒙在鼓里，刚开始看到琴的脸，我只知道她是被人打了，并不知道是谁打的，为什么挨打。当时是在大堂里，是上午，刚上班的时候，姑娘和小伙陆陆续续来了，换工作服的换工作服，择菜的择菜。我看到琴那张已经变了形的脸，十分吃惊，想不明白地问她：

"怎么回事，你的脸怎么了？"

琴哭丧着脸不说话。

我又问了一句。

琴还是不说话，她似乎没脸把事实的真相告诉我。大家都停下手上的事情，看着我，看我做出什么样的反应。

我说："谁欺负你了，说出来，我他妈帮你找他算账。"

琴于是就开始抹眼泪。

"是不是我们店里的人干的？"

琴不吭声，只是点了点头。

我说："到底是怎么回事，是谁他妈干的，有种的给我站出来。"

那姓朱的伙计还真是条汉子，他在厨房里剁肉馅，听见我的声音越来越响，竟然拎着一把菜刀缓缓出来了，虎视眈眈地看着我，满脸的不服气。这家伙长得熊腰虎背，中等身材，留着络腮胡子，看那架势，早就准备要跟我干一场了。我立刻明白过来是怎么回事，立刻想到他与琴之间会有什么关系，我想他也是昏了头，仗着年轻，仗着有那么点邪气，根本不问问我老四是什么人，他以为一把破菜刀，就能把我老四吓住。

我说："小朱，这到底是怎么回事，难道这是你干的，就你，一个大男人，把人家女人打成这样子？"

"我打的怎么样？"

"怎么样?"

小朱气焰嚣张地说:"不要以为是你的女人,我就碰不得,我就是碰了,怎么样?"

"只要人家愿意,你碰谁我都没有意见,但是你不可以打她,男人打女人,这算什么事儿?"

"我打了,怎么样?"

"怎么样!"

周围的人立刻闪开,大家都意识到会打起来。

我全身的血液顿时往上涌。我说你小子真厉害,你有能耐,先砍我两刀。我一边说,一边就迎着他走过去,他连连往后退,嘴上还在说:

"你别过来,别过来。"

我不急不慢地走到他面前,上去就是一拳,这一拳就跟闪电一样快,立刻将他打翻在地,菜刀也掉了下来。这一拳也叫老虎戴眼镜,正打在他眉毛中间,到第二天,他两个眼睛一定会发青,就像戴了墨镜一样。他迅速爬起来,站稳了,摆好了架势,还准备跟我对打。他已经知道了我的厉害,脸上已露出了怯意。我根本不给他任何喘息的机会,连续几个摆拳,又是连续几个直拳,打得他那脑袋像钟摆一样摇过来摇过去。他根本就没有招架之力,我的速度飞快,在他面前跳来跳去,他的拳头根本都不知道往哪儿打。接下来,我让这次打架成为一种赏心悦目的表演。我大开杀戒,将这家伙往死里打,多少年不打架了,老四仿佛已经忘了打架是怎么回事，老四已经很久没过打架的瘾了。我让他满脸开花，空气中散发的血腥味刺激了我，我变得非常兴奋，一拳比一拳狠，一拳比一拳歹毒。我知道要打，就得彻底打垮他，就得彻底击溃他的意志。我必须打得他服服帖帖，打得他日后见了我，就像老鼠见了猫一样。我要让这店里的所有的人都知道，老四虽然已经四十多岁了，论打架，我谁都不怕，谁也不是我的对手。我要让这家伙狠狠地吃些苦头，打到最后，我问他服气不服气，问他还想不想再用菜刀砍我了，他不吭声，连站都站不稳了，但是我还是不准备放过他，我说你要是不吭声，我他妈的把你的手剁掉，说着，我捡起地上的菜刀，余恨未消地冲过去，扬言一定把他的手给剁了。

我疯狂嗜血的暴力倾向，让所有在一旁观看的人不寒而栗。大家也不知道我是真的失去理智要剁他的手，还只是说说而已，看我像发了疯一样，举着菜刀又向他扑过去，连忙一拥而上，冲过来把我团团围住，一个劲儿地用好话哄我。男男女女都围了过来，他们七嘴八舌，说蔡老板你不要生气了，说蔡老板你大人不记小人过，就放他一马，跟小朱这样不知道好歹的人顶什么真，他怎么会是你蔡老板的对手。他们说小朱已经被你打得不轻，你已经教训过他了，得饶人处且饶人，你蔡老板何必生这么大的气。

这次打架虽然大获全胜，但是也让我明白了岁数不饶人的真理。以后的半个月里，我一直腰酸背疼，身上有好几处肌肉都拉伤了，连胳膊都举不起来。冯瑞听说了这件事，立刻把我说了一通，毫不犹豫地就将小朱和琴都炒了鱿鱼。他说你老四也是荒唐，多大年纪了，竟然还这样打打杀杀，你难道就是这样做生意的，就是这样管理自己的员工，难道就不觉得丢人。你说你老四荒唐不荒唐，居然跟手底下的一个伙计争风吃醋，为一个与谁都能上床的女人打架。

我让他说得要发急，脸上顿时有些挂不住，他摆摆手，说：

"别急，我才不管那些男男女女的鸟事，反正这样下去不行，我得找一个人来帮你。"

隔了没几天，冯瑞打电话过来，说今天晚上我们一起吃个饭，上次说好要找个人帮帮你，现在，我已给你找好了一个人，保证你满意。他似乎很得意自己找的这个人，说他也觉得奇怪，怎么早就没有想到这一步妙棋。我不知道他找了个什么人，也不明白他说的帮我是什么意思。也许是他对餐馆的账目不太放心，准备找一个更牢靠的人来监视我，毫无疑问，我在这方面做得是不太好，因为我总是大大咧咧的，几乎是不太过问经营状况。到晚上，生意已经做得差不多，冯瑞带着阿妍来了，当他们走进来的时候，我怔了一下。我已经有一阵没见到阿妍了，突然见到她，很有些吃惊。她打扮得很时髦的样子，看到我，脸上有了一丝笑意，故意把眼睛移向别处。冯瑞回过头来，看着阿妍的表情，不由得笑起来，也不说什么，仿佛陪同什么贵客一样，先领着她里里外外地参观。

然后我们三个人就坐在一起喝酒。阿妍似乎很不高兴，板着脸，我知道她是因为又看到了丁香。刚进来的时候，她并不是这样，一看到丁香，这心里当然会立刻不痛快。很显然，她不可能那么轻易地就忘记过去，过去的事情仍然是她心里的一道阴影。冯瑞没有察觉到这样的变化，一本正经地说：

"我们今天是明人不说暗话，大家都是老朋友了，给我说句老实话，你们到底是想离呢，还是不想离？"

我和阿妍对看了一眼。

冯瑞需要下文："你们表态呀。"

阿妍悻悻地说："当然是想离。"

冯瑞没想到阿妍会来这么一句，这显然有些出乎他的意料，与他原来计划好的思路不符合，于是继续用玩笑的口吻说：

"要离，要离就办手续啊，这么拖着算什么？"

他说着对我使了使眼色，见我不明白他的意思，又在下面踢了我一脚。我还是不开口，因为一时不知道说什么好。

冯瑞便悠悠地接着往下说："我说句心里话好不好，不管你们要不要听，我自己就是离过婚的人，我劝你们不要做这种傻事，离婚实在没什么意思。离婚一点意思都没有，离婚一点都不好玩儿。阿妍，我们可是事先谈好的，你总不至于突然变卦吧。"

我终于明白了冯瑞的用意。他这是一石双鸟，既想让我们夫妻重新和好，又要让阿妍到餐馆里来帮我打点。冯瑞说，老四你可不要不知好歹，实话告诉你，我有时候真是看在阿妍的面子上，才照顾你的。他虽然只是随口这么一说，我听了心里便不是滋味，感到很不自在，立刻有些醋意。阿妍的脸色顿时红起来，她也感到不自在，冯瑞这小子当年曾经追求过她，这件事大家虽然没有说破，可是他这时候这么一说，倒好像是在重提往事了。好在冯瑞自己没有什么感觉，他一直相信阿妍不会把这事儿说给我听，继续讨好阿妍，继续批评我。他没完没了地说着，阿妍有些不好意思，狠狠地白了我一眼，突然打断了冯瑞的话头：

"人家现在不是很能干吗，不是生意做得很好吗。"

这话虽然有讽刺挖苦，明显有了和解让步的意思，冯瑞立刻接着她的话说："所以你如果来帮助他，老四这不是如虎添翼吗？"

阿妍说："谁知道人家要不要我帮助？"

"老四，你说句话，要不要？"

我说："当然要。"

冯瑞笑了起来："你看，你看人家多迫不及待。"

阿妍的脸仍然板着，很平静地说："我可以在这做，但是有人得走。"

"让谁走？总不会是让老四走吧。"

"老四知道，你问他。"

我立刻知道阿妍指的是丁香。

冯瑞依然蒙在鼓里，一本正经地问我到底是要谁走，他确实不太明白阿妍为什么人还没到，先要赶人走。我只能装糊涂，说我也不知道。

阿妍看着我，说："你不知道，还有谁知道。"

冯瑞心里终于明白过来是怎么回事，打着包票说："我有数，我有数。这事好办，阿妍说让谁走，就让谁走。老四，你还不赶快再表态。"

丁香从看到阿妍的第一眼开始，就知道自己离开的日子到了。她似乎一直在等待这一天。不管怎么说，我们前前后后也有好几年，临分手，真有些不忍心。这几年里，她忠心耿耿地跟着我，是我最得力的助手，现在说走就要走了，我不由得感到十分茫然。丁香知道我们之间的缘分已到尽头，反过来安慰我说：

"这些年来，我一直在等大姐回来，大姐可是个好人，大姐她一天不回来，我这心里就是一天都不踏实。现在好了，大姐终于回来了。"

我深深地叹了一口气。

丁香说："不管怎么说，蔡老板，大姐能回来是件好事。"

我说别老是叫我蔡老板了，你称阿妍叫大姐，临走前，你就叫我一声大哥。丁香其实也就比阿妍小两岁，不过是看上去老气一些。这几年过去，在外形上，她几乎没有什么变化，再丑的女人看多了也就看顺眼了，像她这样相貌的女人，反而更经得起时间沧桑。我递给她一张存折，上面的数额正好相当于几年来她的应得工资。丁香先是不肯要这个钱，说已经拿过工钱了，怎么可以再拿。我说你就收下吧，如果换了别人，我决不会拿出这个钱来，毕竟这些年来是你丁香帮我的忙最多，应该拿这个钱。

"蔡老板——"

"我说了，别喊蔡老板，喊大哥。"

"大哥——"她喊了一声，似乎很不好意思。

我听在耳朵里，也觉得那声音陌生，叹了一口气，说："丁香，我还真有些舍不得你走。"

"我知道，你不要说了。"她很为我这句话感动。

"是真的舍不得。"

"还是那句话，大姐能够回来，就是一件最好的事情。"

丁香说她知道对于我来说，更重要的还是阿妍。她说她知道我更爱阿妍，知道只要阿妍不回来，我就不会有真正的快乐。说老实话，丁香说的是对的，她实在是太了解我了。在我们的内心深处，都有一种对不住阿妍的歉意。一段时间里，我以为自己已经忘了阿妍，事实上却是从来没有过。我不可能忘了阿妍，我怎么会忘了阿妍，我的人生没有了阿妍，便没有什么真正的幸福可言。现在，丁香是真为阿妍回来感到高兴，阿妍一回来，她心口的那块石头终于落地。她一直在等着这一天。

最后我还是让丁香收下了那张存折，并且告诉她，我已经托冯瑞给她重新找了一份工作。冯瑞对我和丁香的关系有些奇怪，他不明白我为什么会看中这么一个没档次的女人。我一口否认自己与她有什么瓜葛，我说阿妍完全是胡思乱想，只是瞎吃醋。冯瑞听了我的话，似信非信地摇了摇头，说我看阿妍她也是吃醋吃错了地方，女人就是这样，要吃醋就是瞎吃醋。

冯瑞说："你老四怎么可能看上她，这瘸子有什么好。"

这确实是一个问题。当我和阿妍重新睡在了一张床上，重新成为了夫妻，她忍不住也会有与冯瑞同样的想法，会发出同样的提问。她用这个问题无数遍地折磨我。这件事一直困扰着阿妍，她想不明白，为什么自己丈夫会看上一个几乎就是难看的瘸子。

她说我真是想不明白，我想不明白你凭什么要喜欢她：

"难道是觉得她走路的样子好看，一边走，那屁股一翘一翘的。"

阿妍取代了丁香在店里的位置。当然，与丁香相比，阿妍要比丁香名正言顺得多，丁香不过是个小组长一样的角色，阿妍现在是不折不扣的老板娘。我们并没有立刻就恢复夫妻关系，一开始，她还憋着一口气，仍然是天天住回娘家。晚上忙完了，大家一起吃夜点，伙计们跟她说笑，一口一个老板娘，然后她就再孤零零地一个人骑车回家。说老实话，阿妍远没有丁香能干，她根本没有管理经验，根本不知道如何管理手底下这么一大帮人。她来当这个老板娘也是有些迫不得已，是逼上梁山，因为她的服装生意早就做不下去，钱也亏得差不多了。刚四十岁出头，已经提前退休在家，想找些事儿做，但是到她这岁数，外面已没什么适合她做的事儿了。

半个月以后，天天见面，天天在一起干活，我觉得水到渠成，机会已经成熟，便把她带回了我们的住处，带回那个属于我们共同的家。

让人感到哭笑不得的是，那天的情形又和我们的新婚之夜相似，她身上正好又来了女人的那玩意儿。那天晚上，阿妍没完没了审问我和丁香的事情。她说我才不相信你们后来会没事儿，打死我也不会相信的。我说你要不相信，那我又有什么办法。阿妍又说，那一定是还有别的女人，难道你还能闲着，你肯定看中了什么更年轻漂亮的女孩，你这样的男人，怎么能离开女人。我知道对阿妍，最好的办法就是骗她，就是哄她，就是死活不认账。于是我赌咒发誓，一遍遍地声称自己绝对没有别的女人，她不相信，继续审问，最后我被她逼得没有办法，既然她一定要个结果，不达目的誓不罢休，我只好承认偶尔和丁香还有过那种事儿。我知道这反正是笔陈年旧账，罪名要轻得多，她非要逼着我认罪，我只能拣个轻微一点的。

阿妍叹了一口气，说："终于承认了，你总算承认了。"

她扭过身来，用拳头在我身上捶，捶得并不是很重。我知道她这是原谅我了，我知道让人难堪的审问已差不多，便捉住她手，往下面拉。她立刻表示出不愿意，说我才不会碰你那玩意儿，你别做梦了，我才不会就这么轻易放过你，我才不会跟没事儿一样。你别当我是傻子，我不是傻子。阿妍嘴上这么说着，最后还是当了傻子，最后，她轻轻地抓住了分别已久的"铲刀把"，像新婚之夜那样，不时地摇晃着。我被她弄得很难受，更难受的是她在这时候，竟然还有情绪审问：

"老四，我一直在想，丁香脱光了，她要是不穿衣服，会是什么样子。我是说她的那条瘸腿，是短一些，还是长了一些，我想应该是短了，对不对？她的那条腿我见过，我是说那条有毛病的腿，就像是鸭子的那脚，是朝外翻的，难怪她站不直。我一直在想，我老是忍不住就会想到，她光着身子走路，又究竟是什么样子，她站都站不稳，那样子一定很滑稽？"

我不知道应该怎么回答。

最后，她又说：

"老四，我还是不明白，你为什么不找个漂亮一点的女人呢？她是不是在床上特别有本事？"

接下来的两年里相对有些平静。我和阿妍恩恩爱爱，就好像生活中没发生过这样那样的波折。这期间，我们家居住的老屋赶上了拆迁，由于我妹妹户口还在，稍稍贴了些钱，一下子拿到了两个中套，我和阿妍住一套，父亲和我妹妹住一套。住新公房的感觉真好，有厨房，有卫生间，有卧室，有客厅，一切都立刻改善了，我和阿妍心满意足，开始一心一意地过日子。

餐馆的生意渐渐不像当初那么火爆。冯瑞果断地将原来的经营规模缩小，把部分店面转让给了别人。他建议我考虑改做火锅生意，因为只是凭直觉，他敏感地意识到，很可能会在这个城市里兴起一股火锅热潮。不久，吃火锅果然风行一时。但是，我拒绝了冯瑞的这个好建议，觉得好不容易才打出一片天地，干吗非要砸自己的招牌。冯瑞拗不过我，当时他确实也吃不太准应该怎么办，便将自己的资金全撤走了，让我独自经营开店。

我的生意立刻大打折扣，再也不像以前那样日进斗金，天天只要数钱就行了。好在还能维持，毕竟已经做出了名气，毕竟已经有了一定的基础。说老实话，有冯瑞的参与，做生意当然要容易得多，但是我还是更愿意独自干，还是希望能摆脱冯瑞。我觉得自己已经从冯瑞那里学到不少，和过去相比，我已经有了很大的进步。阿妍也觉得自己独自经营好，她娘家的人都说，钱自己赚多好，干吗要跟别人分，她受这影响也赞成我摆脱冯瑞。只有自己开餐馆，我们才是真正的老板和老板娘，阿妍似乎很在意这名义上的"正式"。

这时候，我隐隐地发现阿妍有些改变，变得有些游手好闲，变得贪图虚荣。她再也不是过去那个朴素勤快的阿妍，衣着打扮甚至比做服装生意时更时髦更耀眼。阿妍开始迷上了打麻将，昏天黑地没日没夜地赌，那些麻友和她差不多，都是些无所事事的老板娘，一个个穿金戴银，一个个涂脂抹粉，不是怀里抱着条狗，便是手上拿着支烟，聚在一起说东道西，动不动就比谁男人赚的钱多，动不动就说其他女人的坏话。阿妍虽然不至于和这些女人一样，我还是担心她会受影响。

我说："你和这些女人根本不是一路的，为什么要和她们在一起？"

自从迷上了麻将，阿妍几乎不管我这边的生意，只是在晚上七点多钟的时候，抽空过来看一趟，把抽屉里的收款统统卷走。她总是疑心别人会偷店里的钱，每天都是匆匆来，把营业款拿了，匆匆离去。阿妍管钱管得很紧，大约是受那些老板娘的影响，她相信只要牢牢控制住了经济大权，我老四就没办法胡来，只要钱捏在她的手里，我老四就跳不出她的手掌心。在这方面她做得真是有些过分，对店里的钱，她采取的办法是能捞就捞，而且是只进不出，捞一把是一把，拿到手了，就再也不肯拿出来。渐渐地，我这边生意越来越不好做，她对麻将却越来越入迷，索性懒得天天再到店里来了，规定我每个月必须要缴多少钱给她。

我感到很失望，因为她现在似乎只对钱有兴趣，只知道打麻将，为了麻将可以废寝忘食，为了麻将可以几天不跟我见面。有时候，我很想劝劝她，想向她有所表示，可是她根本就不愿意搭理我。对我的殷勤她总是视而不见，动不动就冷言冷语地奚落，打击我的情绪。有一次，我以开玩笑的口吻，与她谈起了久受冷落的"铲刀把"，说她已经很长时间不关心它了，说她不应该这么长的时间不理睬它。阿妍好像也意识到这是有些问题，却冷冷地说，她对"铲刀把"已经不感兴趣，她说她看不出它有什么好的。

我有些伤感，虽然我们的配合一直不是太好，我是说在做那件事儿上，却也从来没有像现在这么糟糕过。

我对她说："阿妍，你好像已经不是过去的那个人了！"

"问题是，你也不是过去那个老四。"

"我们为什么不能像过去一样？"

"过去又是怎么样？"

我们就像是两个陌生人，仿佛都已经忘记了过去相亲相爱时是怎么样的。

我只能说："反正过去不是这样。"

这次谈话不久，有一天，大家正忙着，阿妍兴冲冲带着一个人到店里来了，当着众人的面，告诉我这是她新认的干儿子。谁也没想到她会在这时候突然冒出来，而且风风火火，还带了一个小伙子来。因为我们没有孩子，阿妍前前后后，已经胡乱认了无数的干儿子干女儿，她就好这个，可是这回的干儿子也太大了一些，是一个二十岁的小伙子。所有的人都感到吃惊，大家看着她，看着她新带来的那个干儿子。

这干儿子的名字叫余宇强，他一脸天真地站在那里，大家都盯着他看，他似乎有些不好意思。在店里，阿妍很难得这么高兴，很难得这么情绪昂扬。我被她的话吓了一跳，说阿妍你不要跟我开玩笑。阿妍便笑着说开什么玩笑，她这回绝对是当真的，说她不仅已认他做了干儿子，还要让他做我老四的徒弟，让他跟我学烹饪。

阿妍回过头，对余宇强说："好好地和干爸学手艺，你干爸的手艺非常好。"

余宇强是阿妍在做美容时认识的。在美容店老板娘亚美的撮合下，阿妍一时性起，不加任何思索便认了这么一个干儿子，而且自说自话地也顺带为我认了一个徒弟。亚美是阿妍的麻友，这女人我见过一面，四十岁模样，是阿妍妹妹的中学同学，人长得很妖媚，据说是一个什么副局长的情人，关于她的风言风语很多，她反正也不在乎，任凭别人怎么去说她。余宇强在亚美的美容店里帮着打杂，阿妍一来二去，也就熟悉了，看他无所事事，便开导他说：

"你一个大小伙子，年纪轻轻，不学点真本事怎么行。"

亚美接着阿妍的话说："我也是这句话，美容这碗饭，又不是你一个大男人可以吃的，男人吗，当然应该学点真本事，学点手艺什么的，哪能成天这么无事晃荡。对了，阿妍，你丈夫的那手艺我可是听说过，他要是不带个徒弟就可惜了。"

阿妍告诉亚美，说："我们家老四当然有徒弟，他有好几个徒弟。"

亚美便说："嗨，既然如此，那就不会多这一个，余宇强，我看你就认阿妍做干妈吧，然后再认干爸，然后再跟你干爸学烹饪。我告诉你，当大厨子才赚钱呢。"

余宇强这小子没别的什么能耐，就是会讨女人的好，就是天生的嘴甜，亚美刚说要认干妈，他已经一口一个干妈地喊开了，叫得十分亲热。

亚美说："这干儿子不错，阿妍，你就认了吧！"

阿妍略有些犹豫："认这么大的干儿子？"

"嗨，有什么关系，反正是白捡的。"

余宇强想学厨艺，也不过是图个新鲜，想换个环境。我禁不住阿妍的软磨硬缠，稀里糊涂地收下了余宇强这个徒弟。阿妍倒是真关心这个干儿子，隔了一段时候，便问我他学得怎么样。我说什么叫怎么样，多看，多问，眼勤手勤就行。阿妍说，那你也得认真教呀，你不教，人家怎么学得会。我说你这是瞎操的什么心，现在的问题是当徒弟的得认真学，得动脑子。阿妍不明白我的意思，我就告诉她，说这孩子是什么道理都懂，可是从来不肯认认真真做好，动不动就偷懒。天下无难事，只要认真了就行，这孩子内心毛躁，做事总是差那么一点。

阿妍为他辩护说："不差一点，真跟你一样，不是显得你老四没什么真水平了吗？"

余宇强称呼阿妍干妈，喊我叫干爸，我听着别扭，觉得刺耳，让他不要这么喊。我说你就叫我师傅，他喊了两天师傅，说大家都叫蔡老板，我怎么可以叫你师傅呢。我说你小子既然跟我学徒，当然应该叫师傅。余宇强想了想，一根筋地说，你是老板，我不能叫师傅，我还是喊你叫干爸，干妈也让我这么叫你。这以后，他也不管你喜欢不喜欢，一口一个干爸地叫开了，我听着仍然觉得别扭，也只好随他。这孩子根本不是学手艺的材料，心思根本就不在这上面，他最大的能耐是喜欢混到女孩子一堆里去，什么地方的女孩子多，他就往什么地方钻。他喜欢和女孩子在一起玩儿，女孩子也喜欢他。

那段时候，我偶尔还会与小鱼有点不清不楚。既然阿妍对做那种事没什么兴趣，既然她觉得麻将才是人生最重要的享受，我便又和小鱼偷偷恢复了往日的关系。男人吗，总不能老是让自己的东西没有用武之地。说老实话，我已经改邪归正了，自从阿妍回来以后，我发誓决不寻花问柳。丁香已经不在了，琴也早不在了，阿妍在那方面又非常冷淡，我只能在小鱼身上寻找一些寄托。当时小鱼已是个二十二岁的成熟女人，真的是很成熟了，再也不是当年那个什么都不懂的黄毛丫头，已经很会在那些事情上找到乐趣。我仍然是把她带到原来的住处，仍然是在原来的那张小床上寻欢作乐，虽然我和阿妍已经有了新房，原来租的那间沿街的小房子一直没有还给人家。

小鱼这时候已经成了一个女人味十足的大姑娘，在她身上，你已经很难找到当年的影子。她再也不是原来那个只上过两年小学的农村小女孩，对外面的世界一点都不了解，既天真单纯又幼稚可笑。小鱼这时候要比同年龄的女人成熟得多，好像一个熟透的红苹果那样，你只要轻轻晃晃树枝，它便会自动从树上掉下来。当然，我说的成熟只是在那方面，在其他方面，小鱼仍然是天真单纯，仍然是幼稚可笑。在其他方面，小鱼永远也不会成熟，永远成不了一个真正的城里人。

有一天，我陪阿妍去买衣服。阿妍做过一段时间服装生意，自认为很会买衣服，熟悉料子，熟悉价格，动不动就喜欢到街上去逛。不但为自己买，也为她的姐妹买。她们姐妹多，身材都接近，常常是为大姐买了一件，又想到二姐，然后就是三妹四妹。

过去因为经济条件不好，有一件好看的衣服，姐妹几个人轮着穿，在"文化大革命"中，的确良衣服曾经很流行，一开始价格也贵，她们姐妹几个便穿过同一件衬衫去和男朋友约会。现在经济条件改善了，阿妍仍然喜欢买各种各样的便宜衣服，买了便宜货送给她的姐妹做人情。那天看中的是件羊毛衫，她在那没完没了地还价，我便在一旁嘀咕，说天气已经热了，为什么还要买这玩意儿。

阿妍说："你不懂的，反季节的衣服最便宜，到了秋天，这衣服翻一番都可能的。"

卖衣服的连声夸她是内行，阿妍有些飘飘然，但是仍然不忘砍价。这两个人就价格问题，像姐妹一样套起近乎来，一个怎么也不肯让步了，一个坚决要求再让一点。这一纠缠就是好半天，我在旁边闲着无聊，便打量挂在那儿的别的衣服，无意中发现一套小花点的连衣裙很好看，标价也不贵，暗暗打定主意，准备买了送给小鱼当生日礼物。

这种事当然要绝对悄悄地进行，不能在阿妍面前露出一点点蛛丝马迹。第二天，我悄悄地将小鱼带到那家店里，在店门口，指给她看，告诉她是哪一件衣服。她看了十分中意，进去价也没怎么还，便买了下来。

当时店里没有试衣服的地方，卖衣服的人说：

"你拿回家，尺寸不对，尽管来换，我看是没什么问题。"

于是一起回到我们的那间小房子。小鱼迫不及待地试衣服，对着衣橱镜子横照竖照。稍稍小了那么一点点，因为小，身上的线条十分突出。我说看不出来，原来你身上还真有点肉，还有，你胸口的那两个玩意儿也真不小。小鱼问我是不是去换件大一号的，我说没必要了，现在看上去很神气，很漂亮。一边说，我的手便不安分起来，小鱼继续照镜子，我在她肉乎乎的胸口上摸来摸去，她嫌我的手碍事，不停地把我的手移开。于是我的手就伸向另一个地方，小鱼仍然是继续照镜子，对着镜子摆样子。我抚摸到了最敏感的地方，她很快有了些反应，然后就突然抓住了我的手，把我的手往旁边拉。

小鱼对着镜子里的我说："喂，你讨厌不讨厌？"

镜子里，她的目光有些异样，有些呆滞。

我对着镜子里的她笑了笑。

她说："你笑什么？"

"为什么不能笑？"

我的手又开始发起阵地进攻，她仍然是不愿意，又一次拉开我的手。

"怎么了？"

她突然变得有些不高兴。

我们两个人在镜子里互相注视着，我被她有些反常的目光看得莫名其妙，手上继续有所动作，她仍然是不停地将我的手拿开。我说今天你是怎么了，好像有什么话要说吗。她怔了一会儿，继续试她的衣服，说我还能有什么话说，你根本不在乎我说什么。我便让她把想说的话说出来，她怔了一会儿，突然问我会不会娶她。我说你怎么会突然想到这么一个问题。我说要我娶你，阿妍怎么办。我说只要阿妍在，我就不可能跟她分手。

小鱼悻悻地说："我就知道你会这么说，我也知道你就是这么想的。"

我说我总不能骗你吧，你说我什么时候骗过你的。

"你什么时候不是在骗我？你什么时候都是在骗我。"

我笑嘻嘻地说，难道今天为你买这条裙子，反倒惹你不开心了，你这个小丫头真是有些古怪。

小鱼说："不要以为买了一条裙子就怎么样！"

我的手没有停过，继续抚摸着她。我想用这种特殊方式向她表示着歉意，表示自己并不是在骗她，表示自己并不想骗她，表示自己是真心喜欢她。我确实是有些喜欢她，显然老四没有理由不喜欢她。

小鱼说："你从来就没有想到过要娶我！"

小鱼说："我们这样到底算是怎么一回事？"

她说着，很愤怒地脱去连衣裙，因为动作太大，差一点把胸罩拉下来。又因为是往上脱，她做这动作的时候，我便趁机把她的内裤往下拉。我没想到她会为此生气，平时她就喜欢我这么和她瞎闹，怎么瞎闹都不过分。要是在平时，她早就积极应战，早就如火如荼地投入到战斗中。小鱼喜欢在战场上冲锋陷阵，喜欢真刀真枪地跟你拼个你死我活，她喜欢征服别人，也喜欢被别人征服。可是今天却好像出了问题，她高高地挂起了免战牌，迅速换上原来的那件衣服。她变得一点情绪都没有。我没想到好戏刚刚开场，就已经闭幕了。我没想到一件好事会这样半途而废。这结局有些荒唐，更有些让人难堪，我突然意识到她并不是在闹着玩。小鱼为了引起我的重视，时不时会玩儿一些不高明的小把戏，会耍些小脾气，但是今天显然不是。

小鱼突然眼泪汪汪，她包好了今天新买的那件连衣裙，然后拎在手上，扫了我一眼，拂袖而去，临走扔了几句话给我：

"你反正不会要我，你不要我，我可就要自己嫁人了。哼，不要以为没人要我，我告诉你，我再也不会理你了。"

小鱼和余宇强结婚办喜酒的时候，双方的大人都没有来。幸好都没来，要不然不知道会出现什么样的尴尬场面。无法想象自己见到小鱼母亲时会怎样，我这个人最不会演戏。自然是就在我店里办酒，场面虽然不隆重，也还算热闹。关键是阿妍非常起劲，好像结婚的不是什么干儿子，简直就和自己的亲儿子一样。前前后后，差不多都是阿妍一手在操办。我因为她亲自出面张罗，不得不陪着敷衍，大家给我敬酒，新郎新娘也过来敬酒，尽管我没有什么酒量，到了这时候，也只好在众目睽睽之下，喝一大口表示祝贺。

事情发展得很快。几个月前，阿妍还张罗着要给她那干儿子介绍对象，没多久，就听说余宇强已经和小鱼谈起了恋爱。事情快得不可思议，快得没有一点点悬念，两个人说好就好上了，说结婚就结婚，说怀孕就怀孕。要说余宇强比小鱼还小二岁，这小子突然打定了主意，要和小鱼结为夫妻，真是出人意外。这是你怎么也不可能会想到的一件事，你怎么也不会想到竟然会发生这种事情。余宇强眉清目秀，是一张娃娃脸，他成天钻在女孩堆里，跟谁弄出些风流事来都不奇怪，你奇怪的是为什么他偏偏要选中小鱼。你奇怪的是为什么小鱼又偏偏选中他。说老实话，我也弄不清楚这两个人到底谁追求谁，反正一开始别人还只是起起哄，拿他们开玩笑，很快就发现这两个人玩儿起真的来。

这两个人就在我的眼皮底下，很快从暗中来往，发展到公开地卿卿我我，一本正经地谈婚论嫁。我这心里自然很不是滋味，是男人都接受不了这个事实，是男人都会有些见不得人的小心眼。我觉得自己很没有面子，男人常常会为了这些该死的面子活受罪，常常会为了这些该死的面子做出一些不理智行为。我没想到余宇强会用这种方式跟他的师傅叫板，没想到他竟然会有这胆量，这几乎就是公开的挑战，因为店里不止一个伙计知道我和小鱼的那层关系。虽然小鱼现在已经不理睬我了，她已经明确表示不再和我往来，已经有差不多半年的时间没有过任何接触，我还是觉得自己有一种被遗弃被背叛的感觉。

正是在这种心理的驱使下，我忍不住就要向余宇强显示我老四的优势。如今回想起来，我当初的行为确实有些过分，我那时候根本不把这小子放在眼里，才不在乎他嫉妒还是不嫉妒。我故意在余宇强的面前，用轻薄的语言调戏小鱼，其实我平时并不是这样的人。我故意当着他的面，摸小鱼的脑袋，摸她红彤彤的脸蛋，拍她结实的屁股，拍她的背，甚至差一点就要捏她的奶子。我有意让余宇强明白，小鱼是我的囊中之物，我想怎么样就可以怎么样。我想让余宇强明白，小鱼只是我不想要的女人，老四不想要了，才轮到他。

那段日子，我真是恶魔缠身，鬼迷心窍，有一天，我借口小鱼一件事做得不对，对她大发雷霆。

我恶狠狠地对她说："知道不知道，你他妈真欠×！"

说完了这一句，我的怒气似乎还没消，又恶狠狠地补了几句，说你怎么这么笨的，你他妈的是脑子里有屎，难怪老子会不喜欢你了。

小鱼当时就委屈得哭起来了，当着那么多人的面，尤其是当着余宇强的面，我这么公开地羞辱她，真是太让她难堪了。余宇强没有做出任何反应，他若是个有血性的男人，早就应该站出来跟我拼命。他却仿佛局外人一样在一旁看着笑话，就好像小鱼跟他没任何关系。那时候，他们没有结婚，可是恋爱关系已经公开了。小鱼哭得很伤心，像小孩子一样号了起来，我立刻觉得自己有些过分，尤其看到余宇强若无其事的样子，真是有些心疼她，觉得她怎么会看中这么一个没骨气的东西，一个男人要是不能保护自己喜欢的女人，那还叫什么男人。我不得不继续做出很生气的样子，因为这时候如果不是生气，实在下不了台。

事后，我几次想向小鱼道歉，想对她说一声对不起，这话都到了嘴边，还是说不出口来，事情于是也就不了了之。

小鱼是因为自己已经怀孕才铁了心要与余宇强结婚的。对于小鱼来说，虽然年纪这么轻，已经是第四次怀孕了。早在第二次怀孕的时候，医生就警告她，老是这么流产，很可能会造成终身不孕。小鱼不止一次表示自己不愿意像阿妍一样，她说女人像阿妍那样不能生小孩，即使有再多的钱，住再好的房子，又有什么意思。等到第三次怀孕的时候，她对我老四的这种不负责任的态度已经绝望了，对再一次去医院流产感到从未有过的恐惧。她说我就不明白你为什么不能和阿妍离婚，为什么不能娶我，为什么不能让这孩子生下来。她说你为什么这么傻，你为什么就不希望我给你生个孩子，我这样的女人你到哪里去找。

第七章

　　小鱼和余宇强结婚以后，住我原来租的那间旧房子里。他们占据了我曾经寻欢作乐的地方，占据了我的那间简陋的后宫，恩恩爱爱地过起小日子来。由于小夫妻的双方父母都是农村的，都不可能过来照顾他们，阿妍便一本正经地扮演起上辈人的角色。阿妍这个干妈真是当得无可挑剔，就是亲妈也没有她这么好，就是亲妈也不会有她那么体贴。她这一辈子，天生喜欢照顾别人，总是从照顾别人中获得快感。阿妍简直就是一个活雷锋，好像生来就是为照顾别人才存在的，好像她最大的乐趣就是为了帮助别人。

　　很快，小鱼的肚子像小山一样挺起来，阿妍便把他们小夫妇接到我们家来住。那些天，每到黄昏的时候，阿妍便带着小鱼出去散步，不认识的人，都以为她们是一对母女。下雨了，阿妍逼着小鱼在房间里兜圈子，一切都按照科学的办法做。阿妍手头有不止一本的育儿手册，她成天翻那些小册子，那些小册子成了她的座右铭，一举一动都照着办。孩子还没有出世，就已经知道是个男孩，因为去医院做了 B 超。回来说起从屏幕上看到了男孩儿的小鸡鸡，阿妍乐不可支，一边说，一边咯咯笑个不停。

我说："有什么好笑的，不就是一把小手枪吗？"

这一切仿佛是老天爷故意安排好的，仿佛她命中注定就应该有这个孙子。当年她很不幸地失去了当母亲的机会，现在却迫不及待地要当起奶奶来。阿妍为这孩子起了个单名叫余鹏，鹏是一种大鸟，阿妍希望这孩子将来会有出息，像鲲鹏展翅一样，飞得又高又远。等到小鹏出世以后，阿妍的心思差不多全花在了这孩子身上。她和小鱼的关系也因此非常融洽，一直到小鹏断奶，这两个人都是好得让人感到不可思议。孩子成了她们关系最好的黏合剂，一开始，两个大人成天围着孩子转，小鹏因为要吃奶，离不开小鱼，而小鱼又根本不会带孩子，于是阿妍这个当奶奶的忙前忙后，在小鹏身上充分品尝做母亲的滋味，充分享受做母亲的烦恼和焦急。

那时候，阿妍到处向那些有母亲经验的女人请教，一本接一本地往家里买育儿手册，买教育儿童的书籍。小鹏只要有那么一点小毛病，阿妍立刻坐立不安，急得不成样子，急得像热锅上的蚂蚁，急得仿佛天立刻就要塌下来。有一阵小鱼身体不好，得了很厉害的感冒，害怕会传染给小孩，小鹏天天晚上都是和阿妍睡。半夜里，小鹏醒了，哭着要吃奶，阿妍便把他抱到小鱼那里去喂奶。她逼着小鱼一定要戴着口罩喂奶，喂饱了，再抱回来睡，一连多少天晚上都是这样，结果，临时变成了长久，小鱼感冒已经好了，小鹏仍然还是与阿妍睡。

等到小鹏断奶以后，这孩子就干脆一直跟阿妍睡了。小家伙有个坏习惯，有时候，并不是饿，只是要习惯性地咬住奶头才能睡得香，阿妍便让他叼住自己的奶头。这孩子有许多坏毛病，都是阿妍给宠出来的。要说我们的这种关系，真是有点滑稽，我们就这样组成了一个奇异的大家庭。说老实话，我们对他们小夫妻也真是不错，我们突然变成了老两口，这种感觉是过去从来没有过，我们突然就成了长辈，成了地道的爷爷奶奶。虽然这得有个适应的过程，渐渐地就习惯了，习惯也就成自然。既然阿妍非常愿意，既然阿妍感到很快乐，我便觉得这样并没什么不好，过去她一直想抱养一个孩子，因为我坚决不同意，没有成为事实，现在这样等于抱养了一个，只不过抱养的不是儿子，而是孙子。对于我来说，儿子孙子都无所谓，我高兴的只是，有了小鹏这个孙子，最大的好处，是阿妍竟然不再打麻将了，她竟然一心一意地照看起这个宝贝孙子来。

小鹏稍稍大了一些以后，余宇强和小鱼仍然搬回自己的住处去住，白天上班，孩子便送过来由阿妍照料。接送自然是余宇强的事情，他天天骑着自行车，风雨无阻，到时候送过来，到时候再接走。很快，小鹏开始学说话了，爷爷奶奶地乱叫，阿妍非常得意，成天像玩儿鹦鹉似的逗孩子。按照阿妍的意思，小鹏可以完全放在我们这边，白天黑夜都由她来照顾，但是我坚决不同意，因为真要是这样，阿妍实在是太辛苦了。而且小鱼也不是太愿意，她觉得儿子小鹏跟奶奶太亲热了，亲热得常常都不愿意跟她这个当妈的在一起，这不由得让她有些嫉妒。

转眼间便进入了二十世纪九十年代，小鹏一天天地在长大。那时候，我的生意又一次陷入维持不下去的窘境。虽然我努力想跟上时代发展的潮流，迫不得已的时候，火锅也做过，海鲜也做过，甚至连几块钱一碗的面条都卖过，可是怎么折腾都是无济于事。火爆一时的厨王菜已经完全没有了往日的号召力，我的生意已经做到了尽头，店里干活的人越来越少，伙计们纷纷跳槽，另择高枝另谋高就，就连余宇强也到别处去挣钱了。树倒猢狲散的结局已不可避免，我感到心力交瘁，不知道怎么办才好。

到了最后，眼看着生意就要撑不下去。既然没什么生意可做，既然门可罗雀，干脆天天早点关门打烊。回到家也是无事可做，我就去租录像带看。一台录像机已经买了好几年，过去是没时间看，现在反正没生意做，就一部接一部地看香港武侠片。余宇强和小鱼也喜欢看，晚上过来接小鹏，便跟着我们一起看，一看就没时间，一看就看到十一二点。到那时候，小鹏早睡着了，阿妍心疼他，不忍心把他叫醒，于是就让小鹏留下来。有时候，时间太晚了，余宇强和小鱼也干脆不走了，留下来住在隔壁的小房间里。

我们像一家人一样地过着日子，不要说阿妍有做奶奶的感觉，渐渐地，我也觉得自己真像个爷爷了。人处在一定的环境中，心态自然而然地就会发生变化。如果有个孩子成天在耳朵边"爷爷，爷爷"地叫着，你就会发现自己确实已经老了。孩子的叫声是一种最好的提醒，我突然发现再过两三年，自己就要五十岁了。印象中，四十岁的生日好像过了还没有几年，现在却已经悄悄地在逼近五十岁。四十不惑，五十知天命，五十岁绝对是一个老头子的概念。虽然丝毫没有那种衰老的感觉，虽然这内心深处还会蠢蠢欲动，可是当我俯下身子，模仿着小孩子的语调，细声细气地哄小鹏的时候，我突然意识到自己的年龄问题。我意识到老四已经不再年轻，意识到老四现在真的是个可以当爷爷的人了。

经常去租录像带，开录像店的老板已和我很熟悉，有一天，老板悄悄地问我，要不要看一些货真价实的玩意儿。

老板说："不瞒你说，刚到的货，看你是熟人，所以相信你，换了别人，借我一个胆子也不敢的，最近公安查得非常厉害。"

一看老板神秘莫测的表情，一看他那自作聪明的样子，你立刻知道是怎么回事，你立刻明白他要跟你做什么样的交易。

我故意十分老到地说："真是好东西，当然可以看看。"

那时候，早就听说外面有这种东西在流传，可是还从来没有真正见识过，今天既然主动送上门来，我当然不会放过这个机会。晚饭后，我们先看了一盘香港武打片，看完，小鹏已经睡着了，我就问大家要不要开开眼，看看老板推荐的货真价实的东西。阿妍说，你别弄什么不好的东西来吓唬人。我笑着说，有什么好不好的，看了再说。说着，过去把窗帘拉上了，把那盘录像带放到机器里。我们当时都是第一次看这玩意儿，第一组镜头出现以后，阿妍吓得哇哇直叫，连声说恶心死了，怎么这么恶心。阿妍的反应十分激烈，我们也都有些震惊，不要说是她没有想到会这样疯狂，就是我老四也没想到，我们谁也没有想到。阿妍还在一个劲儿地感叹，说怎么会是真的人在演，要死了，要死了，是真的在做。她心慌意乱地看了几分钟，说再也看不下去，便逃到房间里去了。

剩下的三个人继续看，大家不说话，第一次开这样的眼界，那感觉真是有些异样。我觉得有口水不断地涌上来，多得不得不往下咽的时候，就听到一种很厉害的咂嘴声。那时候，咽口水的声音真是响得让人难堪。过了一会儿，阿妍出来拿热水瓶，拎着个红的塑料热水瓶站在我们面前，对电视屏幕又扫了几眼，说真是要死了，你们竟然还在看，还在看这种不要脸的东西。这话好像是提醒了小鱼，她立刻羞答答地站起来，不说话，与阿妍一起到房间里去了。两个女人都走了，就剩下我和余宇强。

现在是两个男人在一起看，顿时觉得轻松了许多。我们嘴里开始骂骂咧咧，嘻嘻哈哈有说有笑，就这样坚持着把一盘录像带全部看完。看完了，他们小夫妻要回自己的小家，小鱼非要带儿子一起走，小鹏从睡梦中硬被弄醒了，哭着闹着不肯走。

阿妍便说："不肯走，就让他睡这儿，干吗非要带他走呢？"

小鱼于是不停地骂儿子，小鹏就不停地哭。

结果小鹏又留了下来。这种情况经常发生，差不多每次都会是这结局。只要小鹏一哭一闹，阿妍便心疼不已。她说你们以后要带小鹏回家，就早点走，人家睡得这么喷香的，你们硬把他弄醒过来，他当然要和你们闹，他怎么能不和你们闹。

　　余宇强和小鱼灰溜溜地走了，小鹏继续呼呼大睡，我便和阿妍把那录像又重新观赏了一遍。阿妍起先是不肯看，说你们男人最不要脸了，就喜欢看这种下流的东西。她说要看你一个人看，我才不会跟着你一起看，你就一个人慢慢看吧，你一个人慢慢欣赏，好好研究。我被她这么一番嘲弄，仿佛迎头一盆冷水，立刻觉得很无趣，立刻觉得有些恼火。阿妍看我真准备放弃了，看我真没有情绪再看了，却开始有些让步，说你要看，就把电视机和录像机搬到房间里去看，她说她累了，躺着看会更舒服一些。

　　这以后，余宇强动不动就要跟阿妍借录像机。他有什么要求，从来都是直截了当地向他的干妈提出来，而且几乎每次都见成效。阿妍对自己的这个干儿子是有求必应，他说什么都会答应，想怎么样就能怎么样。其实我们都知道余宇强为什么要借录像机，小鱼对他的做法十分恼火，因为把那机器借回家，自己偷偷地看看也就算了，偏偏他还喜欢卖弄，动不动就会带几个朋友回来。在当时这不是闹着玩的事情，聚众观看淫秽录像可是个不小的罪名。有一次就走漏了风声，差一点被派出所的人抓到把柄。我们都担心余宇强这样下去会出事，要闯出大祸来，这小子在某些事情上，从来都是不计后果的。阿妍于是拒绝再借录像机给他，她对他说，以后有什么好片子，就拿到这来一起看。

余宇强说："我借的带子，干妈你不要看的。"

阿妍说："不管我要不要看，反正录像机我是不借了。"

余宇强于是经常借些录像带回来，基本上就是那一类动作片。他戏称这些片子为教学片。

阿妍有些发急："你怎么老是借这种教学片。"

余宇强这小子别的能耐没有，借那种录像带的本事大，什么稀奇古怪的玩意儿都能搞到。有些事情就是这样，刚开始在一起看，都觉得很别扭，觉得不可忍受，看多了，就那么回事，看着看着就习惯了。大家一起看，大家一起欣赏，也没什么大不了的。有时候，我们四个人一边看，一边议论。阿妍还是改不了大惊小怪的毛病，免不了一惊一乍，她常常是看不完整，看了一会，便离开了，然后过一会儿，又出来看上一阵。她总是坐立不安，像个警觉的兔子似的，动不动就站起来走一圈。

阿妍永远是在谴责这种片子，女人就是这样，总喜欢表现得一本正经。其实我也知道阿妍未必是真的痛恨这些，她不过是有些控制不住，控制不住那些或多或少或真或假的反感。她有时只是故意显得一本正经，故意表现出对这些东西深恶痛绝。我知道她有时候并不反对，只是觉得大家一起看有些别扭。她更愿意将电视和录像机搬进卧室，将音量调到最低，躲在被窝里跟我慢慢地欣赏。

经过那么多年的磨合，到了四十多岁，都快五十岁了，我和阿妍才总算找到一点感觉。我一直以为这是录像带起的化学作用，觉得她终于有些开窍，终于明白男男女女寻欢作乐，原来竟是天底下的第一等美事。阿妍终于再也不像过去那么冷淡，那么兴味索然，好像这些只是别人的事情，只是夫妻间女方对男方应尽的义务，只是做妻子的责任，只是做好人好事的无私奉献。她开始变得有些主动起来，虽然常常还是很笨拙，常常不得要领，缺乏最基本的想象力。很显然，阿妍正在努力，正在努力地变好，正在用心配合。她突然变成了一个对于我来说有些陌生的女人，我隐隐地觉得她变了，变得有些莫名其妙，变得有些深不可测。

幸福之泉仿佛已被找到，通往极乐世界的大门也被发现了，阿妍再也不是一片干涸的沙漠，再也不像过去那样，深深地挖掘下去，永远也打不出水来。她再也不是那种寸草不生的蛮荒之地，无论有多少阳光和雨露，也见不到一点点代表生命的绿色。我们仿佛突然发现了新大陆一样。说老实话，我喜欢她的这种变化。我并不喜欢她原来的一本正经，当然，我指的是过去她在床上那种糟糕的表现。多少年来，这件事一直困扰着我。我觉得我们之间的遗憾，还不是不能有自己的孩子，最大的遗憾是我们找不到那种感觉。阿妍也知道这是个问题，她曾经向她的姐妹咨询过，也曾和最亲密的女友探讨过这方面的经验。为了治愈自己的性冷淡，她甚至去医院开过激素药品，服过一阵专门为女性服务的那种春药，当然也不是什么真的春药，反正就是这个意思，吃了也是白吃。

现在，虽然快到五十岁，结婚已经二十多年，马上就要到更年期了，我们双方才突然产生这种心灵的互动，显然是晚了一些，但是正是因为晚了，正是因为已经失去了太多的大好时光，便显得尤其珍贵。阿妍也吃惊自己的这些变化，有一次竟然忍不住问我：

"老四，我们是不是有些老不正经？"

我说我们要那么一本正经干什么。我说如果我们喜欢这种老不正经，干吗不干脆就老不正经算了。我说你难道不明白，我们已经白白地耽误了那么多的美好时光吗，你应该觉得可惜，因为我们早就应该货真价实地享受这些。那一段日子，我们沉浸在幸福之中，有时候，是大白天，小鹏上学去了，我们忽然有了情绪，连窗帘都懒得拉，便兴高采烈地大战起来。两个快五十岁的人，像年轻人一样疯狂，结婚多少年了，我们之间的磨合似乎才刚刚完成。

可惜这样的欢乐时光并不长久，因为很快，很快我们就发现又出现了问题，出现了很严重的问题。我们做梦也不会想到，我和阿妍竟然会同时患上了性病。好日子刚刚开始，又突然狼狈不堪地中断了。这种病，去医院检查，很容易就能确诊，而且是确定无疑，想抵赖都抵赖不了，是夫妻双方都已经有了。阿妍本来是有些妇科病的，她一直以为自己的瘙痒与这有关，现在医院的化验单却说明了一切，我们就像人赃俱获的罪犯一样，面对医生不加掩饰的眼神，听着那种故意不多追究的询问，我们都觉自己实在是丢人现眼，那感觉就仿佛被剥光了赤裸裸地公开示众。

　　这真是一个非常可怕的意外，这简直就是一场灾难，虽然是在公共场合，虽然医生一再说这并不是无药可治，若无其事地安慰着我，我们还是神色慌乱，而且惊恐万分，手上捏着各自的化验单，变得像木头人一样。我们显然都被这化验结果给惊呆了，大家都脸色沉重，都无话可说。我们好像都立刻已经明白是怎么回事，因为都知道这答案并不复杂。离开医院的时候，在医院大门口，阿妍的脸色由白转红，又由红变白，她看着我，绝望地说：

　　"老四，怎么会这样？"

　　我立刻哑口无言，立刻想到琴。

　　阿妍几乎要哭出来："这到底是怎么回事呀。"

　　我几乎没有任何怀疑，就坚信这件事绝对与琴有关。

　　我怀着一种十分愤怒的心情去找琴。我匆匆与阿妍告别，直接去了琴的住处。当时我真的是很愤怒，认定是她把这该死的性病传给我的。你怎么会想到有这么倒霉的事情，你怎么会想到倒霉的事情偏偏被你遇上。我怒气冲冲地去找琴，义愤填膺，没想到琴和我一样愤怒，她甚至比我更愤怒，因为这时候她也正被同样的痛苦折磨着。最让我感到接受不了的，是她竟然会和我的想法一样，认定是我把性病传给了她。我们都在准备要找对方算账。于是在琴的住处，我们针尖对麦芒，为了这事儿各不相让地大吵

226

起来。琴自从与老鞠有了关系以后，脾气也看涨了。老鞠是区法院的一个什么副科长，这种人官不大，权力不小，琴仗着有他撑腰，也变成了一个得理不肯饶人的厉害角色。她发现我不肯认错，而且认准了是她的过错，立刻破口大骂，立刻寻死觅活要和我拼命。

我说："你知道不知道，你把我给毁了。"

琴说："你才把我毁了，我好不容易要和老鞠结婚，没想到出了这种事。"

我说你还凶，除了你，这段时候我没和任何女人有过事儿。我不找你找谁，我说你他妈不能这样坑我，我们无冤无仇，你知道不知道，现在害得我老婆也有病了，这都是你干的好事，你这是彻底地毁我。琴怒不可遏地说，放你妈的狗屁，你凭什么吃准了是我，凭什么就不能是你家老婆在外面偷了人，凭什么就不能是她在外面偷了汉子。她的话刚说完，我随手给她一个大耳光，我决不允许别人这样说阿妍。这是我老四有生以来第一次动手打一个女人，几乎想都没想，一个耳光就上去了。是反手抽了一记，用太极拳的招式说，这一招叫"扳"，也就是反手用手背一挥，看上去只是顺势挥一下，却很有杀伤力。

琴的嘴角立刻就流出红红的鲜血，嘴一张，一颗血淋淋的牙齿掉了出来。周围的邻居听到声音，都围了过来，琴捂着嘴，一边哭，一边说：

"姓蔡的，你这个臭流氓，好哇，你口口声声说从来不打女人，今天是你打的，你打了我。"

我想都到了这一步，只能自认倒霉，纠缠下去没有任何意义，于是准备抽身离开。琴上来一把揪住我，哭着喊着，说你打了人，就这么想走，哪有那么容易的事。你这个不要脸的东西，你打呀，你再打呀。我当然不会再打她，她揪住了我不放，我想甩开她，可是她只要我一动弹，就声嘶力竭地乱叫。到这时候，她已经根本不顾脸面了，一直到当地的派出所人赶来，她依然死死地扯住了我的衣服。我们被带到了派出所，这样的结局事先自然也不会想到，派出所的人让我们讲述事情经过。我气鼓鼓地说，这有什么好讲的，这女人她太不要脸了，你问她到底是怎么回事。

琴恨得咬牙切齿，说："姓蔡的，你真不是男人，你把话说说清楚，我们究竟是谁不要脸。"

派出所的人听了半天，不得要领，只能一遍遍地让我们叙述事情经过。这种事不可能说清楚，一说就是吵，吵到后来，派出所的人也不耐烦了，各打五十大板：

"这事看来是真扯不清楚，不管怎么说，你打人不对。怎么可以动手呢，一个大男人，你想想，再有理，一动手就不对了。而且你也不一定有理，你说你有什么理，我看你们是都不对，都要好好地检讨自己的错误，都要好好地检讨自己的行为。尤其是你，打伤了人家，打伤了人家女同志，这医疗费必须得赔偿吧。"

我表示愿意赔医疗费。

琴恨恨地说："难道就这么白打了，光赔一个医疗费？"

派出所的人说："营养费误工费也要赔一些。"

我表示愿意赔营养费误工费。

"不能就这样算了，不光是打伤我的这一笔医疗费，"琴仍然不满足，愤愤不平地说，"他害我得了那病，这医疗费他也得出。"

我立刻火冒三丈："我还没让你出医疗费呢！"

于是我们又一次大吵起来。琴知道我在派出所是绝对不会动手的，暴跳如雷，跳手跳脚，什么话都说出来了。我觉得自己反正是丢人丢到家了，也豁出去了，别人想看什么笑话，就让他看什么笑话好了。我们于是你来我去，谁也不让谁地斗着嘴，吵得不可开交，到后来，派出所的人实在听不下去，不得不站出来干涉：

"喂，这是你们吵架的地方吗，真要吵，到外面去吵！"

接下来，派出所的人决定让我先走。现在他们所能做的，就是赶紧把我们拆开。琴觉得派出所的人是故意袒护我，又哭又闹，说你们凭什么就把他放了，他这人是个流氓，你们应该把他抓起来。派出所的人反感了，说抓不抓人，那是你说了算的？再说了，你急什么，他又跑不了的，到时候该怎么样就怎么样。我们总不能老是让你们在派出所大吵大闹，影响我们的正常工作。我们这么做，也是为了让你们先平静一下，大家都去掉一点火气再说。

于是，我便在琴的咆哮声中，垂头丧气地离开了派出所。一旦离开派出所，我就想到阿妍正在家中等我，想到她正在等我，我的脑子里顿时一片空白，顿时有一种说不出来的恐惧。我仿佛听见阿妍已在远远地发威，正发出像琴一样的咆哮。大街上人来人往，我茫然地走着，心里尽量不去想这件事，尽量不去想阿妍。这正是一件很严重的事情。我知道自己做得有些过分了，觉得自己实在是无颜再面对阿妍。那时候已是下午五点钟模样，虽然心烦意乱，我还是意识到自己的肚子很饿。饿的感觉突然变得很强烈，我突然想到自己到现在连中饭还没吃。我怒气冲冲地从医院直奔琴家，然后是吵，然后被带到派出所，然后就是像现在这样，在大街上无目的地乱走。很显然，阿妍在等着我，正在等着跟我算账，我知道接下来会有一场不可避免的暴风骤雨，很可能会闹得天翻地覆。在阿妍为这事与我没完没了之前，我决定先吃饱了再说，于是茫然地走进一家小饭馆，饱餐了一顿。

到晚上九点多钟，我才提心吊胆回家。阿妍果然坐在客厅里等我，她坐在没有开灯的客厅里，在黑暗中等待着我的到来。一看到我，她蓦地一下站了起来，我立刻意识到一场风暴就要开始了，仿佛已经感觉到了黑暗中的闪电，仿佛已经看到了飞沙走石。好在我已经想好了对策，非常诚恳地让她现在什么也别说，我说我什么都不想谈，什么都不愿意讨论。我仿佛迅速出拳一样，几句话就把即将展开的所有话题都堵死了：

"我们现在什么也不要说了，反正都是我的错，都是我老四对不住你，阿妍，我也不知道怎么办才好，该怎么处置，该怎么个说法，你看着办吧！"

说完，我便转身回房间，躺在床上生闷气。我已经打定主意，接下来，无论阿妍跟我唠叨什么，我都不理她。我决定用沉默来对抗她，以守为攻，先避一下她的锋芒再说。说老实话，当时我这心里一会儿是忐忑不安，一会儿是翻江倒海。我在想这件事怎么才能了结，在想阿妍究竟还能不能再一次宽恕自己。出于我的意料之外，阿妍并没有追进来跟我唠叨这件事，她甚至没有做出应该有的激烈反应。我们陷入在一种不战不和的状态中，这正是我希望的。阿妍只是不理睬我，仍然是留在了客厅里。这一夜，她就这么一直独自坐在黑暗的客厅里。

第二天上午，我还在床上躺着，两名公安闯了进来，其中一个是昨天在派出所时见过的，我认识，另一个没见过，这个人很不友好，自始至终都板着脸。他们进来以后，让我立刻穿上衣服，然后牙也不让刷，脸也不让洗，就在阿妍的眼皮底下把我带走了。

我又一次被带到了派出所，到了那里，公安人员才很严肃地对我宣布，说我涉嫌强奸，现在已被正式拘留。我感到莫名其妙，不明白这究竟是怎么回事。派出所的人与昨天的态度已经完全不一样，他们一个个铁青着脸，对我的任何提问都不予理睬。有一段时间，我被孤伶伶地扔在一间空房间里，半天也没人来过问我的事情。渐渐地我终于弄清楚了原因，原来琴把我告了，告我强奸了她。我第一反应是这件事太可笑了，这简直是有些荒唐。但是很快就发现这事除了可笑和荒唐之外，还真有那么一点麻烦，因为我突然发现在琴的背后，有老鞠在为她撑腰。

老鞠要说也是我老四的朋友，一个人只要是做生意，就不可能不结交一些这样的朋友，税务局的，工商局的，防疫站的，电信局的，自来水公司的，煤气公司的，反正大家都是那种互相利用的关系。老鞠在区法院工作，虽然只是一个副科级的小干事，平时看上去文乎乎的，却是个很有能耐的人，整起人来决不含糊。他不知怎么看中了琴，当时就对琴有意思，想吊她的膀子。我知道法院的人是得罪不起的，便告诫琴无论如何不能把我们的关系说出去。她是否能看上老鞠是另外一回事，男人都是容易嫉妒的，我不愿意让老鞠因为我和她的关系，找那种不必要的麻烦。

琴在一开始根本看不上老鞠。她当然是喜欢年轻的，当然是喜欢有钱的，老鞠既不年轻，也没什么钱，而且还有个很凶悍的老婆。从我店里离开以后，琴在外面转了一大圈，最后还是成了老鞠的情妇。这老鞠对琴倒真是一往情深，和琴好上了以后，老婆跟他死闹活闹，闹到最后真把婚给离了。老鞠这一离婚，琴也就死心塌地地准备嫁给他。

本来我没有什么必要再去招惹琴，说老实话，我跟她也谈不上什么旧情不断。过去的事早就过去了。不过是有一天偶然在路上遇到了，琴问起了小鱼，说这丫头现在成了你的儿媳妇，那你不是成了扒灰的老公公了。她说话一向是这样口无遮拦。我们聊了一会儿，她主动说起了自己的近况，又让我去她那里看看。老鞠为她借了一套房子，到城市里来已经这么多年，她是第一次有了自己单独的住处，自我感觉混得很不错，一定要我就她的房子发表意见，又问我最近有没有结交什么新的女人，她根本不相信我对阿妍会那么忠诚。

我说："老四已经不是过去的老四了。"

琴说："怎么个不是法，老四总不会变成老五吧，你难道和小鱼就一点事儿没有？"

"我可以发誓。"

"成天在你眼皮底下打转，你就真的那么老实，就真的那么乖。"

"我还就是那么乖。"

"谁信，是猫还有不吃鱼的？"

琴说她只要一结婚，便搬到老鞠的新房子去住。琴说老鞠现在是一心想娶她。然后我就有些控制不住自己了，人常常在这时候，就忍不住要犯错误。我觉得琴也有此意，要不然，她不会主动喊我去她的住处。有些事是明摆着的，毕竟过去已经有过那种交往，这是水到渠成，瓜熟蒂落，我觉得在当时的情景之下，没有一点表示才不正常呢。

琴半推半就地对我说："你难道不怕老鞠知道，老鞠可是个大醋坛子。"

她要是不这么说倒也罢了，越是这么说，我还越不在乎。我说老鞠知道了又怎么样，就算是排队，他也是排在后面。我老四才不服这口鸟气，想老鞠算什么，他算个狗屁，也不过是平时在我这蹭吃蹭喝罢了，而且我也知道，琴并不是真的与老鞠好得不得了。她要真是对老鞠爱得死去活来，我们根本就不会那么做。

我说："老鞠要是知道了，他应该高兴才对。"

"凭什么高兴。"

"人家都说两个人关系好，好得穿一条裤子，我们是两人穿同一双鞋，穿同一双破鞋，这多有意思。"

琴做出要打我的样子。我知道琴不会把这事儿告诉老鞠，她确实是一直都瞒着他，因为这件事说出去，对她没有一点好处。琴既然已经准备嫁给他，她就不可能把真相告诉老鞠。本来这种一锤子买卖，自然是完了也就完了，我们两个人都不会把这事传出去，她不想让老鞠知道，我不想让阿妍知道。

但是那天我刚刚前脚离开派出所，又哭又闹的琴突然改变了保守秘密的主意，她打电话把老鞠喊来了，把我们的事情，前前后后一股脑儿都兜了出来。她向老鞠哭诉了一大通，仿佛是白毛女控诉黄世仁，把我老四说得一无是处，把我描述成一个罪大恶极的坏人。琴到这时候，祸反正闯出去了，赖也赖不了，也顾不上老鞠知道真相以后，会有什么样的后果，会不再和她结婚。到了这一步，她只能是豁出去了。

老鞠恨得咬牙切齿，当即就表态，说决不会饶过我。

"恶有恶报，他跑不了的，"老鞠对琴发起了毒誓，"老子这次非要他好看不可，非要让他好好地吃些苦头。"

老鞠和派出所上上下下的人都认识，他这一介入，情况立刻发生了变化。我被带到了审讯室，他们对我进行了突击审讯，逼

234

着我交待强奸的详细过程。我做梦也没想到还会来这一手，抵死也不肯承认。他们说根据琴的检举揭发，说在多年以前，就强奸过她，在当时这属于利用职权强奸。最近，又利用要把这件事说出去，再次强奸了她，这属于胁迫逼奸。琴检举说我在前不久的短短一个星期里，强奸了她三次，而且其中有一次，是连续做了两次。他们让我老实交待，是不是真有这事，我说没有，根本就不可能有。他们说，怎么会没有，不要以为事情过去好多年了，最近的这件事也过去快两个月了，你就可以抵赖，要知道这种事儿是抵赖不了的。

我想不到他们会这么轻信琴的话，坚决不承认是强奸，我说既然真像她说的那样，为什么不早点告我。再说什么一个星期里三次，什么做了两次，我都这岁数了，哪有这个能耐。我说一共就那么一次，那次是在她的住处，她愿意的，我不说她主动我就不错了。我说大家都愿意，怎么能叫做强奸。他们说，是不是强奸，不能你说了算。单位领导把手底下的女人占有了，这叫什么，这叫利用职权。你掌握过去与她有过关系的把柄，又一次胁迫她，这也是强奸。告诉你，凡是违背妇女意志的性行为，都叫强奸，连老婆不愿意，硬搞，这还叫婚内强奸呢。老师弄学生，领导弄群众，上级弄下级，只要女的不愿意，这都是强奸。琴以前是不是在你手底下做事，你是不是她的老板，你是不是威胁过她？

我愤愤不平地说："按照你们这种不讲理的说法，我强奸过的女人也太多了。"

他们于是问我究竟跟多少个女人发生过关系，他们说你老实交待，琴可是什么都检举了，说你这人坏得很。他们问我是不是已经和一打的女人睡过觉了。我故意装做不明白，很严肃地问一打是多少，他们说是十二个。

我便一本正经地说："十二个肯定不止，那肯定不止一打了。"

我玩世不恭的态度显然激怒了他们。他们勃然大怒，说你果然是个臭流氓，一看你就不是个东西，一看你就是个无赖。你们这些道德败坏的小老板，自以为有了几个破钱，就可以无法无天，就可以想怎么玩儿女人就怎么玩儿女人。说老实话，我并不想惹他们生气，知道这些吃公家饭的人是得罪不起的，我说你好好地想想，琴说我是强奸，那你们问问她，她若是个正派的好女人，我又是怎么得性病的，一个好端端的女人，怎么会有这种毛病。那时候，我还不知道琴这么做，是老鞠在后面撑腰。我当时只是想，只要稍稍动些脑子，就知道琴是在瞎说八道，就知道她是在陷害我。天知道琴这些年是怎么堕落的，我不过是玩了一次火，便产生这么严重的后果。我觉得我才是真正的受害者，琴这女人真是疯了，坑了我，竟然还会这么丧心病狂。

但是他们根本就不听我说，一定要逼着我承认是强奸。他们说像你这样有前科的人，当年根本就不应该从监狱里放出来。他们说把你这样的人，从牢里放出来，是给老百姓增加祸害，是给社会增加不稳定因素。我当时真是不明白他们为什么会这么恨我，为什么这么蔑视我，说到后来，我只能不理睬他们了，因为我觉得这已经不是在审讯，而是有意要栽赃陷害，硬把我往绝路上逼。他们看我拒绝回答任何问题，便威胁说，你要是真不交待，我们也有办法对付你，到时候你不要怪我们不客气，怪我们不讲道理。

到晚上，换了几个联防队员模样的人进来，这些人进了审讯室，门一关就动手，不分青红皂白，又是扇我的耳光，又是踢我的肚子。我说人民警察怎么可以打人，他们说我们是联防队员，我们不是人民警察，打了你也是白打。我老四怎么可能白白挨打，我老四什么时候受过这种窝囊气，立刻奋起反抗，立刻拉开架势，跟他们对打。说老实话，真是对打，凭我身上的功夫，打他们三个四个也不是问题。那帮人手上有电警棍，他们用电警棍电我，电得我在原地乱蹦乱跳。有一个胡子拉碴的家伙十分歹毒，故意用噼啪作响的电警棍对我的那个地方捅，害得我在小小的审讯室里到处跑，也顾不上是不是丢人，扯开了喉咙喊起来。

那时候，想不老实也不行了。那时候，我老四真是彻底地栽了。我再也不是什么英雄，我成了地地道道的狗熊。要说打架，老四从来不会吃亏，可是现在我只能自认倒霉。我知道如果继续反抗，自己恐怕日后做男人的机会都没有了。

我被送到拘留所关了半个月，在这半个月里，没人审讯，甚至根本就没人过问我的事情。那时候，我终于想明白是怎么回事，我终于知道老鞠的厉害。半个月以后，老鞠来看我了，我们在审讯室见了面。因为旁边没有别人，老鞠开门见山，竟然公开地威胁我，他说老四，你知道我可以怎么收拾你，我可以把你玩儿过的那些女人都找到，让她们联名告你，然后判你一个流氓罪，让你再坐上几年牢。

　　没想到他会这么赤裸裸地在拘留所里威胁我。他就这样公开跟我叫板，丝毫也不掩盖他对我的仇恨。我想自己完全可以反过来告他陷害，但是我知道自己没有证据，而且根本不是他的对手。一个饭馆的小老板，怎么会是一个法律工作者的对手。老鞠年龄大约与我差不多了，已经开始秃顶，头顶上贼亮贼亮的，穿着一身不是很讲究的西装，一边说话，一边用手不停地拉领带，紫红色的领带好像有些卡脖子，这让他感到很不舒服。我知道老鞠是说到就可以做到，我知道不仅仅是吓唬我，他显然有这样的能耐，因为在过去的日子里，曾不止一次听他吹嘘过这方面的本事。面对他的趾高气扬，我假装服软，很诚恳地说：

　　"老鞠，我们总不至于为了一个女人，翻脸反目到这种程度吧。"

　　"谁跟你为了一个女人？"

　　"为了琴，不值得。"

　　"你不要瞎说好不好！"

　　"这有什么不好意思？"

　　老鞠没想到我在这时候，竟然还敢用这样的话调侃他。

　　"为这样的一个女人，真不值得！"

　　"不要瞎扯好不好。"

"谁瞎扯了，我想，琴肯定也把性病传染给你了，所以你会这么恨我！"

老鞠用仇恨的眼光看着我。

"你不应该恨我，老鞠，你应该恨琴，你真应该恨她，"我说着说着，竟然有些自鸣得意起来，老四已经憋了半个月，没和任何人说过话，既然有这么个说话的机会，我得痛痛快快地再说几句，"毫无疑问，这女人才是我们共同的敌人，是这女人把我们都给坑了，我们都是受害者，你不应该帮着她。你给我说句老实话，是不是也得病了，是不是那里很不舒服，痒得难受，我告诉你，得赶快治疗，赶快去看医生。"

正说着，有人进来了，我们的谈话已不可能再进行下去。老鞠脸色铁青，咬紧了嘴唇，我立刻想到自己会为这次谈话付出惨重代价，那时候也顾不上了，伸头是一刀，缩头也是一刀，头掉了，不过是碗大的一个疤，我才不会为这种事后悔。大丈夫做事敢做敢当，我老四是那种宁折不弯的脾气，宁愿为自己做错的事情，接受任何惩罚，也不愿意让老鞠骑在脖子上拉屎。说老实话，我根本就没把这什么老鞠放在心上。他爱怎么整我就怎么整好了，当时我心里最难受的是觉得对不住阿妍，为了阿妍，我接受什么样的惩罚都不过分。不用说再坐几年牢，就是把我拉出去毙了，只要阿妍她觉得解恨，我绝对不会有一丝一毫的犹豫。

在看守所一天只吃两顿饭，因为没人提审，我一天到晚除了坐在那儿反省，没别的事可做。好像已经被人忘记了，好像一个没用的废物，被随手扔进了垃圾箱，我绝大多数的时间都是坐在那里发怔，仿佛闭关修炼打坐一样，我觉得自己差不多已经成了一座石像。看守所里人满为患，每一个号子里都塞得满满的，不要说是躺下来，就是坐在那里都嫌拥挤。我不跟任何人交谈，号子里晃过来晃过去的犯人，与我仿佛没有任何关系。我沉浸在回忆中，那时候真是有太多的时间可以想到阿妍，我开始无数次地想她这时候正在干什么，想我们刚开始相爱的那段美好时光，想我们狼狈不堪的初夜，想自己最初的背叛，想这么多年来经过的风风雨雨。我似乎又回到了当年插队当知青的时候，阿妍已经回城了，我孤伶伶地留在农村，朝思暮想，对未来的前景感到一片渺茫。那一段日子正是刻骨铭心，那一段日子真是太值得怀念了，当时不要说不会料到自己日后会一次次背叛阿妍，就连一丝一毫对阿妍不忠实的念头也不敢有。

一个多月以后，看守人员突然把我带到了办公室，打了几个电话以后，用不耐烦的口气，宣布了一个让我吃惊的消息。他们说，你现在可以离开了，想去什么地方，就去什么地方吧。我感到非常意外，感到有些不可思议。就像不明白自己为什么被抓进来一样，我也不明白为什么突然又把我释放了。我就这样糊里糊涂地又重新恢复了自由。他们竟然用一种近乎开玩笑的口吻，告诉我释放的理由。他们说不是因为我无罪，而是看守所的犯人实在太多了。他们让我明白，我老四所以被释放，不过是因为运气好，是捡了个大便宜，是躲过了应受的惩罚。他们说我这种人放出去也是祸害，放出去了，迟早还会回来。他们让我在一些文件上签字，然后让我换衣服，然后就把我带到看守所的大门外面。

阿妍正在那里等我，她看到我垂头丧气的样子，也不说话，一脸悲伤和忧郁。看守人员将我交给阿妍，扭头走了，沉重的大铁门哐的一声被带上，撞击声在空气中久久回荡。

我当时胡子拉碴，剃着一个犯人头，缓缓地走到阿妍面前。我不知道说什么好，我们就这么默默无言地相对，她看着我，我看着她。刚看到她的时候，我真是百感交集，热泪盈眶。我知道自己突然被释放，肯定是有原因的，世界上任何事情都会有原因，任何事情都不会无缘无故。在看守所里枯坐之际，我曾为阿妍对我的不闻不问感到悲哀，那时候，你的感觉就像一个被遗弃的孤儿，你觉得自己罪有应得，你觉得自己罪该万死，可是你多多少少还会有那么一点不死心。我们毕竟夫妻一场，我们曾经是那么恩爱。好在眼前的一切，已充分说明了我对阿妍还是有误会，因为从她的目光中，我并没有看到太多的怨恨，或者说就算是有些怨恨，她也仍然是过去那个宽宏大量的阿妍。我的良心正在遭受深深的谴责，我看到的是她眼里的悲伤。真是太对不住阿妍了，我感到无地自容。当时我还在想，即使你又犯了不能原谅的错误，她最终还是原谅了你，这就是阿妍，这就是那个与你相伴了二十多年的结发妻子。一时间，我对阿妍充满了悔意，发现自己比过去更爱她，更渴望得到她的宽恕。我真希望她能狠狠地惩罚我，就像收拾一个犯错误的孩子那样，冲过来打也好，骂也好，无论她怎么对待我，我都会心甘情愿地接受。

但是，她只是一声不吭。这让我感到很难受，不仅难受，而且很快就开始感到别扭。我不知道应该如何向她表示道歉，直截了当地说一声对不起，痛哭流涕地表示悔过，都不是我老四所擅长的。她显然也有什么话要对我说，话已经在嘴边了，好像就是说不出口。她的脸憋得红红的：

"老四，我们恐怕要很好地谈一下——"

说完了这句话以后，却一直没有下文。这时候，我看到不远处停着一辆小面包车。我认识那车，那是派出所的车。让我老四感到惊奇的，不是认出了那辆车，而是看到老鞠也神气活现地坐在车里面。

我们直接去了派出所，一路上大家都不说话。我这心里开始七上八下，不知道老鞠的葫芦里卖的是什么药。我说过，自己并不在乎老鞠，但是嘴上说不在乎，并不意味着我真是一点都不怕他。事实上，我知道老鞠这人很不好对付，如果要说我老四内心其实有点怕他，也真不能算错。说老实话，我一路都在担心，不知道老鞠对阿妍说了些什么，也不知道阿妍内心此时究竟在想什么。终于到了目的地，进了一间空荡荡的办公室，我才知道是要和琴签订协议。原来琴已经撤销了对我的强奸起诉，也就是说，她不准备告我了，条件是我不仅要赔礼道歉，还必须做出相应的经济赔偿。现在，办公室里就只有我和阿妍，我粗粗地看了一眼那份草拟好的协议，立刻指出是我导致琴患上性病这一条，明显不符合事实，实际情况应该是恰恰相反。

阿妍不耐烦地说："不要说那么多话了，你就签字吧！"

"我不可能在这玩意儿上签字。"

阿妍的脸涨红了。

我继续重申自己为什么不能在这上面签字的理由。

阿妍说："先签了字再说，好不好！"

我强调自己是受害者，我显然是被诬陷的。也许大家都觉得这是解决问题的最佳方案，也许这就是背后协商的最终结果，但是却忽视了当事者本人的意愿，没有认真地想一想我老四是否可以接受。我告诉阿妍，她应该知道我的脾气，她应该知道我的性格，我不可能在这么一张胡说八道的协议上签字，不可能接受这么一个不平等的协议。阿妍有些绝望，她似乎是不知道怎么办才好，呆呆地看着我。这时候，一名派出所的人推门进来，问我们是不是已经准备好了。他看了看墙上的挂钟，告诉我们琴已经到了，如果已准备好，大家马上就见面，把这件事尽快解决掉。阿妍连忙要求再给我们一些时间，派出所的人不乐意地说，快一点，这种事儿你们早就应该商量好的，反正就这么回事儿了，早签好早回家。

等到那人退出去，阿妍用商量的口吻问我，可不可以由她代签？

阿妍说："我回去跟你慢慢地解释好不好？"

"阿妍，你这是怎么了，是不是老鞠这个狗日的威胁你，"我不明白阿妍为什么会这么急着要签字，外面已经能听见人声，好像琴已经到门口了，阿妍显得非常慌张，脸色由红转白，变得十分苍白，我不明白她为什么会这样，仍然愤愤不平地说着，"我告诉你，就是去坐牢，我也不会低这个头的，你怕什么？"

"那我只能对你说实话了。老四，没有人威胁我，情况并不像你想象的那样，真实的情况是，真实的情况就是，就是那女人的病确确实实和你有关。"

"这不可能，你不要听她的鬼话。"

"她没说错，她说的是真话。"

"怎么可能是真话？"

"是真话。老四，怎么跟你说呢，我只能告诉你事实就是这样，说到底还是我不好，都怪我。老四，这件事是我不好。"

阿妍一边说，一边低下头来。时间已经不多了，她现在必须抓紧时间，把事情的真相毫无保留地说出来。她怔了一下，突然说出一个让人做梦也不可能想到的事实真相。虽然说出真相很困难，这种事情实在难于启齿，虽然这时候谈这些很尴尬，时间地点都不合适，但是已到了不得不说的地步，她已经无路可退。阿妍终于把真相告诉了我，她说琴的性病，确实是我老四传染给她的，而我的病源却又是从阿妍那里传染来的。就仿佛市场上的商品传销一样，我是琴的上家，阿妍是我的上家，在阿妍的前面，还有一个上家，一环紧扣着一环，一个接着一个。这完全是一个让人难堪并且难以接受的事实真相。也就是说，确实是我冤枉了琴。也就是说，是阿妍红杏出墙，背着我和别的男人有染，是别的男人让阿妍得了病，然后这病又传到了我的身上。

我的第一个反应，是老鞠下了一个套。我不相信真相会是这样，不相信阿妍会做出这种出格的事情。这更像是电视剧中常见的一个情节，在黑社会的压迫下，阿妍为了拯救我，为了拯救她心爱的丈夫，不惜牺牲了自己的名声。但是这个念头只是一闪而过，像火柴划着时燃起的火苗，嚓的一下亮起来，很快又熄灭了。紧接着便出现了第二个反应，彻底地否定了前面的那个反应，因为第一个反应太天真太浪漫，十分容易地就被推翻。没有一个女人会这么傻，傻到了硬要往自己的身上栽赃，傻到了硬要用屎往自己的脸上抹。我知道阿妍的性格，在这些原则性的问题上，她和我老四一样，绝对是宁折不弯，她绝对不会低下自己的头。阿妍并不是谁逼迫她便可能就范的女人。我突然明白为什么出了这件事以后，阿妍一直避免和我正面接触。当我试图躲避她的时候，她其实也在躲避我。我突然想到了阿妍的种种可疑之处。有很多事情，你平时只是没有去想，你没有认真去想，一想就突然全明白了，一想就真相大白。很显然，阿妍没有说谎，并不是在演戏，她和我一样，不是个好演员，那种高难度的角色绝对演不了。

我没有时间继续深思下去。脑子里本来就乱，现在又仿佛有人用剪刀伸进去铰了一下，所有的头绪都变得杂乱无章。派出所的人领着琴推门进来了，一下子跟着进来了好几个人，原来空荡荡的办公室开始变得人声嘈杂。这时候，我正陷在极度的慌乱之中，突然看到琴板着脸，正对我怒目而视，两个大眼睛仿佛要喷出火来。派出所的人让我们坐下，因为根本就没有几张椅子，事实上我们只好还是站在那里。我听见老鞠和一个人正说着什么，热烈地说着一个毫不相干的话题、眼前乱哄哄的，我不明白为什么会有那么多派出所的人过来看笑话，大家好像都是闲着没事，都跑来看热闹了，他们进进出出，跟这件事情没有任何关系。接下来，有人把那份协议念了一遍，然后就是问当事人还有没有什么补充意见，然后就是双方签字，先是琴签，她签好了，轮到我签，我签完了，就听见琴咬牙切齿地说：

"姓蔡的，你这个臭流氓，我真想给你一个耳光。"

我茫然地看着她，真心地希望她能在这时候给我一个耳光。

琴的手高高地举了起来，她并没有真的打，我仿佛听见空气中有扇过耳光的回响声。

第八章

　　我真害怕再次撕开那些已经愈合的伤口。说老实话，这些该死的伤口，从来就没有真正地愈合过。时隔多年，我仍然能清晰地记得当时的疼痛。不仅能记得，很长时间里，心灵深处的这道伤口一直在悄悄流血，像山坡上草丛深处的小溪一样。那并不是用语言就可以描述出来的痛楚，仿佛刀割了以后，又撒了一把盐，痛楚像空气一样四处弥漫。

　　我记得当年在农村插队当知青，村东头的福田，动不动就喜欢在麦场上骂老婆。村上的人都知道福田最疼爱自己的老婆，可是他每次骂老婆，都会把老婆年轻时犯过的生活错误，当作最近的新闻喋喋不休地说给每一个过路的人听。那时候的福田，已是个五十多岁的老男人，只要一生气，他就忍不住要这么做。诉说成了他最好的镇痛剂，撕开已经愈合的伤口成了他最大的乐趣，福田将自己老婆的风流韵事描述得活灵活现，每次的故事版本都不尽相同，每次都要重新添油加醋。在刚开始的时候，我们还觉得这些故事好玩儿，听得津津有味，很快就感到了厌烦，因为把一个故事颠来倒去反复唠叨，福田便像个小丑一样滑稽可笑。

　　终于在多少年以后，我突然明白福田当年为什么会这么做。要是我告诉你，说我老四气愤异常，因为阿妍给我带来的羞辱而疯狂，因为嫉妒已经丧失理智，这绝对是真实的，这绝对没有任何夸张。是男人都这样，是男人都咽不下这口气，是男人都受不了这个。然而，要是我告诉你这事情其实很快也就过去了，这仍然是个绝对的真实，仍然没有一丝一毫夸张。世上并没有多少过不去的事，多高的门槛最后都得跨过去，天大的困难临了都会解决。有一段时候，我恨不得像可怜的福田一样，冲到大街上去大声呐喊，向天下人宣布老四戴上了绿帽子。我恨不得告诉每一个认识的人，说老四的老婆给别人玩儿过了，老四现在已成了活王八。

　　我真的是有那样的冲动，真的是差一点就这么做了。世界上最让人难堪的，最让人想到就会生气的，不是什么见不得人的行为被别人知道，而是别人都知道了这些丑事，别人都在得意洋洋地看你的笑话，偏偏你自己还不知道，偏偏你自己还蒙在鼓里。很多事情是你做梦都不会想到的，我做梦也不会想到，阿妍会和余宇强搞到一起去了，我怎么也不会想到阿妍这个干妈，会让自己的干儿子弄得神魂颠倒。君子报仇十年不晚，我没想到这小子会用这种手段来报复，没想到他竟然会玩儿这一手。我怎么也没有想到会这样，怎么会想到呢。

想当初，我在店里板起脸来教训余宇强的时候，其他人脸上的表情一个个都很暧昧，一个个都忍不住暗笑。现在，我突然明白这些暧昧和暗笑是什么意思。原来我老四早就成了大家的笑柄。原来店里的伙计们早就知道了，他们早就知道事情的真相。我真是个不折不扣的大傻瓜，像个十足的小丑一样，神气十足地丢人现眼，活生生地成了大家茶余饭后的谈话材料。我做梦没想到阿妍会这样对待我，会用这种残酷的方式，迎接我从拘留所出来。我做梦也没有想到她会用这种极端的方式来折磨我。

事情一旦暴露，事情一旦真相大白，我还没提出离婚这两个字，阿妍反倒先提了出来。她主动而且坦然地向我提出离婚请求。我发现阿妍早已经做好了分手的准备，她早就准备好了，心里早就有了打算，对财产怎么分割，离婚后各自住在什么地方，都有了明确的安排。当我在拘留所里苦苦思念阿妍之际，在我反复考虑如何向她忏悔的时候，在我盼望着她能饶恕我的时候，她已经把分手的种种细节都想好了。

阿妍说："老四，我们分手吧，我们的缘分已经到头了。"

说老实话，这些年来，经济上从来都是阿妍当家，我觉得一个男人很大的乐趣，就是把自己赚的钱交给自己喜欢的女人。我只知道我们积了些钱，究竟有多少存款，一直弄不清楚，因为钱这个数字总是在不断变化的。现在，从派出所刚回到家，我还沉浸在老婆红杏出墙的痛苦之中，为老婆的清白而苦恼，阿妍却突然向我发难，很严肃地与我讨论起分手的事情来。她根本不在乎我当时的心情，根本就无视我当时的痛苦和苦恼。她十分平静地提出要分得一半的家产，并且报出了具体数目，由于经济大权一向由她掌握，谈到钱，我根本不是她的对手。

阿妍胸有成竹地说："老四，你放心，我不会多贪污你一分钱的。"

阿妍说："这些年，你也快活够了，我觉得我也没什么对不住你，最多只是与你扯平。你说说你玩了多少女人，你说说你犯了多少回生活错误，你说说你这么做的时候，想到过我的心情吗。好吧，不说这些，我们夫妻一场，拿你的这些钱，并不过分。"

尽管阿妍有些内疚，尽管她内心深处也觉得对不住我，可是更多的竟然是理直气壮。她竟然还有些有恃无恐，对于她来说，红杏出墙，送老四一顶绿帽子，似乎还不是一个认不认错的问题，错误就是错误，认不认错都一样。阿妍斩钉截铁地说，她并没有什么太大的错误。不仅她没有什么大错，甚至余宇强也没有大错，因为在这件事情上，不管我知道了结果会多难受，不管我会觉得多没面子，她还是得把真相告诉我，这真相就是她一直占据着主动的位置。

"你这话是什么意思，"我恨不得一个大耳光扇过去，悻悻地说，"你的意思不就是说，是你勾引了余宇强。"

"我就是这个意思。"

"就是这个意思？"

"不错，是这个意思。"

阿妍理直气壮，阿妍有恃无恐。让人感到难以置信的是，她不仅没有就这件事认错，而是得寸进尺，继续借这件事折磨我，进一步让我陷于水深火热之中。她显然是要充分利用这次火山爆发的大好机会，把我们之间的恩恩怨怨，来一个彻底地清算和了断。很显然，阿妍对我过去那些年的所作所为，虽然还谈不上了如指掌，但是已经有所耳闻。现在，双方的醋坛子都打翻了，都已经看到了对方的底牌。我们都有些心虚，都有些愤恨，又都不愿意原谅对方。我们都站在想发作就发作的悬崖边上，随时都准备要纵身一跃跳下去。双方都做好了豁出去的准备，都有些管不住自己的嘴，都是想说什么就说什么，每一句话都像刀子一样，捅得对方鲜血淋漓。

阿妍说："你要明白一个道理，你能睡别人的老婆，别人就也能睡你的老婆。天底下的事情，只有这样，才公平，天底下的事情都是公平的。"

阿妍并没有掌握我和小鱼之间的确凿证据，她说的只是一些泛泛的大道理。阿妍口口声声说，她正好是送给我一个借口，送给我一个堂而皇之离开她的借口。她好像只是为了和我分手，才故意做出那种对不起我的事情，好像是为了成全我，才有意做出那种牺牲。我突然感到万念俱灰，痛不欲生，不明白事情怎么会一下子变成这样，变得这样不可收拾。天说塌就塌下来，电闪雷鸣，乌云密布，我想分手就分手吧，都互相伤害到了这一步，往后的日子显然也过不下去了。都到了这一步，我们的日子已经到了尽头。

可就是我下定决心要分手的时候，这件事儿看上去已经绝对无可挽回，我突然又有些舍不得她了。

我说："阿妍，你不就是要伤我的心吗，你不就是让我这心里面难受，像刀子在绞一样。"

我想不明白地说："你为什么会这么狠心。"

一想到要与阿妍分手，我几乎立刻失去了继续生活下去的勇气。虽然嫉妒心让人都快要发疯了，但是说老实话，比嫉妒心更难忍受的却是，我突然发现阿妍已不再爱我。我能忍受红杏出墙，忍受她让我戴绿帽子，忍受她的不忠诚，可是不能忍受她不再爱我。我突然发现自己根本就忍受不了这个。这是一个过去从来没有意识过的严重问题。现在，我突然发现还有比嫉妒更厉害的事情，我发现自己更忍受不了她已经不再爱我的这个现实。这个现实对于我来说，实在是太残酷了。我没想到自己会那么在乎阿妍，会那么害怕与阿妍分开。我突然感到了从未有过的恐惧，一想到阿妍竟然不再爱我，一想到自己在阿妍的心目中已经不再重要，我的精神几乎接近了崩溃。

于是，我非常悲哀地宣布，说自己准备把所有的家产都留给她，留给她和那个该死的干儿子一起享受，既然她是真的喜欢那个小白脸，我索性成全他们。我说的这绝对是真话，既然我在内心深处是那么爱阿妍，我愿意让她心满意足，愿意让她和余宇强一起，去享受那种她喜欢的快乐日子。我告诉阿妍，说自己已经看破了红尘，说自己准备去做和尚，准备到峨眉山去出家。

"你要是能出家，太阳就从西边出来了，"阿妍冷冷地看着我，根本不相信我说的是真话，"还是我去出家差不多，说不定明天我就真出家了。"

"那好，我们一起去出家，我做和尚，你做尼姑。"

"凭什么让我去做尼姑，你倒好，玩了那么多女人，快活够了，突然看破红尘，凭什么我也要跟你一样。"

我说自己突然觉得活着很没有意思。

阿妍说："活着没意思那是你，我可是活得好好的。"

我说你知道现在我最伤心的是什么。

阿妍说："你是觉得没面子。"

"面子可能已经不重要了。"

"一个男人的面子怎么会不重要呢？"

我十分痛苦地说："面子真的已经不重要了。"

"不重要？什么才重要？"

"重要的是，是你真的要离开我，是突然发现你真的不喜欢我了。"

"你才发现？"

"我为这事儿感到心口疼，阿妍，我没想到你会这样！"

"你那心口早就麻木了，不会疼的。"

我说阿妍，我是真的没想到你会这样。我告诉她，自己从来就没有想到过要与她离婚。如果她真要离婚，我是不会跪下来求她的，老四不会跪下来求任何人。我说，老四可不是那种没骨气的男人，不会死皮赖脸地硬求你，但是我只是想弄明白，为什么会这样呢，为什么，为什么非要这样，你根本不是那种女人。

阿妍说："我不是哪种女人？"

我说反正不是我心目中那种女人，至于她是什么样的女人，她应该知道，而我所说的那种女人，她当然也知道。

"我也不知道自己是哪种女人，我就是我。"阿妍看着我，平静地说着，"老四，不要把我想得太好，也不要把我想得太坏。你难道就没想过这些年你是怎么伤害我的，你现在心头觉得有刀子在割，你为什么不想想我心头的滋味。这些年，你想到过我的感受吗？"

我坦白地说："没有。"

"你当然不会有，我知道你现在心里难受了，我有这个体会，现在你总算也有体会了吧。"

刚发现阿妍存心要离开我的时候，我完全被她的这种想法震惊了。这些年来，我只想到自己有一天可能会离开她。阿妍显然也是这么认为的。我曾经无数遍地告诫自己，无论发生了什么样的事情，都不应该抛弃阿妍。我们是结发夫妻，经历过种种磨难才有了今天，有这样的美满结局很不容易，老四不能做忘恩负义的陈世美。在过去，阿妍曾不止一次地对我说过，她说老四，我们还是早点分手吧，你可以再找个女人，赶快生个孩子，还来得及。每当她说这种话的时候，都能感受到她心灵深处极大的痛楚，我自己的心里也随着咯噔了一下。我反复地告诉她说，一遍遍安慰她，我说你就死了这条心吧，我告诉你，就算是天真塌下来，也只要三个字，不离婚。

我说："我们将白头到老，我们永远不会分开，到死才算完。"

我从来没有想到过她最后竟然会这样对待我。

我是真的没想到。一开始，我以为她只是恨我，是为了报复我，夫妻之间有这样那样的相互背叛并不罕见。在很多事情上，女人和男人的反应是一样的。我感到一种莫大的悲哀，因为我突然明白阿妍已经不再爱自己的丈夫，她现在对老四已经无所谓了。这要比让男人戴绿帽子更让人震惊，这要比肉体的背叛更让人难受。我更愿意被阿妍爱，更愿意被阿妍恨，就是不想让她觉得丈夫对她来说已无所谓。

我真的是很在乎她是否在乎我。

现在，为了能和过去一样，要我做出什么样的让步都可以。

我对阿妍说，过去的事就让它过去吧，我们都犯了错误，都伤害了对方。我说我愿意主动向她认错，请求她的原谅。现在，如果她也能向我认错，请求我的原谅，只要大家都肯认错，都认个错，我们的事情就会好办一些。但是，但是阿妍还是一根筋，坚决不承认自己有错。事情都到了这一步，她就是死活不认错。我一直觉得阿妍会觉得对不起我，会内疚，事实却是她根本就不内疚。

天底下就会有这样的咄咄怪事，一个女人让自己的丈夫蒙羞了，一个已经接近五十岁的老女人，和一个岁数可以做儿子的男人搞到了一起，让她的丈夫成了众人眼中的笑柄，却坚决不承认自己有错。

"这真是出了鬼，你这么凶是什么意思呢？"

我实在是有些咽不下这口气，热血都快从血管里喷出来。我老四都服软了，我老四都他妈认栽了，自己的老婆让人×了，我打碎了牙齿往肚子里咽，她竟然还觉得自己理直气壮。

阿妍说，关键并不在于认不认错，嘴上认错一点用也没有。阿妍说，我不会认什么错，你也用不着来什么假惺惺的认错，我们何苦要玩这种唬弄人的游戏。阿妍根本就不愿意跟我讨论错不错的问题，我们根本就谈不到一起去。很显然，我们都深陷在痛苦的泥潭里不能自拔。阿妍明白无误地告诉我，过去她也曾想到过要和我分手，那时候是因为爱，是因为爱受到了伤害，现在要跟我离婚，是因为不爱，是因为感到了麻木，原因完全不一样，结果也就不一样。

阿妍很认真地说，老四，问题其实就是这么简单，现在我已经无所谓了，过去我是太在乎你，过去我心里只有你，现在一切都已经变了，都改变了，现在我根本就不在乎你。阿妍说，老四你知道，我现在已经不在乎你了。她突然变得非常伤感，眼神里是一种茫然。她说我们曾经是那么相爱，那么心心相印。两个相爱的人之间本来就不存在谁原谅谁，要是我们已经不爱对方，要是心已经死了，一切就都完了，一切就都结束了。

我气鼓鼓地说："问题是我他妈还爱你。"

也不知怎么搞的，说完这话，我突然对她充满了柔情蜜意。我说的是完完全全的绝对真话，除了阿妍，没有一个女人会给你带来这种实实在在的感觉。我发现自己无论怎么变化，只有一点是不会改变，这就是我自始至终，都深深地爱着这个女人。只有这个阿妍，我是真的刻骨铭心地爱她。对她的爱，和对别的女人的喜欢截然不同。爱和喜欢是两回事儿。说老实话，我不可能真正地原谅她的行为，这种事儿没有办法原谅，但是即使是不原谅，即使是有嫉妒这根很大的鱼刺横在我的喉咙口，我也仍然像过去那样一往情深地爱着阿妍。海枯石烂，我对阿妍的这种感情不会改变。爱就是无怨无悔，爱就是没道理可讲，爱就是好坏你都还是爱她。

阿妍丝毫不为我所动，对于红杏出墙，对于自己的错误行为，她始终坚持拒绝向我道歉。在男女关系这个问题上，阿妍与我的观点完全一致，有些话好像就是我说的一样，她说这些事一旦发生了，已经不存在原谅不原谅的问题。有种事儿实际上是没办法请求原谅的，做了也就做了，就好像开弓射箭，一旦射出去就不可能再回头。所谓请求原谅肯定是骗人的鬼话，阿妍说我不能骗你，我也不会骗。我不会请求你原谅，你也不会真的原谅。

阿妍说："我们干吗要自己骗自己呢？"

阿妍说得是对的，请求原谅这个词从来都有蒙人的嫌疑，事实上，它不仅骗不了别人，甚至都骗不了自己。我无数遍地对自己说，老四已经原谅阿妍了，其实我能做到的，最多只是尽量不去想它。我想欺骗自己，可是老四并不会那么轻易就上当。

余宇强在事情败露以后，立刻逃之夭夭。他弃家而去，消逝得无影无踪，跑到一个谁也找不到的地方。偶尔他还会打个电话给小鱼，问一问家中的情况，关心一下儿子小鹏，然后就再次销声匿迹，消失在茫茫的人海之中。阿妍和小鱼都把余宇强的这次失踪，归罪于是因为害怕我老四。毕竟我是有些恶名声在外面的，她们都相信他是因为害怕我找他算账，才躲在外面不敢回来。

说老实话，我并不想把余宇强怎么样，也不可能把他怎么样。不过，在最初的一个月里，虽然曾一再答应阿妍不会找他的麻烦，但是我还是愤愤不平地去找了余宇强无数次。无数次的无功而返，渐渐地我对是否还要跟他算账，已经没有了什么感觉。我们之间本来就是笔糊涂账，要算也算不清楚。我让小鱼带信给余宇强，说他老是躲着不见是没有用的。丑媳妇总是要见公婆，既然有阿妍保护他，既然事情已经这样了，事情已经出了，我还能怎么样，他用不着老是这么躲着我，老这么躲着并不是个事。

我做梦也想不到，生着一张娃娃脸的余宇强，最后会成为一名风月场上寻花问柳的老手，成为一个善于在妓女身上打滚的好汉。余宇强虽然失踪了很长一阵，关于他的消息却源源不断，有人说他已经被一位富婆包了起来，有人曾亲眼看见他在本市最豪华的娱乐场，和一个风韵犹存的半老徐娘搂在一起跳舞。阿妍的这个干儿子天生是个吃软饭的家伙，到后来，他干脆成了一个不归家的男人，所有的绯闻都是和有钱的女人有关。在后来的那些年里，我和他的恩仇基本上已经了断，余宇强仍然喜欢玩这种失踪的把戏。他成了一个动不动就会离家出走的大男孩，只要是和小鱼一憋气，就立刻躲出去很长时间不回家。余宇强从来就不是个好丈夫，更不是个好父亲，他是个永远也不肯长大的坏男孩。

大约一年以后，我又一次见到了余宇强。那是在一家医院，他被几个素不相识的人打得鼻青脸肿，一只眼睛也打得几乎失明。这是他离家出走之后第一次有确切消息，在公安人员的追问下，他终于说出了自己的家庭地址。重新获得他消息的小鱼不知如何是好，失踪了一年的丈夫突然又冒出来了，她又喜又悲，最后只能跑来问我和阿妍应该怎么办。阿妍看了看我的表情，说怎么办，问问你干爸，他说怎么办，就怎么办。我根本就没有表态，隔了一会儿，阿妍又用商量的口气对我说，那就先去看看再说吧。

于是我们一起去了医院，余宇强的脑袋上缠着纱布，躺在病床上，看到我们，竟然跟什么也没发生过一样地叫起干妈和干爸来，叫得非常干脆，甚至比过去还要亲热。

我感到非常别扭，板着脸对他说：

"你真是活该，看你熊样子我就高兴，这等于是有人替我揍过你了，你他妈活该，你他妈该打。"

我恨不得把余宇强从病床上揪起来再暴揍一顿，虽然事情已经过去一年，一看到他，我就立刻恨意未消。但是我事先已经答应了阿妍，我答应阿妍不再追究过去的事情，答应她放余宇强一马。男子汉大丈夫说话要算话，我既然说过了不追究，就不会再追究。这次等待已久的见面并没有发生想象中那些激烈场面，一开始的那种别扭很快就过去了。我板着脸教训了余宇强几句，说了几句狠话，阿妍和小鱼分别说了他几句，他像一个闯了祸的小孩儿一样听着，不断地点头认错，事情也就混过去了。

余宇强似乎已经受到了应有的惩罚，他现在可怜巴巴地躺在病床上，等着别人饶恕他，等着别人来为他付医药费。

我发现不仅是我拿他毫无办法，就连阿妍和小鱼对他也是哭笑不得。

余宇强出院以后，我们决定不计前嫌，仍然像一家人那样生活。当然，完全像过去那样已经绝对不可能，我们暂时还不可能重新住在一起，只是继续帮他们照顾照顾小鹏。我对阿妍说，一看到这畜生我就来气，因此，小鹏我们可以帮他们照顾，但是余宇强不要老在我眼皮底下打转，我根本就不想看到他。那时候，小鹏眼见着就要上小学了，如果阿妍不帮他们照顾这个孩子，这孩子的读书问题就不知道怎么办才好。说老实话，没有我们的帮助，余宇强和小鱼甚至都养不活自己的儿子。

离我们不远处，有一家很不错的小学，上这样的小学是要缴钱的，这钱最后当然是阿妍去付。阿妍跟我商量，问是不是我们来出这个钱，我有些不乐意，说："有什么好商量，反正你是一家之主，家里的钱不是一向由你当家吗。"

阿妍说："我当家，也要你乐意才行。"

我说："有什么乐意不乐意，只要你能高兴，怎么都行。"

"那你是不乐意了？"

阿妍明知道我不乐意，她还是这么做了。我也没坚决反对，心里不愿意，嘴上又不愿意明说。到那天，小鱼将小鹏带来了，那孩子已有一年多没有到这来过，对这面的环境似乎都陌生了，偏偏看见我，亲热得不得了，爷爷长爷爷短的喊个不停。我知道阿妍不止一次偷偷地去幼儿园看过他，她对这孩子牵肠挂肚，常常一个人看照片，看着看着就流起了眼泪。也不知道她事先跟孩子说了什么，小鹏来了以后，追着我问前问后。我板着脸爱理不理，这孩子不明白怎么回事儿，细声细气地问：

"爷爷，为什么不高兴？"

我说："爷爷心里生气。"

"爷爷你为什么生气？"

这孩子你真是没办法不喜欢他。首先人长得就讨喜，像个洋娃娃似的，两个黑眼珠滴溜溜地转着，说什么话都老气横秋。千错万错，孩子没有任何过错，千不好万不好，孩子也没有什么不好。说老实话，小鹏喜欢我这个爷爷，我看到他，也是不由得从心窝里喜欢，毕竟我和阿妍是看着他一点点长大的。这孩子与阿妍有缘，与我老四也有缘。阿妍说，小鹏别缠着爷爷，别惹爷爷生气，你看爷爷已经生气了。小鹏一本正经地摸着我胡子拉碴的脸，说爷爷别生气了，来，我来哄哄你，爷爷听话，爷爷乖，要听话，不要生气了。

我忍不住笑了，然后气鼓鼓地说：

"这孩子和他爹一个样，天生是个马屁精。"

让阿妍照顾小鹏有个最大的好处，这就是又可以让她有个事儿做，只要有了小鹏，她必须天天要去学校接送，自然而然就会再一次把她从麻将桌前拉回来了。我不喜欢阿妍成天在外面打麻将，她一打麻将，完全变成一个很不可爱的女人。在过去的一年中，小鹏没有和我们生活在一起，这对阿妍来说，还真是一个很大的折磨。她对这孩子有一种特殊的感情，是一种深深的依恋，只要小鹏不在她身边，她立刻恢复了以往那种成天痴迷麻将的状态，好像只有麻将才能代替小鹏，好像只有小鹏才能让她戒掉麻将。现在小鹏终于又回来了，那些让大家都尴尬的往事烟消云散，小鹏又成了这个家庭的中心，阿妍又成了一个和蔼可亲的奶奶。死气沉沉的家里，又一次有了欢声笑语，阿妍好像一直都是在等着这一天，这一天终于来了。

接下来的几年很平静，小鱼和余宇强夫妇隔一段日子会过来看看儿子，余宇强知道我不欢迎他，看了就走。再后来，事情越来越淡忘，有时候也留在这边吃顿便饭。再后来，遇到过年过节，还会住上一两天。事情总是要过去的，我们四个人闲着无事儿，又没话可说，便坐在一起玩玩小麻将。四个人正好一桌，差不多都是阿妍赢钱，她技术好，手气也好。那时候，我的餐馆已经完全倒闭了，我自己也处于一种半失业状态，不时地要到外面去打些零工，到别人的小馆子里去当几天厨师。这人要是一旦当过老板，你就觉得在谁那里打工都不是滋味。

我还幻想着有一天东山再起，虽然我已经五十岁出头了，虽然在生意上已经不止一次失败，但是还是不肯死心。阿妍坚决反对我再开餐馆，她觉得我们现在手头多少还有些积蓄，不能冒冒失失地把钱都赔了。这年头已不像过去，这年头不干事儿反而比干事儿强。到了九十年代中期以后，做什么买卖都亏本，有多少钱赔多少钱，阿妍是已经赔怕了，她把那些积蓄紧紧地攥在手上，说什么也不肯再拿出来。阿妍说，老四，这些钱都是你这些年的血汗钱，我们得留着养老，不是我看轻你，现在这个世界，已经不是你这号人赚钱的时代了，这个时代属于冯瑞那样的人。

阿妍说得是对的，这个时代确实已经不再属于我了，这个时代属于冯瑞。个体户小老板的好日子，基本上已经到头了，我老四没有文化，没有社会背景，这个时代属于有文化和有社会背景的人。属于我们这些人的那个黄金时代已经一去不复返，做什么小生意都能发财的年头早已结束。我的餐馆只能倒闭，是不得不倒闭，实在已经维持不下去了。

好在依靠冯瑞的帮助，在转让店面的时候，我竟然还小小地赚了一笔。冯瑞又一次给我上了生动的一课，又一次用活生生的例子，来证明他确实要比我老四强得多。他把我的店又重新装潢了一下，然后让我以急需资金周转的借口，在报纸上登广告，找到买主，然后迅速将店面出手。那时候冯瑞用的手机，还是香港电影上黑社会老大用的那种砖头一样大的手机，他关照我只要有人过来洽谈，立刻打电话给他，他呢，随时随地会派一个手下赶过来，假装也对我的店面有兴趣的样子，故意形成一种竞争，给对手增加心理压力。

最后成交的是一对年轻夫妇，雄心勃勃，沉浸在就要做老板的喜悦之中，明明被我们宰了一刀，却还觉得自己是战胜了竞争对手，抢到了商机。这种准备开餐馆的年轻夫妇，代表着新一代的店主，他们中的大多数人都是因为没有工作，不过是想满足一下当小老板的愿望，过一下当老板的瘾，然后很快就会破产，血本无归。当然，偶尔也会有几个佼佼者出现，但是好景通常都长不了，用冯瑞的话说就是，现在这年头，已经进入规模经济时代，个体户小老板那种陈旧的生产方式，早已跟不上形势，小打小闹再也发不了财。

接下来的一段日子，总的来说是平静的。小鹏成了我们这个奇异家庭最好的黏合剂，眼见着就一天天地大起来，越来越懂事儿，越来越可爱，越来越成为我们夫妇的安慰。阿妍对他的溺爱有增无减，这个孙子成了她的命根子，成了她生活中的重点，上小学的那些年里，无论刮风下雨，她都要坚持接送。

有一天，一向听话的小鹏终于也愤怒了，说：

"爷爷，你让奶奶不要再接送了，我们班同学都笑话我。"

这孩子实在受不了那些已经过分的关心，不愿意阿妍像老母鸡护着小鸡那样无微不至地照顾他。全班的同学中，就他一个人每次过马路还要由奶奶搀着，不光是男同学讥笑他，连女同学也拿他当作笑柄。小鹏这孩子是个人见人爱的小精灵，不要说阿妍拿他当心肝宝贝，我也是真把他当作是自己的孙子看待。他长得有些像小鱼，又有些像余宇强，个子不高，眼睛又大又亮。时间过得很快，小鹏转眼读完一年级二年级，到了三年级的时候，阿妍已为日后能否考上重点中学操起心来，从四年级开始，便天天陪着他一起做功课。

我忍不住还会想到阿妍和余宇强的事情。虽然从一开始，我就故意不去想他们曾经有过的关系。从一开始，我就表现出了最大的容忍。但是，真要是不去想这件事情并不容易，我情不自禁地就会浮想联翩，动不动就要胡思乱想，即使已经过去了许多年，我还是会常常想到他们寻欢作乐时的情景，想到余宇强面对阿妍身体时的那些慢镜头。我曾经不止一次地问自己，是不是因为没有亲眼所见的缘故，所以我会对这件事始终充满了好奇心。好奇心有时候甚至会比嫉妒更强烈。

在我老四眼里，余宇强更像一个小孩一样，而且还是那种没出息长不大的小孩。

我对自己说："跟一个小孩，有他妈什么可计较的！"

我觉得自己真没必要太嫉妒，也确实以为自己不是非常嫉妒。往事如流水，随着岁月一起消逝，过去的那些事情好像都过去了，过去的事情好像一点影子都没有了。当然并不是说要过去就过去，想没有就没有，事情并不是那么容易就能过去的，事情毕竟还是事情，但是说老实话，绝对不像别人想得那么复杂。有些事情也就那么回事儿，有时候，天大的事情仍然不过是那么回事儿。我常常在想，余宇强究竟有没有给阿妍带来过真正的快乐，如果是，会产生什么样的后果，如果不是，又会怎么样。

事实上，从一开始，我就怀疑阿妍和余宇强还有一腿，说老实话，我始终有这种疑心，从来就没有真正地放过心。我知道男女之间一旦真有了事，就跟打上了烙印一样，要想完全没有关系并不容易。狗改不了吃屎，人免不了要犯错，除非把这两个人彻底分开，让他们天南海北，现在他们动不动就碰在一起，挨这么近，常常还在一起打麻将，有说有笑，天知道又会怎么样。

我常逼着阿妍给我讲她的故事，讲他们的故事。

阿妍感到非常吃惊，说你这人是不是有点变态，到底是什么意思，难道你真喜欢听这些？

我显得非常大度，说事情既然都过去了，过去就过去了，我老四有这个承受能力。

阿妍说我才不会上你的当，我不会说这种无聊的事情。

于是我就缠着她，一定要让她说。

事实上，阿妍每次都会跌入我事先就设置好的圈套中，每次都会多多少少地说点故事。在说故事方面，阿妍是个天才，她的本事是不动声色，说着说着，便把你带进栩栩如生的情景中去。她的故事说着说着，便让你蠢蠢欲动，听着听着，人就不老实起来。我不禁会想，这件事儿其实也没什么太大的坏处。

话说白了，说得难听一些，这件事不是给她带来很大的乐趣吗。谁都有享受快乐的权利，既然我那么爱阿妍，为什么不能让她享受快乐呢，为什么就不能成全她呢。阿妍总说她也没想到自己会这样。在她的心目中，余宇强还是个毛孩子，最初她只是觉得好玩，做梦也没有想到会真的弄出事儿来。火是不能随便玩的，男女之间的事情，有时候就像划着的火柴往汽油桶里扔，轰地一下便会熊熊燃烧起来。阿妍说，她一直觉得余宇强跟自己的儿子差不多，这种感觉让她完全放松了警惕。她说事先并没有什么预感，说发生就发生了，当时她完全被自己的大胆吓糊涂了，就像闯了什么大祸一样。

"这事儿太可怕了，我对自己说，老天爷，我都干了些什么呀，我怎么会这样。"

阿妍说这些故事的时候，我们保持着平静，她平静地说着，我平静地听着。当然，或许我们都只是假装平静，这样的故事不可能让人平静，不可能让人无动于衷。转眼间，我和阿妍已经做了二十多年的夫妻。我们已经都是五十岁出头的人了，人一到这把年纪，对事情的很多看法都会改变。在过去，与阿妍做那种事儿的时候，我脑海里经常出现的是别的女人。我总是习惯一边回味别的女人，一边比较阿妍与她们有什么不同。现在想得更多的是阿妍与余宇强，我情不自禁地就会想到他们。

余宇强成了调节我们情绪的催化剂，事实上，只要提到余宇强，只要一想到他，我和阿妍就都有些别劲，就有些来劲儿，两个人都悄悄地有些赌气，都觉得有气要撒。我们就好像找到了什么新的动力，就好像是往正在运转的机器里加了油，就好像汽车踩足了油门。我发现关键的时候只要提到余宇强，阿妍在那方面的情绪就会明显地开始活跃起来，那道紧锁着的大门，立刻就会情不自禁地打开。余宇强意味一场大战即将拉开序幕，余宇强意味着一场恶战已经进入了最后的攻坚阶段。

有一天，我突然冒出了这么一句话：

"阿妍，你知道不知道，你的干儿子，治好了你的性冷淡。"

阿妍在我屁股上狠狠地拧了一记。

我又继续地说了一句："妈的，是干儿子让你成为一名好厉害的女人。"

这一次，阿妍不光是用劲儿拧我的屁股，而且把我从她已经开始发胖的身体上推下来。她骑在了我的身上，用手卡我的脖子，卡得我透不过气来。她说老四你真想知道原因，好吧，我就告诉你，我告诉你原因，告诉你真实的原因，因为我恨你，是因为恨。阿妍说着说着，就有些疯狂，不只是疯狂，简直就是野蛮。她说我告诉你老四，你想知道为什么，为什么老板娘和富婆都喜欢小白脸，因为她们都喜欢做狼的感觉。和丈夫在一起的时候，她们是羊，和小白脸在一起，她们就成了狼，就成了大灰狼。

我笑着告诉阿妍，男人有时候其实也很喜欢尝尝做羊的滋味。

我告诉阿妍，男人有时候喜欢女人像狼一样。

人都想放纵一下，放纵是人的一种本能，放纵会有很多意想不到的乐趣。阿妍显然尝到了放纵的甜头，但是她似乎更知道克制的重要。阿妍说，是人就必须有所克制，是人就必须克制自己的欲望，她觉得我们的问题是不知道如何克制，我们都出了轨，都放纵了自己的欲望。人的心永远是顽固的，放纵固然让人心旷神怡，甚至会产生巨大的快乐，但是，放纵同样也会产生很严重的后果。

世界上的事情最后都会有因果报应。阿妍说她与余宇强就是一个最好的例子，她放纵了自己，也从中得到了一些乐趣，但是收获的烦恼更多。她说余宇强虽然不像我老四身体那么强壮，在床上的表现也算不上什么出色，带给她那种快乐却是巨大的。她说人心大约都是一样的，你老四喜欢别的女人，我阿妍有时候可能也会喜欢别的男人。问题在于，人不能想干什么就干什么，想怎么样就怎么样。阿妍说自己并不是因为羞耻才停止冒险，才停止放纵，更不是因为爱我，她是觉得人必须要克制，必须悠着一点，她说她非常明白克制是怎么一回事。放纵最后将导致毁灭，克制才能体会到真正的幸福。

一个人的内心会很复杂，我也闹不明白放纵和克制的关系，很多事情我都闹不明白。说老实话，我不明白什么才是我老四的真实想法，是担心他们会有事儿，还是希望他们真有点事儿。我一直在偷偷地监视着他们，从来就没有停止过怀疑。这种怀疑没完没了地折磨着我，已经成了我的心病。说出来很可笑，跟阿妍谈话的时候，我完全可以若无其事，谈笑风生，事实却是我的表现非常病态，我常常在私下里检查她的短裤，注意床单上是不是有什么污渍。一个大男人会像我这样，说出来真是丢人。我不停分析他们的对话，琢磨着每一句话可能隐藏着的含意。有时候，我会故意跑出去，然后又突然借机会闯回家。

和女人公开的吃醋嫉妒不一样，我所做的一切都非常隐蔽。我总是尽量做出已经完全不在乎的样子。事实上，任何蛛丝马迹，都在我的监视之中。事实上，并没有什么可疑的地方，我一直在密切注意着事态的发展。事实上，我也只是不放心而已。阿妍总是表现得很坦然，在余宇强和小鱼面前，阿妍像个真正的好母亲，在小鹏面前，她是地道的好奶奶。如果在这时候，你还要流露出什么不好的想法，她会让你自己都觉得难为情，她会让你无地自容。

有一段日子里，我们常常一起打麻将，我会故意说一些疯话。因为是在自己家里玩玩，并没有什么太大的输赢，有一次，又是阿妍独赢，余宇强不服气，说干妈你也太厉害了，怎么每次都是你赢钱。小鱼也在一旁附和，说阿妍那么高的麻将水平，不到外面去赢大钱真是可惜了。我接着他们的话，赤裸裸地拿阿妍取笑，我说你们干妈当然厉害，生姜总是老的辣，别以为你们干妈老了，就不行了，你们干妈厉害着呢，不光是打麻将厉害，什么都厉害。

我这话一说出去，他们都怔住了，顿时有些不自然。

隔了一会儿，阿妍骂道：

"老四你这个老十三点，真是个二百五的东西，怎么这么说话？"

我一本正经地说：

"确实是什么都厉害。"

余宇强说："干妈还有什么厉害？"

"什么都厉害。"

阿妍急了，说："你不要无聊好不好。"

"本来嘛，在他们年轻人眼里，那还不是都嫌我们老了，不相信，你问问小鱼，你问问余宇强。他们都觉得我们老了，都不行了。"

阿妍不服气地说："老又怎么样，谁还能不老？"

我笑着说："那是，谁还能不老。"

小鱼立刻在一旁打岔，说干妈你一点都不老，一点都不像已经五十岁的人，看上去绝对要比同年龄的人年轻好几岁。余宇强于是提到了一个什么女人，说这人阿妍也认识的，才四十岁出头，可是看上去要比阿妍都老，脸上的皱纹一道又一道，像面条一样。阿妍听了，脸上立刻笑容可掬，手上抓着一张麻将，迟迟不肯打出去。

我笑着威胁说："打呀，打出来我就和了。"

"好，就让你和！"

阿妍坐在我的上家，她打出了一张谁也不要的牌。我抓了一张麻将，用手指捻着，嘴里喊着自摸，翻开一看，是一张没有用的废牌。

"谁要是敢说你干妈老，我一千个不答应，一万个不答应。"

"老四，你到底是什么意思？"

"你真的不老，人不老，心也不老。都说人老了就不会值钱，我觉得你是越老越值钱。"

阿妍又骂了一句："十三点，老不正经。"

我越说越来劲儿，他们刚开始还吃惊，然后就无所谓，渐渐地就习惯了。在那几年里，我开始变得有些贫嘴。我用油腔滑调来掩饰自己内心深处那些见不得人的想法。说老实话，我本来不是这样的人，可是也不知怎么的，不知不觉就发生了变化，渐渐地便有些管不住自己的嘴。我不停地拿阿妍取笑，开始的时候，还只是在背后说说，很快就发展到在余宇强和小鱼面前也这样。

终于阿妍有些受不了，有一天晚上睡觉前，她很认真地说：

"老四，以后少瞎说八道一点，好不好？"

"说什么了？"

"说什么，你自己还不知道？"

"我知道什么？"

我装着有几分委屈的样子。

阿妍说："你现在动不动就是人来疯，张口就来，开口就说，你知道不知道，有些话太过分。"

"什么话太过分了？"

"什么话过分，你自己应该知道！"

"知道什么，你老是说我知道，我什么都不知道。"

"那好，老四，给我说老实话，你是不是对小鱼有什么糊涂心思，"阿妍突然把话锋一转，直截了当地这么问我，"你说一句老实话，我告诉你，你不要成天拿我寻开心，拿我做挡箭牌，我这人可不傻，我都看在眼里了。"

我没有想到话题会突然发生这样的变化。我没有想到，话题会突然朝这个方向直奔过来。多少年来，阿妍从来不在我面前提及小鱼的事情，这似乎是个敏感的禁区，她有意无意地回避着，好像从来不知道是怎么回事。她显然是有疑心的，但是因为从未掌握过什么证据，我也从未对她说过实话，大家都是心照不宣。说老实话，她越回避，我越高兴。这是求之不得的好事情，既然没有任何把柄落在她手上，我早就做好了坚决不承认的准备。多少年过去了，一直平安无事，没想到今天她会突然提起这件事，我感到有些意外，一时不知道该做出什么样的反应才好。

阿妍说："你为什么不说话？"

我说："让我说什么？"

"说老实话。"

"这什么意思，反倒是审问起我来了，喂，你凭什么？"我继续做出很委屈的样子，"有没有搞错呀，自己和干儿子有一腿，反倒疑心起人家。"

"你不要太无聊好不好！"

"我无聊？"

"你就是无聊。"

我知道这时候，最好的办法就是以攻为守，于是悠悠地对阿妍说："我明白了，是不是希望我也和小鱼有一腿，大家索性都不要脸算了，这样一来，你和干儿子的事儿就名正言顺，你就不会过意不去，这多好呀，多如意的算盘，肥水不流外人田，要乱搞，就在自家人中间乱搞，多好，是不是？"

阿妍的脸色顿时发青，说你真是个不要脸的畜生，真是太不要脸了，自己心里一肚子肮脏，就觉得别人都与你一样下流。她说老四，我问心无愧，我现在心里是一点那样的念头都没有。阿妍说，我再也不会做对不住你老四的事情，你完全用不到疑神疑鬼。我做出无所谓的样子，十分坦然地笑起来。这是她第一次公开承认对不起我老四。过去我逼着她认错，她死活不承认，现在不逼她，她反而主动承认错误了。她被我这一笑，脸色由青变红，红得发紫。

我于是嬉皮笑脸地说，你要是和别人，说老实话，我不会同意的，我他妈非宰了他不可，要是和干儿子再有点什么，我保证不吃醋。阿妍的脸又一次不好看起来，咬牙切齿地说，你还是管好自己算了，你想想，你有什么脸来说人家，你有什么资格来说人家。我笑着说，你只管放心，我不会动小鱼的脑筋，我怎么会打你儿媳妇的主意呢，我怎么敢，我这人是胆子小，气量大，你呢，想跟干儿子睡觉，只管睡，不要不好意思，我决不反对，老四有这个气量。

274

那天晚上不欢而散，我们都假装睡着了，其实谁都没有真正入睡。阿妍在床上翻来覆去，折腾了一个多小时。我感到睡意全无，便伸出手去，试图抚摸她。阿妍不停地打我的手，拒绝我的试探。后来，我终于钻进了她的被窝。阿妍从来就不会真正地拒绝我，她不会拒绝做妻子的义务，但是也仅仅是尽了个义务。事情结束以后，我们都感到索然无味，都感到一种更大的失落。接下来，还是睡不着，我便躺在那胡思乱想，让思想的野马一路狂奔。我想象着阿妍和余宇强在一起的情景，阿妍人高马大，余宇强又瘦又小，这两个人在战场上遭遇，那将是一幅很有趣的图画。阿妍就像一辆马力很大的拖拉机，要想将这辆庞大的机器发动起来，让它在一望无际的田野上欢快地耕耘，决不是一件容易的事情。一个男人在这样的机器面前，常常会束手无策，会有一种驾驭不了的尴尬，也许，有人天生就熟悉这种机器的性能，有人天生就是机械师，有人天生是驾驭烈马的高手。一把钥匙开一把锁，也许，阿妍就喜欢余宇强这样的小男人。

我突然想到了小鱼，自从她和余宇强结婚以后，我老四再也没有动过她的脑筋。说老实话，好像已经把她忘得差不多了。我这心里好像已是一潭死水，再也掀不起半点波澜。我想象着小鱼和余宇强会怎么样，想象着他们在床上的情景。小夫妻之间一看就知道不和谐，一看就知道有疙瘩，一看就知道存在着不少问题。阿妍有时候向小鱼问起余宇强的近况，小鱼立刻会气不打一处冒出来，立刻怨入骨髓，立刻成了一个地地道道的怨妇。余宇强这样不负责任的男人，小鱼根本就拿他没有一点办法。

　　要说我们四个人之间的这种关系，确实有些太混乱了，我想象着如果四个人混战成一团，会是一个什么样的壮观场景。我曾经不止一次地幻想着会有这么一天。男女之间的事，说到底就这么回事，大家都不要脸了，也就无脸可要。大家都豁出去，也就真豁出去了。想着想着，思绪万千，我没有一点激动，反而感到一种更大的失落，既不觉得下流，也不觉得有趣。我无法管住胡思乱想，只好任思想的野马在黑夜中继续驰骋，在一望无际的天地之间，漫无目的地尽情遨游。夜已经很深了，阿妍没有一点动静，我知道她也没有睡着。我猜想她一定和我一样，也在胡思乱想。

　　我突然想到自己刚遇到小鱼时的样子，那时候，她还是一个未满十八岁的农村女孩，穿着一条鲜艳的红裙子，坐在小凳子上择菜，笑起来十分灿烂。一转眼，连小鱼都三十岁出头了，连小鱼也已经青春不在。一转眼，那个稚气未脱的少女小鱼在生活的重担下，已为人妻，已为人母，已成了一个不折不扣的怨妇。我很自然地想起了那个早已逝去的荒唐岁月，想起自己亲历过的那些风流韵事。我忘不了那些最风光的年头，一天的活儿忙下来，终于到吃夜宵的时候，坐了一大桌姑娘，嘻嘻哈哈地说笑着什么。我喜气洋洋地坐在姑娘们中间，就好像坐在冬天的阳光里，那真是一段黄金的岁月，那真是一段销魂的好日子。姑娘们一个个都可爱，不约而同地一个个都成了老四掌中的猎物。我喜欢她们，追逐她们，她们也喜欢我，喜欢被追逐，十分乐意成为老四的战利品。一想到那些美景已经不再，一想到那些旧梦已不能重温，我仍然能感到一种巨大的成就感，觉得自己这一辈子真是没有白活。

五十岁以后，我已经没有任何事业可言，已经没有任何雄心大志。店刚倒闭的时候，还常常想到要东山再起，想再拼搏一下。很快就知道再也不会有这一天，当老板的日子已经一去不复返了。这个时代不再属于我老四，我已经被淘汰了。我开始在冯瑞的手底下打工，他是大老板，我只是他手底下的一名伙计。

冯瑞现在已经是远近闻名的大老板，他开的那家海鲜城在本市大名鼎鼎，请了一批说广东话的厨师，经营潮州菜，专门接待这个城市中的各路名流。用现在时髦的话来说，那是一个航空母舰级的海鲜城。由于菜系的不同，我在那里干活，冯瑞嘴上说是大材小用，实际的情况却是，他看在老同学的面子上收留了我，是给我老四一个吃饭的机会。在过去，让我低着头去求他，老四是死活也不会肯的，我觉得自己各方面都比他强，比他能打架，比他聪明，比他漂亮，甚至连一手字也比他写得好。说老实话，和他在一起，我总是隐隐地有些不服气，总觉得他混得好，是因为有家庭背景，是因为他出身高干。

阿妍知道我这是嫉妒，她知道我的嫉妒，与冯瑞当年曾追求过她有关。她知道我一直存在着这个疙瘩。男人的成功是最好的春药，成功的男人自然而然地就有了魅力。阿妍提到冯瑞眼睛就发亮，动不动就用冯瑞怎么说来旁敲侧击地教训我，动不动就用冯瑞的观点证明我是如何不对。她是个不太会掩饰自己情感的女人，明知道有些话对我来说很不中听，明知道我会吃醋，可就是忍不住还要一遍遍念叨。我最受不了的，是她还喜欢对冯瑞抱怨，一抱怨起来就没完没了。阿妍现在总是在为未来的生计担心，因为在这个家里，只有她一个人有固定收入，只有她一个人有一份退休工资。我们这一代人，受传统思想的束缚，说到底还是只相信什么铁饭碗，我是因为坐牢丢了工作，小鱼和余宇强从来就没有过正式固定的工作，阿妍想到这些就觉得心里不踏实。

这一转眼，五十岁也已经过去好几年了，即将进入新世纪的时候，阿妍突然得了一场大病。病说来就来了，而且十分严重。她老觉得左边的乳房不舒服，去医院检查，发现有个肿块，最后的诊断竟是乳腺癌。这结果让大家都感到震惊，阿妍是从来不生病的，平时很少感冒，人活到五十多岁，除了那次生孩子住过院，几乎不和医院打交道。虽然发现及时，医生也认为手术情况良好，但是我还是感到很恐惧，感到坐立不安，毕竟这是癌症，毕竟这是一种最凶险的疾病。阿妍也没想到情况会是这样，她开始为今后的日子烦起神来，开始没完没了地操心，开始无数遍念叨：

"以后怎么办呢？万一我有个什么三长两短，小鹏怎么办？小鹏日后怎么办，我是最放心不下这个孙子，依着我的想法，我这个孙子一定要让他好好读书，一定要让他日后找一份好工作，不能像你们这样。"

无论是对冯瑞，还是对我们，阿妍都要反复地说起她对小鹏未来的打算。现在她想得最多的就是这个宝贝孙子，而且永远都是在瞎操心。她老是在想如何为小鹏买保险，如何为他请家教，如何让他读一个好的重点中学。在阿妍心目中，这个家最重要的事情，已经不是她的健康，已经不是我们夫妇的未来，而是小鹏遥远不可测的前程。对于一个做过癌症切除手术的人来说，这种过分担心分散了她的注意力，有效地转移了目标，根据医生的观点，胡思乱想未必就是一件什么坏事。人必须想一些和自己不相干的事情来缓解生活的压力。人活着都会胡思乱想，一旦得了病，就更会胡思乱想。

阿妍就是愿意成天操心这些，谁也说服不了，谁也不用管她，什么叫病态，这就是地地道道的病态。她不仅是跟我们念叨，而且和冯瑞说个没完。现在，有什么困难，她必定首先会想到冯瑞，冯瑞是她的救星，是她救苦救难的活菩萨。冯瑞成了她心目中最有能耐的人。连我都想不明白阿妍为什么会这样，冯瑞便感到更不理解。有一段时候，他很关心阿妍的病情。冯瑞对我们家的真实情况并不是很了解，只是觉得彼此之间的人际关系有些滑稽。他不明白阿妍为什么会这么喜欢小鹏，为什么会成天把这个跟自己没有血缘关系的孙子挂在嘴上。

那时候，我被安排在一个差不多是厨师小组长的位置上，因为我不会烧粤菜，而且不懂广东话，海鲜城那帮从广东招来的小伙计根本不把我放在眼里。冯瑞为了让这些人尊重我，时不时会故意给我一个露脸的机会，他要让别人知道我老四的手艺其实很不简单，不管怎么说，我老四也曾是个大名鼎鼎的厨师。偶尔高兴了，冯瑞会直接到后面的厨房里来，点名要吃我做的菜。我呢，也就赶快抓住这机会，拼命露一手来证明自己。

冯瑞吃了我的菜，忍不住要发表感叹：

"现在他妈的动不动就是吃海鲜，只有你的菜还能让我想起当年，我跟你说老四，现在是吃什么什么都不好吃了。"

冯瑞现在是真正的大老板，没人弄得明白他究竟有多少财产。虽然在我面前，他非常注意分寸，从来不摆架子，处处都表现出跟我有着不同寻常的交情，但是人只要活到了那个份儿上，自然而然就有那个威风，自然而然就有一股霸气。冯瑞现在不仅是海鲜城的大老板，而且还有许多别人闻所未闻的投资，因此只要他一出现，别人的眼光顿时完全不一样。那是一种发自内心深处的羡慕，那是一种五体投地的佩服。冯瑞身上表现出来的那种潇洒，才叫是真正的潇洒。有一天，快下班时候，他又来了，让我现炒两个菜，然后叫我过去陪他一起喝啤酒。我知道，他这又是故意要在众人面前给我面子。他是董事长总经理，这儿的人，谁提到他，都跟提到上帝一样，能陪他一起喝酒，可不是什么人都能有的待遇。

两杯酒下肚，冯瑞问我：

"老四，你那干儿子是怎么回事，为什么给抓起来？"

他一说，我就知道是阿妍找过他了。我知道出了这样的事，阿妍只能找他。我告诉冯瑞，余宇强这小子不学好，不好好地过日子，竟然与黑社会弄到一起去了。

冯瑞说："黑社会？那叫什么狗屁黑社会，也就是几个小混混。"

"我知道。"

"知道什么？"

"这小子有出息也大不了。"

我知道余宇强再折腾，也最多是个小混混。我知道余宇强生来就是个要给别人添麻烦的人。我知道余宇强要做也只能做那些丢人的事情。

"老四，我真是不明白，你们怎么会有这么个干儿子？"

我无话可说。

冯瑞说："我是不是该帮你这个忙，老四，你给我一个话。"

"如果能帮忙，当然还是帮一下，"我想阿妍既然已经找过冯瑞，肯定向他求过情了，我当然得和她的态度保持一致，模棱两可地说，"怎么说，他也是阿妍的干儿子。"

冯瑞说："我怎么听着干儿子这几个字，就觉得别扭。"

说老实话，我也觉得别扭。说老实话，我真不愿意冯瑞过问此事。余宇强这小子好逸恶劳，迟早要闯出祸来。他成天在外面鬼混，什么正经活也不干，什么苦也吃不了，就知道巴结有钱的女人，就知道打富婆的主意，就知道动女大款的脑筋。小鱼一开始还跟他吵跟他闹，吵闹到最后，也就随他了，因为他根本就不是那种顾家的男人，根本不讲道理，你盯着他吵，他就索性跑到外面不回来。小夫妻俩不止一次闹过离婚，闹着闹着便没下文，因为动不动他人就失踪了。小鱼只能向阿妍告状，阿妍逮着机会也会板起面孔说余宇强几句，可是说了也就说了，他嘴上永远说改，隔一段时候必定是又犯老毛病。这一次的祸闯得更大了，他因为欠别人的赌账还不出，债主追着要钱，便和两个小混混将一个相好的女大款洗劫了一番。

最后，通过冯瑞找熟人，打了招呼，余宇强还是被判了三年徒刑。冯瑞说，这就算是轻的，持刀抢劫，判他十年也不冤枉。

阿妍进手术室前，抓紧了我的手，半天不说话。从手术室出来，我迎了上去，她还是这样紧紧地抓着我的手，不说话。我说你不要紧张，医生说你的情况很好，医生说你绝对不会有问题。阿妍仍然有些紧张，她的眼神有些漠然，呆呆地看着我，好像有一肚子话要向我倾诉。我给她的表情吓得不轻，在我的印象中，她一直是个非常坚强的女人，什么样的场面都经历过，因此有些怀疑她是不是有什么不好的预感，或者是开刀的时候，医生对她说了什么。我安慰她说，在癌症中间，她的这种乳腺癌是最轻的一种，最容易治疗。我说你不要胡思乱想，不要有太重的思想包袱，要想开一些。

当时等在外面的还有小鱼，我们跟着担架车一起去病房，和护士一起将她搬到病床上，然后护士就走了，然后医生又来了，然后医生又走了。阿妍看看我，再看看小鱼，眼睛里全是忧郁。她的脸色通红，可能是刚做过手术的关系。

我安慰阿妍，笑着说：

"你的气色很好。"

阿妍仍然不说话。

我说："真的不要紧张，没事的。"

阿妍咬了半天嘴唇，终于开口说话："万一转移了，怎么办？"

"没有这个万一。"

"我是说万一。"

"没有万一。"

"万一呢？"

我笑了，说你这不是和医生过不去吗，医生说不会，就是不会。医生的话你不相信，还能相信谁的话。医生说你绝对没事，说没事，就是没事，不相信你可以问小鱼。偏偏这小鱼在旁边竟然一声不吭，她真是个没心没肺不知轻重的女人，在这种关键时候，再没有什么话讲，也应该找一两句开导安慰性质的话出来，但是她就是一声不吭，而且脸色严峻。天知道她当时是在瞎想什么，一年以后，阿妍说起小鱼那时候的表情，也说自己完全被她迷惑住了，以为她从医生那里听到了什么不好的暗示。

阿妍说："我一直在想，你们会不会有什么事瞒着我。"

阿妍又说："做手术的时候，我听见医生远远地在议论着什么，我听见他们在那叹气，可是听不清楚他们在说什么。"

生病的人总是很在乎医生和护士的话，阿妍刚躺在手术台上的时候，她听见护士在议论，两个年纪已不是很小的护士一边收拾着手术器械，一边在回味昨天做的那个手术。一个病人因为病重，结果死在了手术台上，或许是见多了，见多不怪，护士用一种很平常的声音谈论此事。阿妍听了，感到一阵阵恐怖，紧接着做手术的医生来了，手在阿妍的即将割去的乳房上按过来按过去，然后到旁边说话去了，只顾自己聊天说话，一说就是半天。医生谈的话题好像和阿妍有关，又好像根本没有关系，反正她就这么躺在手术台上，仿佛被人遗忘了一样，手术室的药水味越来越浓，她也越来越紧张。

手术以后，刚回到病房的时候，有一阵很乱，邻床的病友过来对阿妍说了半天，其他病房的病友也纷纷过来看望阿妍，安慰她，告诉她种种注意事项。人陆陆续续地来，又陆陆续续地都走了，病房里逐渐安静下来，小鱼也走了，只剩下我和阿妍两个人的时候，我问她伤口疼不疼，可能是麻药的药劲儿还没过的原因，她回答说不太疼。我看她的眼睛一闪一闪，问她在想什么，没想到阿妍这时候会突然又惦记起小鹏来，她悄悄地告诉我，说现在她最放心不下的是孙子小鹏。

"癌症的事情很难说，医生才不会有真话呢，"她有气无力地说着，"小鹏马上就要考中学了，万一考不上，怎么办?"

我说："你现在怎么老是要想到万一，万一万一，成天都是万一。"

"想到万一有什么不对,譬如我得这个病,难道不是一万个里面才会有一个,这不就是万一了吗?"

我让阿妍想想医院里的其他病人。在肿瘤医院,到处都是癌症病人,和其他重症患者相比,她简直就是太幸运了。我知道拿别人的不幸来做比较是不对的,但是,这显然是一种最有效的安慰人的办法。阿妍说,她也知道自己的病如果和别人相比,可能根本就算不了什么。乳腺癌既然是最容易治愈的癌症,她当然知道应该往好的方面想,不过,人在往好的方面想的同时,不等于就会不想到坏的方面。阿妍说她发现自己真不能生病,一生病,一住进医院,就是很严重的病,就会有很严重的后果。上次进医院是因为难产,她从此失去生育的机会,这次是平生第二次的住院,一住进来,就有一种在地狱的大门口打转的恐惧。

这医院的气氛太容易给阿妍留下了惨烈的印象。

阿妍说,老四,这家医院里真不是人待的地方,这才进来几天,天天要死好几个,听见有人在哭,我心里就难受。我知道天天都会有人死,我知道每天都有人会死,可是这家医院死的人也太多了,我这耳朵边老是觉得有人在哭,你听,你听,现在好像还有人在哭。你想想看,我刚住进来的那天晚上,一个生胰腺癌的女病人,就在那窗帘轨道上拴根绳子,就这么活生生地将自己吊死了。半夜三更的,谁能想到会这样,整个病房的人都被她吓得够呛。我知道你已经知道这件事,我已经跟你讲过这件事,你想想这多瘆人，多可怕。

我说你干吗这么想，我说你干吗要想这些，你应该想自己的体质多好，平时没病，从来不吃什么药，现在如果有点什么不舒服，有个什么小毛小病，吃什么药都特别管用。阿妍刚做手术的那几天，天天晚上都是我陪夜，小鱼要替我，我不肯，因为心里总有些放心不下。连续多少天，我就这么坐在一张方凳上，累极了，趴在床上打一个盹。阿妍说，你用不着天天陪的，我晚上没人都行，要上厕所，我可以喊护士，我自己已经可以起床了，你看我走路根本就不碍事，真的用不着陪夜了。

对于有经验的医生来说，这确实不是什么大手术，对于护士来说，这种手术之后，没有人陪，也没什么大不了。但是说老实话，在那几天，我不愿意与阿妍分开。我发现阿妍内心其实也希望我和她在一起。

阿妍知道我的心思，说："老四，你是不是有些怕？你是不是怕失去我？"

我说："你不会有事儿的。"

"我说的是你怕我有事儿。"

我于是坦白了，说自己真的是有些怕，我其实是很害怕，因为我不能想象没有了她，会怎么样。

"老四，要是在前几年，真有什么意外，我一点也不担心。"阿妍知道我的心思，叹气说，"要是在前几年，死就死吧，死了拉倒，我那时候真要是有什么，不是正好称了你的心吗，你那时候

286

还年轻，又能挣钱，再找一个女人，再生一个孩子，还来得及，真的，那时候还来得及。"

我说怎么说着说着就离谱了，都到这时候，还有心思说这种赌气话。

"现在不一样了，老四，现在我也是真舍不得你，我不愿意让你一个人，不愿意留下你孤零零的一个人。"阿妍语重心长，反过来安慰我说，"我相信我不会有事的，我相信我们能够白头偕老，我们今后还有很多路要一起走，你放心好了，我知道你老四不能没有我，我知道你也舍不得我，我不会丢下你一个人不管的。"

我让她说得心里一阵痛楚，眼泪差一点要掉下来。

"老四，我知道你不能没有我。"

我紧紧地抓住了她的手，用颤抖的声音说：

"你知道就好，知道就好。"

手术过后两周，阿妍就出院了。然后是化疗，在门诊做化疗，一做就是五天，休息三周，再继续接着做化疗。虽然医生一再强调，化疗只是一种普通的常规治疗，所有的病人都要接受化疗，我和阿妍还是心里不踏实。那些天，鼻子里始终弥漫着药水的味道，耳朵里听到的也都是和癌症有关的话题。

有一天晚上，半夜里做起了噩梦，我梦到自己突然到了火葬场，正在参加阿妍的追悼会。我突然就出现在了会场上，阿妍平时最喜欢的一张照片，成了她的遗像挂在礼堂里，来了很多人，我已经死去的母亲，已经死去的丈母娘都到场了，她们神采飞扬谈笑风生，若无其事地相互敷衍，背过身去立刻又相互说坏话。阿妍的两个妹妹盯着我追问，问我为什么不租最大规格的礼堂，礼堂里的人都站满了，外面也都是人，正下着雨，外面的人想进来，因为进不来而牢骚满腹。我看到了丁香，看到了琴，看到了那些在我餐馆里打过工的姑娘。她们远远地站在那边，都不肯过来，表情都很沉重。很快轮到了我说话，我走到大家面前，不知道说什么好，手上似乎有了一张白纸，可是根本看不清楚那上面的字。突然我看到了阿妍，我看到她站在人群中，站在我对面的人群中，脉脉含情地看着我。我说你怎么在这，原来你没有死，原来这只是在开玩笑。阿妍很严肃地说，谁说我没死，死了，难道就不能来吗，你妈死了，我妈死了，她们不都是来了吗。还有你看，那是谁，那是你的爷爷奶奶，过去你都没见过是不是，你好像从来就没见过他们。我经过她这么一提醒，突然发现，礼堂里现在站着的，都是一些已经死了的人，有我认识的，也有不认识的，能肯定的一点就是这些都是死人。原来参加葬礼的那些人早不知道跑哪里去了，现在，我孤零零地和这些死人们在一起。我听见阿妍对我说，老四，你快跑吧，再不跑，你也要没命了。我感到一股寒意，掉头就跑，跑出去一截，又想到了阿妍，我回过头，背后已是一片白茫茫，我听见阿妍在空气中说，老四，你竟然不管我了，你只顾你一个人，那好，我们永别了。我急得不知怎么办才好，心里有无限懊恼，跺脚说，你在哪里，我带你一起走。四处都是湿漉漉的白雾，我什么也看不见，于是就大声喊，声嘶力竭地喊着，我能感觉到阿妍的声音中充满了怨恨，我想向她解释，想告诉她我只是一下子没反应过来。但是，我的喉咙那里仿佛被什么东西堵住了，喊不出声。

醒过来的时候，我浑身都是冷汗。阿妍抓住了我的手，正在用劲儿摇我。我立刻意识到自己是在做梦，立刻意识到是在做噩梦。这个梦如此清晰，清晰得足以把假的当作真的，把真的当作假的。冷汗像雨水一样把我淋湿了，我人虽然已经醒了，可是仍然还在梦境的恐惧中，汗水源源不断地往外涌。阿妍抓起手边的一块枕巾，不住地替我擦汗。

我用颤抖的声音对阿妍说：

"我做梦了！"

阿妍说："我知道，我知道，应该早一点叫醒你，我听见你在叫喊，想叫醒你，但是叫不醒。"

"阿妍，我做了噩梦！"

"我知道。"

我紧紧地拉着阿妍的手，浑身都在剧烈颤抖。

第九章

　　阿妍的这场大病，足以改变一个人对世界的许多看法。在这之前，我一直觉得死亡是一件非常遥远的事情。经过这次手术，经过这一次次的化疗，我突然意识到死亡一伸手就可以触摸到。我突然意识到死亡原来就在我们身边悠闲地散着步。虽然过了五十岁以后，我老四已开始意识到年龄问题，但是说老实话，并没有真正地服老，至多也是口服心不服。现在，我突然意识到想不服老不行了，到这个岁数，经历了这样多的事，还要指望自己能像年轻人一样逞强斗狠，已经无济于事。

　　大约一年以后，电视台要做一档电视节目，谈谈老三届中知青这一代人的故事。我和阿妍以及冯瑞都上电视露了一回脸。做这节目的主持人，是我们当年一起插队时一个知青的孩子，在整个录制节目的过程中，她一口一个叔叔，一口一个阿姨，叫得十分亲热。我们也因为是熟人关系，一口答应参加这档节目，阿妍早早地就做好了精心准备，穿什么样衣服，烫什么样的发型，要不要化妆，应该是浓妆还是淡妆，没完没了地跟我唠叨。她不仅要为自己操心，而且也为我操心，一定要拉着我去买新衣服。

我们都是第一次上电视，平时在电视屏幕上欣赏别人，现在轮到自己，既紧张又激动。录制节目前，我们一个个都被精心打扮了一下。负责化妆的人说，由于灯光的关系，我们的脸上，最好都应该淡淡地抹上些什么，都要稍稍地化点妆。对于生来就爱美的女士来说，这没有问题，对于我们几个大男人来说，却真还有些不好意思。

冯瑞说："我又不是第一次上电视，从来都没化过妆，这大老爷们儿的，涂脂抹粉算是怎么回事，不要让我们都这把年纪了，还要丢这个人好不好。"

化妆师坚持说，这是综艺节目，是在室内的灯光下面，化不化妆，人的精神面貌会完全不一样。结果我们没办法，只好都听从化妆师的安排，可怜活到五十多岁了，为了上回电视，竟然又涂脂又抹粉，弄得脸上鼻尖上的汗珠子直冒。

正式开拍前，冯瑞笑着对我说：

"老四，你知道我想到什么，我想到了当年红卫兵宣传队演节目，我们这是一下子又他妈的回到了三十多年前。不过，那时候，宣传队里也轮不上我们出风头，我们不都是家庭成分不好吗？"

我也笑了，看着冯瑞的脸，没办法不笑。

"你不要盯着我看，我看你那脸，就知道自己的脸现在是怎么回事了，我们都不要互相对着看好不好，这真他妈受不了。"

我笑得更厉害。

冯瑞说："真的，千万不要互相对着看，尤其过一会儿录节目，一看，非笑出来不可。"

节目录制好了以后，过了一个多月才播。时间很长，分上中下三集，结果正式播放的那几天，收看这档节目成了阿妍心目中的头等大事，早早地就坐在那里苦苦等待。小鱼带着小鹏与我们一起收看，一边看，阿妍一边不停地笑。自从做手术以后，她从来没有这么开心过。在整个节目中，我几乎没说几句话，说得最多的是冯瑞，他小子是真能说，跟开会做报告一样，说什么都头头是道。还有个叫李辉的也很能说，阿妍也说了不少。做节目的十个人中，有两对夫妇，我们是其中一对，另一对就是李辉夫妇。我们这些人都是同一所中学毕业的，当年一起下乡插队，以后的命运却各不相同。这些人中，混得最好最阔的是冯瑞，其次是李辉，这两个人都是开着自己的私家车来的，主持人称他们两个为成功人士，其他的几位就不怎么样了，不是提前退休，就是下岗。

播节目的过程中，不时地插播一些当年的老照片，小鹏看到阿妍年轻时的模样，拍手说奶奶那时候真漂亮。

我笑着说："开玩笑，不漂亮，我怎么会看中你奶奶。"

在电视上，我也是这么说的。主持人问我，对于当年插队下乡，你最深刻的感受是什么，或者说，你印象中最深刻的记忆是什么。我想了想，笑着回答说，是找到了一个漂亮好看的老婆。

屏幕上的人都笑了，主持人扑哧一声，手上的话筒差点掉下来，她大约也觉得自己笑得太厉害了，急忙用手遮自己的嘴，说蔡先生你真幽默，蔡先生你很会说笑话哎。

等大家笑完，主持人说，蔡先生的意思是说青春无悔，因为在那广阔的天地里，你找到了属于自己的爱情。我说大道理也说不清楚，我这人不会说漂亮话，反正下这么一回农村，能找到这么一个好老婆，值得，我觉得很值得。主持人十分兴奋，又接着问李辉，对于我的观点，他有什么看法。李辉十分滑头，说当着自己老婆的面，有些话还真不好说。主持人问为什么，李辉一本正经地说，我要说是，老婆会说我没出息，是跟人家老蔡学的，一点创意都没有，我要说不是，老婆回家就饶不了我，我现在是怎么说都不对。

看到电视上的自己，我和阿妍都有一个共同的感叹，就是没想到电视屏幕上的本人，竟然会那么老。平时你都是在注意别人，我看你，你看我，因此我和阿妍并不觉得对方与真实生活中有什么太大差别，电视镜头里虽然有些变化，再变也还是你原来熟悉的模样。不熟悉的只是自己的形象，看了这档电视节目，你好像是第一次有机会看到自己的真实面目。我们都比自己想象的样子要苍老，虽然经过了化妆，我和阿妍都不敢相信自己已是这副模样。从电视屏幕上看自己，与从镜子中观看自己完全不一样，照镜子的时候，那是一种顾影自怜的状态，那是一种自己想看到或者说希望看到的模样，你对自己挤眉弄眼做表情，你是在自己骗自己。

阿妍在电视屏幕上，坦然地谈到了自己的病情，谈到了她的手术，谈到了化疗，谈到了化疗给她带来的不适。她侃侃而谈，完全忘了自己正面对着摄像机镜头。阿妍谈到了我们这一代人的普遍处境，她竟然像领导干部一样，很会做总结，说我们什么样的不幸遭遇都轮到了。中学毕业，遇上"文化大革命"，结果下乡插队。恢复高考，年龄太大，原来学的功课也忘得差不多了。好不容易回城，工作没多少年，又赶上了下岗。反正倒霉的事情，这一代人是一样都没有躲过，好事轮不上，坏事接着来。

当然，在我们中间也有个别的成功人士，但是大多数人都默默无闻，大多数人都成了时代的牺牲品。大多数人都像我老四这样，大多数人都像阿妍那样，甚至有的人还不如我们。阿妍说这些话的时候，并没有一点怨言，而是表现出了一种少有的平静，她仿佛是在说一件与自己不相干的事情。我没有想到，她会用那么一种平静从容的语调，来谈论我们这一代人。

主持人似乎也被她的话打动了，动情地说：

"我想，这正是我们今天要做这一档节目的真实动机。因为我自己的父母，就是知青一代，作为一名知青的后代，我想起你们也曾有过火热的时代，你们当年也曾风华正茂过，我想我们年轻人可能还不能完全理解你们的生活，但是我想，我的爸爸妈妈如果看到这个节目，他们一定会引起共鸣，他们一定会赞同你们说过的话。"

小鱼出生的那一年，正好是我和阿妍下乡插队当知青。我记得刚当知青的时候，一位年轻的母亲常常坐在打麦场边上，高高地撩起了衣服给孩子喂奶。我总是忘不了当时的情景，忘不了那硕大的乳房，忘不了饱满的乳房上爆起的青筋，忘不了那孩子一边吃奶，一只白白的小手一边在空中乱晃。我想象小鱼也曾有过那样一只白白的小嫩手，她当时也就是那样一个吃奶的孩子，时过境迁，岁月不饶人，现在的小鱼已经三十出头，完全是一位成熟的妇人，比当年那位哺乳的年轻母亲岁数要大得多。现在的小鱼甚至连年轻都已经算不上了。

大约是余宇强被判刑的半年前，小鱼夫妇原来住的那个房子要拆迁，由于这房子的居住权，我早在十年前已经将它买了下来，现在拆迁，意味着只要稍稍再贴些钱，就可以在郊区重新买一个小套。小鱼夫妇自然是拿不出这个钱的，要买还得我们往外掏钱。我和阿妍一合计，想到小鹏的未来，便为他们小夫妇买了一套最便宜的期房，说好未来房子的主人必须是小鹏。地点虽然远了些，偏僻了一些，可毕竟是套房子，有了这套房子，户口问题也就有可能得到解决。他们夫妇因此对我们十分感激，我们不仅帮他们照料了小孩，而且还连同他们小夫妻也一同照料了。

阿妍总是为他们小夫妻的工作问题没完没了地烦心。这年头，干什么活都长久不了，动不动就有被炒鱿鱼的危险。余宇强是天生不在乎，自有一套潇洒的活法，他不停地跳槽，三天两头换地方。阿妍让我找冯瑞打招呼，希望他们小夫妻跟我一样，也能在冯瑞的手底下做工。我不愿意为这件事求冯瑞，一方面，知道这两人都没什么本事，无论在什么地方都干不好，另一方面，我老四原来好歹也是个老板，现在虽然落魄潦倒，让他们跟我一样平起平坐打工，在同一个地方混饭吃，面子上也说不过去。阿妍才不在乎我的面子，她拖着带病的身体亲自出马，硬逼着冯瑞答应接纳余宇强和小鱼。冯瑞不好意思拒绝她，当然也不在乎多这两个人。

结果却是干了不到一个月，余宇强就辞职不干了，小鱼留了下来，在海鲜城负责打扫厕所。

有一天，阿妍带着小鹏经过海鲜城，顺便过来看我。小鹏看到他母亲在海鲜城里打扫厕所，男厕所女厕所都归小鱼打扫，心里感到不痛快，觉得这事很丢人。接下来，连续几天情绪不高，闷闷不乐，阿妍看出了他有心思，问明白了以后，就跟我商量，让我再求冯瑞给小鱼换个工作。我说你怎么就不怕麻烦，动不动找冯瑞，好像他真是你什么人似的。阿妍说，你这是什么话，所以我是让你去找他，我是不好意思再求他了。我气鼓鼓地说，凭什么你不好意思，我就会好意思呢，难道我的脸皮就要厚一些？

阿妍没办法，想给冯瑞打电话，犹豫了再三，最后还是没有打。她只能安慰小鹏，说你这孩子也是的，打扫厕所怎么了，"文化大革命"中，连人家省长都打扫过厕所，还有我们那时候在农村，天天都喂猪，掏大粪，小鹏你要知道，什么事情什么工作，都是为人民服务。

小鹏也不多说什么，这孩子心里依然不高兴，嘀咕说：

"反正以后再也不会去那海鲜城了，你们就是请我去，我也不去。"

阿妍又好气又好笑地说：

"你真是傻孩子，那里的东西死贵，才不会有人请我们呢？"

小鹏一连多少天都不高兴，他属于那种心事重重的孩子，有什么不痛快都会搁在心里，放在脸上，竟然都不太愿意理睬自己的母亲小鱼。

阿妍悻悻地说："这孩子也不好，太爱虚荣了。"

我就说："小孩子要面子，这有什么奇怪。"

余宇强被判入狱以后，冯瑞因为过问过这件事，偶尔也会问问我情况。当然，他更关心阿妍的身体。一天他又过来吃夜宵，点名要我为他做两样菜，吃完了，便和我聊天，问起阿妍怎么样了。我说了说阿妍最近的表现，趁机跟他谈起小鱼的事情，让他为她换个工作。冯瑞说，这种小事儿，照例我是不会管的，你想想，让她干这个，也是照顾她，打扫厕所有什么不好，还有小费，我这里的厕所，在餐饮界也可以算是高档的了，什么肯德基麦当劳，都没办法跟我比，你想想你那什么儿媳妇又怎么样，也太老了，你说她能干什么，对了，你说说看。

过了几天，冯瑞打电话给我，说让你那个什么儿媳妇到我家去帮忙吧。他的意思是要小鱼去他家当保姆，说他家的小保姆刚走，急需一个人帮忙。他说他老婆太难说话，年轻漂亮的女人他是不敢用的，省得吃醋怄气。在冯瑞眼里，小鱼已经老了，已经不够漂亮。这也是实际情况，海鲜城美女如云，像小鱼这岁数这容貌的女人，连端盘子的资格都不够。冯瑞感觉到我在电话里还有些犹豫，便以不容商量的口气说：

"这事就这么定了，她不是觉得打扫厕所委屈吗。"

"我问问她。"

"有什么好问的？好吧，那赶快给我一个回话。"

在挂电话前，冯瑞又得意洋洋地告诉我最近新买了一个别墅，让我有机会与阿妍一起去参观。他说他买的那别墅绝对高档，绝对是真正意义上的别墅，看了他的房子以后，立刻会明白现在报纸上说的那些别墅，全他妈是扯蛋。挂完电话，我便和阿妍商量，阿妍又去征求小鱼的意见，结果小鱼一口答应，因为她也觉得天天打扫厕所，尤其是还要打扫男厕所，真有点让她抬不起头来。在海鲜城打扫厕所，采取的是空闲定时法，小鱼必须不停地守在门口，一空闲下来，就必须进去打扫，随时得保持厕所的清洁。有的男人因为小鱼是女的，看见她在里面打扫就不敢进去上厕所，有的恰恰是因为她是女的，故意趁她还没有退出去，拉开裤子就尿了起来，一边尿，一边还故意对她看。

第二天，小鱼便去了冯瑞那里，正式成了他家的保姆。一个星期的活儿干下来，双方似乎都十分满意，冯瑞老婆觉得小鱼手脚利索，人干净，小鱼觉得女主人出手阔绰，态度也不算太坏。在过去，我和阿妍对冯瑞现在的家庭知道得很少，只知道他离了婚，然后又结婚，新找的一个太太年轻漂亮，要比他小许多岁。现在，因为小鱼在他家做保姆，就仿佛是安置了一个密探，原来那些不明白的事情，逐渐一件件都清晰起来。

从小鱼的嘴里，我们开始知道了什么叫有钱人的日子，什么叫生活质量，什么叫人和人之间要拉开差距，拉开档次。冯瑞现在是真正的阔了，他的前妻和儿子都在加拿大，后来的这位妻子又为他生了个女儿，女儿比小鹏大一岁，刚上中学，在一家贵族学校读书。小鱼从来不是个话多的人，可是自从到冯家当了保姆，一说起冯瑞的那个家，她忍不住就会滔滔不绝。

小鱼说："冯总家那个用电，他们用一个月，我们一年都用不了。不对，是几年都用不了。"

小鱼又说："冯总那儿子从国外打电话回来，一说话就是一个小时，这儿子已经有女朋友了。冯太太不心疼电话钱，冯太太就怕冯总和前面那个老婆还有联系。"

冯瑞在市内的住处是一栋高楼的最高层，高高在上，是个宽敞的跃层，外加一个巨大的露天阳台。小鱼每天干十二个小时，中饭晚饭都在那吃，晚上回来睡觉。虽然房子已经足够大了，冯太太不喜欢保姆住在自己家里。他们过的完全是一种我们所不熟悉的上等人生活，那种奢侈的享受只能在电影上才能见到，全家每个月去一次别墅，住上两三天。如果是去别墅，就会带上小鱼，冯瑞和冯太太都会开车，他们的别墅很远，开车要两个多小时才能到。我和阿妍曾一起去过冯瑞位于市中心的家，冯太太说她老是听到冯瑞说起我们，一再邀请我们去做客，让我们有空去玩玩。阿妍心里觉得好奇，平时老听小鱼念叨，就真找机会去了一趟。

去了也没坐多久，参观了一下房子，到顶层的大阳台上看了一会风景，然后便匆匆告辞。回去的路上，阿妍一直在和我讨论，研究冯瑞家究竟有多少房间，究竟有几个厕所。

我说："你是不是有些后悔，后悔当初没有嫁给冯瑞。"

"你这人吃醋吃得没道理，我怎么可能嫁给他，不要瞎说八道好不好，再说，我就算是嫁给他，也早就离婚了。"

阿妍的脸色顿时有些尴尬，她确实太羡慕刚看过的房子，不光她羡慕，说老实话，我也羡慕，通过这次参观，我们真可以说是大开眼界，想不到天下竟然会有这样美轮美奂的房子。

我冷笑着，继续寻阿妍的开心，说：

"离婚有什么关系，像冯瑞前面的那个老婆那样，在加拿大不也是很好，说不定还能找个老外。"

"你们男人没一个好东西，混好了混阔了，就把老婆扔了。哼，把老婆扔了，还要说漂亮话。"

"我是没有混阔，所以连扔老婆的机会都没有。"

现在，轮到阿妍冷笑了，她说：

"谁说你没有，你有过的。"

说老实话，我们都有些酸酸的。说老实话，我们都有些眼红冯瑞。人比人，气死人，我不得不承认自己与冯瑞之间的距离。我知道阿妍未必是真喜欢冯瑞，但是成功的男人总是有着特殊的魅力。到了这个份儿上，我不得不承认自己与冯瑞之间，确实存在着太大的距离。我曾经一直不太服气，或许因为我们刚认识的时候，冯瑞还是个受人欺负的狗崽子，正处于人生最潦倒最倒霉的阶段，因此一看到他得意扬扬的样子，我就忍不住会想到他的过去，就忍不住想到他当时可怜兮兮的样子。

我知道与今天的冯瑞相比，我老四当年只能算是稍稍地赚点钱，赚了点不值得提的小钱，人家冯瑞现在才叫是真的赚钱，人家冯瑞现在才叫是真的大款。我当年赚的那点钱都是花死力气挣的，是靠小锅小炒辛苦出来的，这些辛苦钱坐吃山空，眼看着就要化为乌有。人家冯瑞和我不一样，他只是动动脑子，只是动动嘴，上千万的资产转眼就到手了。如今的这个世界上，只是能吃苦算不上什么能耐，冯瑞动不动就说他最怕吃苦，他说自己不用吃什么大苦，照样也可以革命成功。他的钱多得用不完，人家是公子哥儿，一辈子就是个享福的命，红军爬雪山过草地才得到天下，他冯瑞根本不用费那个事儿。

冯瑞动不动就会来一番卖弄，在他眼里，这钱仿佛随手就可以捡到：

"老四，现在做生意，你只要把握住了机会，要赚钱太容易。"

曾几何时，我也觉得自己是个有钱人，那时候，我出手阔绰，舍得出门打个车就感觉良好，花千把块钱摆平一件事就觉得已是富翁。我觉得自己也算是风光过几天，虽然没有多长时间，这一切说改变就改变了，可是当年刚当万元户的得意，仍然记忆犹新。

人有钱的时候，特别是比别人有钱的时候，你的感觉完全不一样。记得前些年过春节，阿妍给自己外甥外甥女送红包，因为钱出得多，她的姐妹屡屡表现出不好意思的样子，说阿妍这礼我们怎么还呀，我们怎么还得起。阿妍便会不在乎地说，自家姐妹，什么还不还的。那时候，不要说我的感觉好，连一向稳重的阿妍，一举一动都像个有钱的阔太太。

到晚上，小鱼回来，阿妍又追着她讨论冯瑞家到底有几间房间。小鱼比画了半天，也解释不清楚，阿妍反而被她越说越糊涂。小鱼眉飞色舞，口口声声地说那套房子值多少多少钱，又说起那别墅值多少多少钱。有时候，别人的财产也可以成为炫耀资本，小鱼说起冯瑞的家，一说就来劲儿，一说就神气十足。结果是听的人垂头丧气，心里感到很不痛快。

半夜里，阿妍突然把我弄醒了，非常严肃地说：

"老四，你说冯瑞他会不会出事儿？"

这一年的秋天，冯瑞在自己的别墅宴请宾客。邀请的都是名流贵客，来了一个女的副省长，不是真的副省长，而是相当于副省级的女干部。这女人和冯瑞从小是在一个大院长大的，都是干部子弟，父亲是同级别的官员。两个人都用对方的小名亲切称呼，冯瑞叫她毛毛，她叫冯瑞娃娃。大家笑谈童年少年的往事，冯瑞说，毛毛你那个时候怎么怎么样。毛毛听了就笑，说娃娃你那时候才怎么怎么样呢。两个人一个劲儿互相吹捧，互相调侃，一个说还是做官好，万般皆下品，唯有做官好。一个说官场的游戏规则太烦人，老是要开会，在商海中大显身手才有意思。

其他人只有羡慕的份儿，只能跟着一起敷衍，说做官也罢，经商也罢，弄出名堂来都好。这是半斤对八两，只要混得好都行。

"哎，副省级，这不是开玩笑的，"冯瑞感叹说，"毛毛，你这真是玩儿大了，当年我们大院里，最牛逼的，不也就是个副厅长吗？"

我是忙了整整一天，冯瑞事先关照过，让我无论如何都要露一手绝活。厨房里就我和小鱼两个人，其他是几个打下手的司机，也不过就是端端盘子，择择葱剥剥蒜。到下午，人接二连三地都走了，那么多辆车，竟然没有我老四的位置。他们算来算去，偏偏把我和小鱼给漏掉了。所有的人都走了，冯太太和女儿也走了。冯瑞说，我今天晚上不走，在这儿歇一天，明天你跟我一起回南京。原来他是存心要把我留下来，冯瑞说，老四，你就不要走了，今天晚上我们就住在这儿，难得有这样的机会，我们一起聊聊天。

大队人马走了以后，别墅里显得很安静。冯瑞有一辆黑色别克车，形影孤单地停在那里，不是上海合资生产的那种，而是真正的进口原装。我觉得那车很大，冯瑞解释说他就喜欢大的车，和女人一样，要大了才有感觉。他的话让我感到有些别扭，我立刻想到了阿妍，当年冯瑞追求她的时候，就是喜欢阿妍的健壮。冯瑞的前妻后妻都是高大的女人，她们差不多都要比他高出半个头来。男人的胃口是说不准的，冯瑞显然对自己矮小的个子不满意，他自己的父亲又高又大，可就是因为找了又矮又小的胖老婆，才造成了他的这种后果。冯瑞一再表示自己不能重犯父亲的错误，他当知青的时候，有个绰号叫"大××"，因为他的那玩意儿要比常人大，和身高相比，几乎是不成比例。现在，看着停在别墅前面的那辆黑色别克车，我想到冯瑞当年的绰号，不禁笑起来。

冯瑞问我笑什么，我说没笑什么。为了掩饰自己的想法，我便问冯瑞如果没车，怎么才能回南京。他笑着说住在这种地方的人，怎么会没车。我显然是提了一个很荒唐可笑的问题。

天正在暗下来，我终于明白了冯瑞留下来的真实意图，原来这一天是阴历七月十五，是民间的鬼节，冯瑞竟然还惦记着要给他去世多年的父亲烧纸钱。这让我感到有些意外，想不到他这样新派的成功人士，也迷信，也喜欢来这一套。冯瑞说住在市中心，会发现连想搞个迷信活动的地方都没有，有一次，他在楼顶的晒台上烧纸钱，竟然有人以为失火了，冒冒失失地便打电话报了火警。

在别墅前面的空地上，冯瑞烧了一大堆纸钱，有各式各样的冥币，最绝的是竟然还有厚厚的一沓假美元。冯瑞一边往火堆里扔冥币，一边和我说笑，他说自己父亲在世的时候，对他老人家的印象一直不好，因为别人总觉得冯瑞混到今天这一步，都是父亲的地位带来的，都是沾了父亲的光。说一个人的一切都是靠老子帮助，毕竟不是个愉快的话题，冯瑞咽不下这口气，处处都想表明自己与父亲没什么关系，现在父亲死了，冯瑞倒有些怀念和感激他了。

"人生在世，在商海里拼搏，挖掘到的第一桶金十分重要，这是后来一切事情的基础。"忙完了以后，我们坐在客厅里喝台湾茶，冯瑞突然对我大谈起自己创业故事，大谈他怎么做成了第一笔大生意，吹得天花乱坠，说到后来，话题又回到自己父亲身上，"说老实话，我这些年的奋斗都是靠自己，老四，你说不靠自己行吗？"

我仍然是不服气，说："有没有一个好爹，还是不一样，像我们就是投错胎了，我要有你那么个爹，也不会像今天这样。"

"家庭条件当然重要。"

"不是当然重要，是太重要了。"

"话虽然是这么说，譬如，在你老四眼里，我冯瑞能有今天，肯定和有这么一位父亲分不开。但是，很多事情是说不清楚的，要说干部子弟，也不就是我冯瑞一个人，你就说我们那大院，那么多小孩，那么多干部子弟，真正能混出名堂的人，混到像我和毛毛这一步的，也不多，我能到达今天这一步，不容易。"

晚饭吃到一半，冯瑞的手机突然响了，要他立刻去上海。明摆着是很急的事情，冯瑞挂了手机，脸色沉重，抱歉说没想到情况会是这样。他对我说，要不我找辆车子来接你们。然后就打电话，几个电话都没打通，他因为急着要走，说这样吧，今天你就住在这，明天我会安排车子来接你们的，今天反正是来不及了，时间太晚了，你今天就住客房好了。再说小鱼也一时不能走，你看这家里这么乱，得好好收拾一下才行。

冯瑞说这些话的时候，已没有任何商量余地，他说这些话，口气已是个十足的大老板。

我说："你怎么可以把我一个人留在这儿?"

"老四，我也没办法，这鸟电话说来就来了，"冯瑞已经有些不耐烦了，"不瞒你说，我是真不想去。"

"唉，我一个留在这，算什么事儿!"

"那只好委屈你，对不起了。"

我知道事情就这样算定下来。

最后，冯瑞说：

"你忙了一天，早点休息，把剩下的葡萄酒全给喝了，这都是绝对的高档酒，你知道一口要多少钱。"

冯瑞走了以后，偌大的别墅里就只剩下我和小鱼两个人。别墅区显得非常安静，一栋栋的小楼都是黑乎乎的，根本就没有什么人来住。我没想到最后结果会是这样，没想到最后会和小鱼留下来。小鱼一直在忙，有许多事情要做，收拾这么大的房子要花不少时间，要一个房间接着一个房间的打扫。我想给阿妍打个电话，告诉她情况，可是别墅里的电话竟然只能内部通话，往南京怎么也挂不通，显然是因为业主都有手机，所以长途电话暂时还不开通。厨房里留下了一大堆用过的餐具，房间收拾得差不多了，小鱼便去厨房洗碗，我闲着无事，又倒了一小杯葡萄酒，端着跟进了厨房，坐在那看小鱼干活。

不知不觉的，酒已经喝完，我便坐在那睡着了，一天的活儿干下来，确实觉得有些累。小鱼的身影在我眼前晃着，没完没了地干活，洗完了碗，又擦灶台，擦厨房，擦油烟机，好像事情永远也做不完。到我彻底醒过来的时候，她似乎才刚刚忙完停顿下来。我不知道自己已睡了多少时间，小鱼说，干爸，你真能睡，我想喊你的，喊你到床上去睡，又怕把你弄醒了，谁知道你一睡就是这么长时间。我叹着气说，人老了，不中用了，说困就困，又问她是不是真的已经睡了很长时间。

小鱼有些心疼地说："干爸干了那么多活，怎么能不累，你不知道你的呼噜声有多响。"

我知道我的呼噜很厉害，阿妍也常常这么说。

我对小鱼说："今天你也累了。"

"我只是打打下手，要说累，当然是你这位大厨师累了。"

接下来的时间里，没别的事儿可以做，就让小鱼带着我四下参观。我提出要参观一下这儿所有的房间，冯瑞先前已经带我粗粗地浏览了一下，现在我想更进一步了解，想看看有钱人的房间，究竟有多奢侈，想看看有钱人究竟过什么样的快活日子。小鱼拿出了一大串钥匙，钥匙上面都贴着标签，我们从地下室开始看，然后一楼二楼，挨个房间看了一遍，看得我目瞪口呆，看得我无话可说。

让我感到愤愤不平的，甚至连保姆房都有一个小卫生间，难怪小鱼一提到她在冯瑞家的生活，就有一种按捺不住的得意。

一想到小鱼的得意，我立刻有一种说不出的心情。

我说："妈的，这才是人过的日子。"

我又说："冯瑞这小子是什么意思，不是成心给我们提供做坏事的机会吗！"

我说这话已经显然含有挑逗的意思。虽然我和小鱼过去曾有过那种关系，虽然我们的关系非常特殊，可是自从小鱼和余宇强结婚以后，我们从来没有过任何实质性的接触。我是真的把过去的那些事都忘得差不多了。对她的那份用心早就没有了，我的心早就死了。过去的十多年里，我从没有对她做出过什么亲热的举动。小鱼怔了一下，一开始没明白，她生来就是有些反应迟钝的，过去她在我店里干活的时候，所有的女孩都觉得她在这方面有点笨，都觉得她的脑子不是特别好使。

当时我是在冯瑞女儿的房间说这句话的，隔了一会儿，她才突然明白过来我的意思，立刻有些局促不安起来。

小鱼说："干爸，你不要瞎说好不好。"

"不瞎说可以，"我笑着说，"不过这会千万不要喊我什么干爸，现在你这么喊，我听着别扭。"

小鱼不敢再接我的话，她有些不知所措。

在这么一栋大房子，就一男一女，气氛顿时完全不一样了。冯瑞女儿的房间布置得很有情调，像是外国人的家，洋味十足，一张半大不小的铜床，墙上贴的都是外国女明星的照片。卫生间仿佛是一个童话世界，里面放着各式各样的小玩意儿。要说冯瑞的女儿只比小鹏大一岁，已完全是个大姑娘的样子，个子甚至比冯瑞都高了，她在院里打羽毛球的时候，穿了一件全黑的吊带衫，两个小奶子已经很像一回事儿。现在的女孩吃得太好，成熟得也太快，我记得自己刚看到小鱼的时候，她还没有这丫头这么丰满呢，那时候的小鱼连十八岁都没到，对男女之间的事情迷迷糊糊的。

最后参观的是冯瑞的卧室，一个几乎像客厅一样宽大的卧室，一台最新式的大背投彩电，一面巨大的镜子。参观已经到了尾声，小鱼让我到她那个小卫生间去洗淋浴，我说干吗去你那里，要洗，我就在冯瑞这小子的卧室里洗，凭什么我老四就不能在这洗澡，我今天就在这洗澡，老子今天不仅要在他的豪华浴室里洗个澡，而且要睡在他的床上，好好地享受一回人生，谁让他将我一个人撂在这的，我不能便宜他。冯瑞的卧房里有一张巨大的床，那床大得有些莫名其妙，身边躺两个老婆都没问题。我突然产生了要在这床上睡一睡的强烈念头，我说小鱼你不要害怕，我他妈今天就睡在这儿，别人都怕什么冯总，我不怕他。我今天就睡这，你别拦我。

说着，我走进浴室，将浴缸的豪华龙头拧开放水，当着小鱼面，不管三七二十一地开始脱衣服。我显然是有些恶作剧的心理，小鱼吓得退了出去，我索性门也不关，试了试水温，一脚跨进了浴缸，开始往身上胡涂乱抹架子上的高档洗浴用品，许多玩意儿我也不明白怎么回事，反正不管是什么东西，都抹一点在身上试试，反正最后能用水冲掉。我放了满满的一大缸水，将自己痛痛快快地泡在里面，泡了一会儿，我知道这是按摩浴缸，可是不知道如何操作，折腾了半天没反应，于是便喊小鱼进来，小鱼闻声进来了，见我浑身赤条条的，要往外退，我连忙喊住她：

"跑什么，我的那玩意儿你又不是没见过，有什么不好意思，你过来帮我把这什么按摩打开，让我老四享受享受，我怎么也玩不起来。"

小鱼便过来帮着那么一弄，浴缸里的水顿时就流动起来。我顿时有一种要漂浮起来的感觉。小鱼转身要走，我一把拉住她，说干脆你也下来吧，我们一起洗个鸳鸯浴算了。说着，我就把她连人带衣服一起拉到了浴缸里面。几乎想都没想，冒冒失失地就这么做了。我真没想到自己会这么做，小鱼也没想到，吓了一大跳，身上的衣服立刻都湿了。她挣扎了一番，湿漉漉地跑到了浴缸外面。

我一本正经地坐在浴缸里，看着她，她站在那里，身上的水珠子一个劲地在往下滴，有些生气地看着我。我意识到自己的这个玩笑开得过分了，不好意思地笑起来。

小鱼嗔怪说："你真讨厌，怎么可以这样。"

"我当然讨厌，"我笑着说，"你现在嫌我老了，人老了总归是讨厌的。"

"讨厌！"

"我是讨厌，我当然讨厌。"

"就是讨厌。"

"那我们当年呢，当年我是不是也很讨厌？"

小鱼说："我跟你早就没关系了。"

"我知道，现在跟你有关系的是冯瑞。"

"你不要瞎讲好不好，干爸，我和冯总怎么会有关系。"

"你们当然有关系！"

"冯总怎么会看上我？"

我咬牙切齿地说："冯瑞这小子要是敢对你动坏脑筋，我决不会饶他。"

"冯总怎么会看上我？"

我知道小鱼说得显然是实情。

我从浴缸里站了起来，随手拿了一块大浴巾，一边擦身子，一边往卧室去。小鱼有些不知所措，她跟在我后面，喃喃地说你不能这样，你不要这样。她的意思是我不能睡冯瑞的床，这张床是冯瑞的专利，别人冒犯不得。小鱼感到很恐惧，在她的心目中，冯总绝对是神圣不可侵犯。这时候我已经一屁股坐在了床上，我说凭什么不能这样，凭什么。冯瑞是小鱼心目中的偶像，今天我就是要打破这个偶像。我说有什么了不起的，不就是一张破床吗，不就是一张豪华的大席梦思床吗，我今天非要在这睡，我今天非要睡这张床。

小鱼完全被我的行为惊呆了，虽然我现在是赤身裸体，可是因为太恐惧，她甚至都没有表现出一点点的羞涩。她显然不知道怎么办才好，惊恐万分地看着我，无所适从不知所措。小鱼身上的衣服是湿的，紧紧地裹在身上，女性特征很性感地显现了出来。她看我赖在床上不肯走，就带着一些赌气地过来拉我，我一把拉住她，趁势在她身上乱摸起来。

　　都到了这节骨眼上，小鱼还惦记着让我赶快离开。她仍然觉得这地方不是我老四可以待的，这床不是我老四可以睡的。她还在一个劲地劝我离开，好像只要我答应她这个要求，我对她干什么都可以。我说要我走可以，不过，我们先快活一下再说。这时候，我又成了当年的那个好色之徒老四，我的手触摸到了她的敏感部位，小鱼仿佛触电一样抖了几下，打我的手，装腔作势地抗拒着，突然咯咯地笑起来。她这一笑，便暴露了真相。小鱼显然不是真的要拒绝我，她不过是对我突如其来的调情行为感到生疏，有些不适应。现在，她也有些糊涂了，不知道自己究竟要干什么，不知道自己究竟应该怎么样。

　　小鱼变得有些语无伦次，说她这身湿衣服会把床单弄潮，说她还没有洗澡呢，说让我先洗个澡，说我们不能在这，说我们在这不好，说我们还是去我房间吧。

　　我非常坚定地说："不，今天就要在这，就要在这张床上。"

　　我将小鱼一把抱了起来，将她抱进浴室，将她又一次扔进了浴缸。小鱼像条鱼似的在浴缸里扑腾了几下，喝了口水，呛得直咳嗽。从卧室到浴室只有几步路，我却感到气喘吁吁，或许喝了酒的缘故，或许今天太累了，或许是年龄不饶人，或许小鱼已开始发胖，今天的老四已经不像当年那么神勇。到这时候，我们已经什么都顾不上了，到这时候，冯瑞已经不再重要。好像早就在等待着这个机会，我们把冯瑞忘到了脑后，重新清算起十几年前的旧账。小鱼在我的帮助下，把纠缠在身上的衣服脱了，仿佛一下又变回到了十多年前，仿佛这十多年的空白顿时就不存在。现在，对她做什么都无所谓了，怎么冒犯她都没关系。我帮她洗澡，帮她搓背，捏她的乳房，抚摸她的那个地方。她像一个没有自理能力的小孩一样，随便你干什么。

小鱼像只任人宰割的羊羔一样，又一次被放在了老四的砧板上。这时候不想起她当年含苞待放的样子是不可能的，我不由得想起了当年，那时候，她是个太容易受到伤害的小女孩。那时候，她是那样的脆弱，根本就不知道如何保护自己。现在，小鱼再也不是那个一窍不通未满十八周岁的女孩。现在，这个成熟的三十多岁的女人是一团火，身上到处都是电源开关，按什么地方都有反应，碰到哪儿都可能引起叫唤。小鱼现在是熟透的水蜜桃，小鱼现在是熟透的西瓜。毛茸茸的水蜜桃熟了，皮一撕破，汁水便会情不自禁淌出来，翡翠一般的西瓜熟透了，刀一切就会裂开，就会露出鲜红的内瓤。小鱼的浑身上下都在燃烧，到处都是烈火熊熊。由于我也什么都没穿，她突然抓住了我的那玩意儿，突然发力，把我也拉进了浴缸。

我们发现大家原来都很需要对方，到这时候，她需要我甚至比我需要她还更迫切。我们在浴缸里放肆地玩了一会儿，然后互相擦干身体，手拉手走进卧室，爬到那张大床上。我有些激动，很轻易地就驶进了港湾，刚抽动了没有几下，就已经出了洋相。

　　接下来的场面开始让人难以应付。虽然我向小鱼道过歉了，可是她泪眼蒙眬，满头是汗，好像随时随地要哭出来。我说对不起了，我说自从阿妍做了手术，我们已经很少有那样的事情。刀不磨不快，枪不用会生锈，我说我也没想到老四会这样，会这样不争气。我说大约是在浴缸里玩得太过分了，那玩意儿已经不起这样强烈的折腾。我说着说着，小鱼就真的哭起来。我说你干吗要哭呢，你不要这样好不好。我不明白她为什么要哭，起码是不完全明白。也许是她觉得我们不应该这么做。也许她根本就不愿意这么做。这时候，我仍然还趴在她身上，既觉得有些尴尬，又觉得有些茫然。小鱼好不容易总算不流眼泪了，她捋着我的头发，感伤地说，干爸，你已经有好多白头发了。我说人老了，头发自然会白的，以后下面说不定还会白呢。

　　过了一会儿，小鱼又突然想到了什么，她斩钉截铁地说：

　　"这事不能让干妈知道，我们不能让她知道。"

　　我说当然不会让阿妍知道，绝对不能让她知道。这时候提到阿妍可不是个愉快的话题。我想翻过身来，但是小鱼紧紧地抱着我，手脚像蛇一样地缠着我，不让我动弹。我尽量想把阿妍从我的脑海赶出去，苦笑着对小鱼说，你是不是还想让我有一番作为，在年轻的时候，这不是问题，可是现在不行了，现在我老了，现在的老四再不是当年那个男子汉。我故意找一些不关痛痒的话说，说着说着，突然感到了一些困意，然后就趴在小鱼身上睡着了。我以为自己会持续不断地想到阿妍，以为自己会被这个痛苦的问题所折磨，可是我说睡着就睡着了。显然是打呼噜了，而且流着口水，小鱼十分愤怒地把我推开，结果我刚睡着又被她弄醒。

我发现小鱼还在流眼泪，她眼泪汪汪的样子，好像觉得非常委屈。我觉得有些歉意，拉住小鱼的手，示意她去碰我的小兄弟。小鱼有些粗鲁地抓住了它，它竟然一点反应都没有。我说你是不是有些后悔，你是不是觉得我们不应该这样。我说你要是再这样，我也要哭了，你为什么这么难过呢，你是不是有什么心思。小鱼百思不解地说，我也不知道自己为什么要流眼泪，你不要管我，我想流泪就流了，我流泪是我自己的事情。她说着，孩子气地继续拨弄我的小兄弟，既认真又有些草率，一直弄到它有了反应。我觉得自己正陷于一个十分荒唐的境地，不明白为什么她要一边流眼泪，一边做这样的事。我想她一定是有什么不痛快的事情。

小鱼的情绪感染了我，结果我也流起了眼泪。我说这是最后一次，以后再也不会发生这样的事情。无论是为了阿妍，为了小鹏，为了正在坐牢的余宇强，为了你，为了我，为了我们那个奇异的家庭，我们都不能再做这事了。我知道自己今天是犯了错误，我说如果你觉得我今天冒犯了你，我再次向你道歉，再次向你说一声对不起。我说这绝对是最后一次，我已经是一个快要六十岁的老头了，我可以向你发誓，我可以向你小鱼发毒誓。我说不会再有下一次了，人总得有些控制才行，这些年你一直就在我老四身边，你知道老四一直是贼心不死，可我没想到自己到最后关头，又会控制不住自己。我说小鱼，你知道这些年来，老四一直是在控制自己，老四一直是在压抑着自己。你知道老四其实也很苦呀。小鱼让我说得有些激动，她突然爬到了我身上，用手捂住我的嘴，不让我再往下说。再也不会有比这更荒唐的场面了，接下来，我们一边颠鸾倒凤地干起活来，一边假惺惺地流着眼泪。我的意识一片混乱，眼泪还在源源不断地涌出来。小鱼终于笑了起来，有板有眼地说着：

"老四，你这个老不死的，你这个老畜生，你不觉得我今天很高兴吗？你这个大笨蛋，你这个老色鬼。"

她从来没叫过我老四，老四这称呼不是什么人都可以叫的。我说骂得好，骂得很好，骂得真痛快，你继续骂，你骂呀。我的请求显然触动了她的某根敏感神经，像火柴扔到汽油桶里一样，她整个人轰地一下就燃烧了起来，仿佛刹车失灵的汽车一样，突然以最高的速度往前冲，不管前面是什么情况，前面有路，前面没有路，都已经顾不上了，她势不可挡地冲了出去。

我听见我们的内心深处都在声嘶力竭地喊着：

"这是最后一次，这是最后一次！"

小鱼口齿不清地喊着老四，一声接一声地喊着，好像是怕我消失在黑暗中，或者说，是怕她自己消失在黑暗的深渊中。我的注意力有些集中不起来。她歇斯底里地喊着，肆无忌惮地说着。她说好吧，今天你想累死我，我就死给你看，今天我就让你称心，我死给你看，你这个老流氓，你这个坏老头，你这个色鬼，你是个馋嘴的猫，你是个不要脸的公狗，你个人老心不老的东西。我默默地承受着这一连串的斥责，这时候挨骂也是一种充分的享受，我觉得她骂得好，觉得自己该骂，应该狠狠地骂。我故意有些心不在焉，我故意让自己有些走神。小鱼突然变得从未有过的疯狂，甚至带着几分邪恶，她一次次喘不过气来，一次次要瘫软下来。终于，我再也禁不起这么折腾，而且也担心她别弄出什么事来。时间已经足够长了，老四决定缴械投降，我把她扳倒了下来，让她紧贴在老四身上。这世界终于已到了末日，冲锋号声嘹亮地响起来了，敌人的机枪疯狂地扫射着，火焰喷射器冒着烈火，我恨不得把她和老四像两块橡皮泥一样粘连在一起。

第二天刚醒过来的时候，我们都不明白自己是怎么回事。我们都睡得像死猪一样。我不明白为什么自己会赤身裸体，首先感到的是一股隔了夜的口臭。我转过身，看到了同样赤条条的小鱼，怔了一下，突然全都明白过来。不久，小鱼也醒了，和我一样，首先也是吃惊。她以为我早醒了，一直在欣赏她的裸体，情不自禁要用手去捂住自己，然而立刻又把手拿开了，好像很乐意我欣赏她。我顿时又有了一些冲动，连忙转过身去，背对着她，那玩意儿已经不听话地直竖了起来。我们静静地躺了一段时间，大家都不说话，然后各自起床，匆匆地把衣服穿好。小鱼细心地收拾着床铺，不想留下任何痕迹，她把床单拿到卫生间，用牙刷细心地刷着，然后用电吹风吹干。我在一旁看着，不说任何话。收拾完了，她很满意自己的处理，说你看，一点都看不出来。

接下来，就坐在那等车子来接我们，因为没有电话，我们不知道车子什么时候会来。我身陷在沙发里，沉浸在一种忐忑不安的情绪之中。现在，我必须好好地回味一下昨天晚上的疯狂。小鱼手上拿着遥控器，不停地换着电视频道，她突然向我走过来，一屁股坐在了我的大腿上。她已经换上了一件连衣裙，显然是冯瑞女儿淘汰下来的，穿在她身上有点不合时宜，与年龄与身份都不般配。我突然有些心痛起她来，为她感到惋惜，觉得她应该有一个好男人疼，应该有一个好丈夫照料。这么好的女人没有男人照料真是可惜了。

接我们的车子迟迟不来，我觉得应该抓紧时间很好地谈一次，我告诉小鱼，用一种听上去有些肉麻的声音说，我是真的喜欢她，但是，我这一辈子注定只能爱一个女人，我只能爱阿妍。我告诉小鱼，希望她能明白喜欢和爱的区别。如果是用小鱼和别的女人相比，我爱小鱼，喜欢别的女人。如果让小鱼和阿妍相比，我爱阿妍，喜欢小鱼。我告诉小鱼，她是我生命中很重要的一个女人，不管怎么说，我现在是真的喜欢她，正是因为喜欢，我们再也不会发生那样的事情了。

小鱼不太明白我说什么。她不明白我现在为什么因为喜欢她，反而要和她断绝刚联结上的关系。看得出，她真的有些失望，有些不知所措。她不明白我这是为什么。我告诉小鱼，过去老四迷恋的是她的身体，只是想得到她，只是想占有她，过去老四并没有真正地爱过她，现在，老四恰恰是因为真爱她了，因为爱，因此决定再也不和她发生肉体的接触。

我伤心地说："小鱼，老四太老了，他配不上你。"

我知道这说服不了她，又说："小鱼，你是我心目中最好的女人。"

我知道我是在骗她，因为我心目中最好的女人是阿妍。我要和她断的理由，是我内心深处觉得对不住阿妍。老四正在把一件本来很不错的事情搞砸了，我对不起阿妍，也对不起小鱼。

车子快到中午才来接我们，一路上的景色很美，司机不时地发出感叹，说他妈的有钱人真会选地方。我和小鱼坐在小车后面，她歪着头，看着窗外的景色不说话，明显有几分不快乐。我的心里也有一种说不出的难过，我知道自己这一次是彻底地要与小鱼断了，我知道我们十几年的缘分终于到了尽头，终于在昨天晚上做了一个完美的了断。我不想让小鱼伤心，不想让她难过，不时地讨好她，问她肚子饿不饿，要不要喝点水。我偷偷地抓住了她的手，轻轻地捏着，对她表现出了一种从未有过的柔情。

但是，我的决心已定，心如枯井，捏着小鱼的手，动作虽然有些轻佻，心里没有一点点那方面的欲望。小鱼被直接送到冯瑞城里的那个家，然后再送我回去。阿妍知道我在冯瑞的别墅住了一夜，问我有什么感觉，我说能有什么感觉，感觉到了憋气，感觉到了自己窝囊，人比人，真他妈气死人，想想我老四哪一点比他冯瑞差了，却会混到这么狼狈不堪的地步。

好在阿妍对我和小鱼好像一点疑心也没有，我以为会继续询问下去，而且已经编好了故事，可是她却不往下追究了。我不由得感到侥幸，想她也许做梦都不会想到别墅里会只有两个人。我当时还存有这样的念头，准备与冯瑞打个招呼，让他不要把这件事说出来，以免引起不必要的麻烦。然而事实上，后来并没与冯瑞打招呼，这事说过去就过去了，过去了再说便显得没有必要。我觉得没必要再与他打招呼，有种事越抹越黑，说了反而又会引起冯瑞的疑心。

我尽量做出不服气的样子，我要让阿妍觉得我很嫉妒冯瑞。她好像也相信我是真不痛快，是真嫉妒冯瑞。她知道我是一向嫉妒冯瑞，因为冯瑞曾经追求过她，阿妍知道只要冯瑞表现得比我强，比我好，我就会情不自禁地作怪，就会心理不平衡地捣乱。我很高兴阿妍只字未提小鱼，吃晚饭的时候，小鹏的班主任打电话来，说他的一篇作文得奖了，要给他发奖状和奖金，而且因为得这个奖，在小升初的考试时，还可以加分，阿妍听了很高兴，对小鹏横表扬竖夸奖，把他夸得跟天才似的。等到小鱼晚上回来，阿妍对她大谈小鹏的得奖，小鱼也很兴奋，两人都沉浸在小孩得奖的喜悦中，我担心的麻烦竟然一点也没有发生。

然而就在第二天，阿妍上街买菜的时候，被一辆出租车撞了一下，撞得非常厉害，当场昏迷了过去。我知道消息后匆匆赶往医院急诊室，一路上心急如焚，相信这绝对是老天爷给我的严重警告。我相信天底下决不会有无缘无故的事故，我相信这是他老人家对我的惩罚。幸运的是没有什么大妨碍，阿妍只是盆骨被撞裂了，必须住院治疗，在这期间，我和小鱼轮班伺候她，一步也不离开她。阿妍在医院里住了二十多天，坚决要求出院，她觉得我和小鱼这么轮班到医院陪她太辛苦了，反正是卧床静养，还不如回家躺着。再说，阿妍也放不下孙子小鹏，她说他现在正好是六年级，是小升初的关键时刻。她说她必须时时刻刻地看着他，现在的孩子都必须有大人看着才行。

我们没有流露出任何可疑的蛛丝马迹，我是说我和小鱼在阿妍面前，表现得很出色。我们无微不至地照顾着阿妍，小鱼伺候阿妍，像伺候自己亲妈一样，对自己亲妈恐怕都不会有这么好。让我自己也感到吃惊的，是我对小鱼真的一点欲念也没有了。我的心变得从未有过的安分，也许真是被阿妍被撞这件事吓住了，我现在能做的，只是尽可能地对小鱼好一些。在一开始，小鱼并不明白我的用心，她还有些百思不解，不明白我为什么突然一本正经起来，不明白我为什么就不理睬她了。她为此感到有些压抑，甚至有些苦闷。有一天，她拦住了我，很粗俗地问我为什么不想再和她睡觉。我告诉小鱼，说老四天天都在想她，说老四天天都在回忆别墅经历过的美好一夜。我告诉小鱼，这一夜已经过去了，永远地过去了。老天爷已经给了我们一个严重警告。老天爷已经在阿妍身上显示了他的威严。为了这个家，为了阿妍，为了小鹏，事情永远不应该再发生。我告诉小鱼，我们必须克制自己，我们必须有所禁忌，我说我们这么做，虽然暂时失去了肉体上的欢乐，却能得到精神上永恒的安宁。

我不知道小鱼是不是完全理解我的意思。我只能用实际行动来证明自己不是装腔作势，连阿妍也看出我对小鱼确实没有任何邪念。有时候，小鹏这孩子吃菜，只知道照顾自己，我会很善意地向他指出：

"小鹏，要给奶奶留一点，也要给妈妈留一点。"

天气如果要下雨，我会一本正经地提醒小鱼别忘了带雨衣。在厨房里，我抢着洗碗，甚至会坦然地教训小鱼，让她也操心一点自己的儿子，别把教育小孩的责任都推到阿妍身上。在阿妍面前，我一点也不掩饰对小鱼的关照，阿妍是个明白人，她知道我敢当她面这样，说明我的内心是清白的，说明我肚子里没有鬼。三个月以后，阿妍已经能够下床走动。一天晚上，我们并排睡在一起，她和我说起了悄悄话。阿妍说这三个多月真不容易，你的表现很不错。她说你知道吧，其实你有时候还是个很不错的男人。阿妍让我不要总觉得自己不如冯瑞，说如果让她有机会重新选择，让她在我和冯瑞之间挑一个男人，她仍然还会选择我。阿妍说在过去的三个月里，她一直在偷偷地观察我，她一直在注意着我的一举一动。她说你不要以为我躺在床上，就什么不知道。我一直在想，经过这三个月，已足以考察你的为人了，我应该相信你，

322

我不应该再怀疑你。

阿妍突然冒出一句足以让人惊出一身冷汗的话，她非常平静地说：

"我知道那天在冯瑞的别墅，就你们两个人，其实冯瑞当天就打电话告诉我了。我早就知道了。"

我的心立刻咚咚直跳，做梦也没想到阿妍原来一直在偷偷地监视我们，好在她并不准备为这件事过多纠缠，并没有让我下不了台阶，让我无路可走。阿妍的手伸过来，摸到了铲刀把，一把抓住它。

"老四，你知道那天我为什么会被车子撞吗，因为我当时一直在琢磨这件事，我的心思全在这上面了，我一直在想，你为什么不告诉我，为什么不告诉我别墅里就你和小鱼两个人。我老是在想你为什么要隐瞒，要是你心里没有鬼，为什么要隐瞒。我是没有问，可是我不问，你为什么不说呢。我现在是真相信你们没有事，要有了事，这三个月里，你不会这么老实，你不是那么老实的人。你才不会那么老实呢。现在我相信了，我相信铲刀把它没干坏事。"

我松了一口气，愤愤不平地说：

"冯瑞那个王八蛋，把我一个人留在那，又打电话给你，这是什么意思。"

阿妍笑了，解释说：

"你不要急，不要怪他，是我打他手机的，我想问你什么时候到家，他说他那时候正在去上海的路上，你别怪冯瑞，真是我打的电话。"

我假装很委屈地说："我能不急吗，这不是故意坑人吗。"

阿妍说："我知道。"

我说："你知道就好，这简直就是挑拨我们夫妻关系。"

"我相信你什么都没做。"

"相信就好。"

"我真的是相信你。"

"你万一要是不相信怎么办？"

阿妍抓住了铲刀把不放，以此来表示是真的相信我。

我感到很内疚，因为自己到现在还在骗人。

但是我必须不动声色，我必须继续欺骗阿妍。

"你别惹它，它已经三个月没活干了，你想想，三个多月。"

"我知道是三个多月。"

阿妍用劲摇了摇，仿佛是试试它究竟有多大的力量。

我苦笑着说："你这是什么意思？"

"它恐怕得小心一点，别再把人家的盆骨弄裂了。"

那天晚上我做了个梦，在梦中，阿妍已经抓到了我和小鱼通奸的确凿把柄，正在义正词严地召开批斗会。我还想抵赖，阿妍说，你不要抵赖了，抵赖是没有用的。我让她逼得无路可走，只好赌咒发誓，发誓自己以后决不会这样。阿妍陷在深深的痛苦之中，她咬牙切齿地说，我为什么要相信你的话，那好，你就发誓吧，你就赌咒吧，有什么能耐都给我使出来。我像捞到救命稻草似的连声发誓，我说我错了，以后再也不会这样，真的不会这样了。当时余宇强和小鱼都在旁边，小鹏也在，还有一些别的不认识的人在看笑话。我的手里忽然有了一把雪亮的菜刀，我继续向阿妍表白着，将手放在了砧板上，信誓旦旦地对阿妍说，阿妍，我发誓，我真的发誓。我高高地举起了菜刀，一刀将自己的一个手指剁了下来。

小鹏考初中的时候，还是差了两分。为了这两分，竟然要缴三万块钱。我就说这孩子读书，真是个花钱的种子，上小学要缴钱，现在上中学又要缴，以后还有高中，还有大学，这缴来缴去，到底要缴多少钱。阿妍和小鱼都不说话，她们都觉得我是一家之主，缴不缴钱，当然首先是要听我的意见。我知道阿妍的心思，我知道她已经打定主意要缴这个钱的，索性做好人成全她，态度坚定地表态。

我说："缴，当然要缴，为了小鹏的前途，这钱该花。"

我不想让阿妍失望，为了小鹏这个孙子，她不会在乎最后一分钱，挣钱虽然不容易了，我不愿意在这时候做吝啬鬼，不愿意在这时候让阿妍心里不痛快。我不当一回事地说，别人都能缴这钱，为什么我们就不能，哪怕借钱也要缴。说老实话，我们都很心疼这三万块钱。这三万块钱毕竟是我们的血汗钱，毕竟是我们的养老钱，缴了这笔钱以后，阿妍开始更为我们的未来担心。

我安慰阿妍，说这有什么好担心的，钱是人挣的，现在我最担心的是她的身体，只要她的癌症不转移，天塌下来我也不怕。我安慰她，说我们原来就不是什么有钱人，我们过去曾经很穷，很穷也恩恩爱爱地走过来了，只要我们无病无灾，没有什么困难能吓倒我们。过去没钱的日子能过，为什么现在没钱就过不下去。我告诉阿妍，风水轮流转，三十年河东，三十年河西，说不定我老四哪天运气又回来了，又时来运转，又像过去一样有能耐挣钱。

这以后不久，我去香港打了三个月的零工。说起来很惭愧，虽然我对冯瑞总是不服气，但是离开了他，我还真没有什么好办法。冯瑞的一个熟人在香港开了一家酒店，替我办了一个旅游护照，我于是在那边足足干了三个月，挣了一点港币。我万万没有想到，离六十岁越来越近的时候，自己开始过起背井离乡的生活。从香港回来以后，我好像已经开了眼界，突然明白自己必须抓紧时间，多挣点钱，多见见世面。我希望冯瑞能为我找一份工资稍稍高一点的活，冯瑞说，老四，你小子就不要贪心了，你到哪都不会拿到比我这更高的薪水。

冯瑞说的是真话，但是我并不死心。

我知道自己这一辈子，已经不太可能有咸鱼翻身的机会。我的好日子早就到头了，像公交车的月票已经过期一样。我告诉冯瑞，薪水高不高无所谓，既然我已经一把年纪了，就让我出去见识见识，让我好好地看看外面的世界。

我没有告诉冯瑞自己的真实想法。我不会告诉任何人，自己到外面去流浪的真实原因，是为了躲避小鱼的诱惑。虽然我对自己似乎已有足够的信心，但是我还是担心自己会情不自禁地又犯错误。我害怕自己再一次走错了房间，再一次上错了床，老四已经悬崖勒马，决不能再冒这样的风险。老天爷已经警告过我了，我相信，如果我和小鱼再有什么勾当，再克制不住自己，阿妍就一定会立刻完蛋。阿妍的性命现在就捏在我的手里，我必须用自己的诚心来感动老天爷。我突然明白过来，原来老天爷是在考验我的决心。他老人家知道对我最大的惩罚，就是通过伤害阿妍来折磨我。他老人家知道我最在乎的就是阿妍。他知道我不在乎自己，不心疼自己，可是在乎阿妍，心疼阿妍，舍不得阿妍。老天爷即使开玩笑，也仍然是很严肃的，也仍然充满了善意。老天爷给我留下了一个最后的机会，我必须珍惜这个机会。

通过冯瑞的介绍，我在外面转了一大圈。在什么地方干得都不算长久。最后，在苏南一个富裕的县级市落下了脚。我的老板朱戟是冯瑞当年的一个小伙计，青出于蓝而胜于蓝，这家伙的发展势头直逼冯瑞。在朱戟眼里，大名鼎鼎的冯瑞也开始走下坡路了，虽然在经营方面确实是有一套，可是他已经老了。朱戟不屑地说，冯瑞只是我们老三届这一代人中的佼佼者，和更年轻的一代相比，他早已经落伍了，他迟早也会被淘汰。

我并不太相信朱戟的话，这年头，只要是个做生意的人就会吹牛，就敢吹牛。说老实话，我不相信还会有人比冯瑞更能赚钱。再说老板能不能赚钱，能赚多少钱，跟我有个狗屁的关系。现在，老四只是一个打工的老头子，离乡背井，孤零零的一个人。现在，我只是希望自己能多赚一些钱，希望阿妍康复，希望小鹏的学习成绩好。人哪，只能走到哪说到哪，我不在乎自己这么大年纪，还和年轻小伙子一起住集体宿舍，住集体宿舍有什么不好，住集体宿舍可以让人享受到一种异乎寻常的平静。我知道自己现在是真的老了，在香港当厨子时，我那个老板还没到三十岁，现在的老板朱戟三十岁刚出头，想到这些真不能不服老，不服老不行，我做梦也不会想到，老四活到这岁数，竟然会为比自己年龄小了近一半的年轻人打工，竟然要在这些乳臭未干的年轻人手上讨饭吃。

这个社会已是年轻人的天下，难怪有一次连心高气傲的冯瑞也会感叹，他叹着气对我说：

"老四，妈的，我们真是做爷爷的人了。"

我们那地方是个娱乐城，这真是个寻欢作乐的地方，整幢高楼就像一条竖着的街道，五花八门应有尽有。不要小看这地方只是一个县级市，大都市里有的，这里有，大都市里没有的，这里也有。来消费的客人，有很多都是远道赶过来的，开着豪华轿车，都是有身份的人。据说这里的吃喝嫖赌，早就名声远扬，连国外的电台上都报道过。

我被安排在"天堂璇宫"干活，高高在上，是一个可以旋转的高级餐厅。在这用餐的客人，可以坐在那慢慢欣赏全城的风景。说老实话，我不明白为什么非要起"天堂"这个名字，报纸上电视上做广告，就说到天堂相会。显然是有些不吉利，可是我也管

328

不了那么多，我们毕竟只是打工的，老板不忌讳，我们就没有权利说三道四。老板喜欢，打工的不喜欢也得跟着喜欢。打工的人都是为老板服务的，都是赚钱机器上的螺丝钉，在这种地方干活，你不能把自己太当人。

虽然娱乐城的小姐多得数不清，美女如云，但是打工的人都明白这些与自己的日常生活都没关系。近水楼台未必就能先得月，我们成天在天堂里上班，看上去天天灯红酒绿，可是真正的天堂却永远只属于有钱人。这里的小伙子只能眼馋，并没有什么窝边草可以吃，于是经常跑出去看脱衣舞表演，是那种草台班的脱衣舞，专做民工的生意，看一场只要十块八块。个别胆大的，就去找洗头房的女孩子，然后一个个都回来把冒险经历说给我听。年轻人稍稍做了些出格的事，就喜欢卖弄，恨不得让全世界的人都知道。

我很平静地听他们说着，偶尔也会开导他们一两句。我说年轻人吗，难得胡闹一下，也没什么大不了，不过别沾上什么性病，有了性病就不好玩了。

他们笑着说，原来四爷是怕得性病。

我叹气说，我和你们不一样，我的钱要留给老婆治病，要留给孙子读书。等你们到我的这个年纪，自然就会明白道理了。

他们都觉得我这样活得不潇洒，活得没意义。他们说，四爷，你一辈子就跟一个女人睡觉，这多单调，多没意思。其实女人和女人不一样，感觉完全不同的。女人的世界绝对丰富多彩，女人和女人的区别，有时候就像老虎和狮子的区别一样。

我说，在羊的眼里，老虎和狮子差不多就是一回事。我说，女人就是女人，还能有什么不同。

他们说，四爷，你太保守了，跟我们爸爸妈妈一样，老一代人都是这样。

我说，你们难道对父母也这么说话，难道也这样问过你们的父母？

小伙子们说，这根本不用问，我们的爸爸妈妈都和你老人家一样，死死地守着一个人，真是白活了一辈子。

死死地守着一个人有什么不好，年轻人当然不懂得这些道理。天堂璇宫位于这个城市的最高处，站得高，看得远，它会给你产生一种错觉，让你忘乎所以，好像你也真的就高高在上了。我时不时可以从年轻人嘴里听到一些时髦新名词，什么摇头丸，什么蹦迪，什么AV明星，还有什么美眉小姐，还有什么三温暖油压女郎。通过他们的介绍，我还开始知道了一些香港台湾嫖客的喜好，知道一些韩国日本嫖客的怪癖。小伙子们对我也开始渐渐地敬重起来，这倒不是因为我是小组长，是他们的小领导，而是他们发现我竟然很会说故事。没事的时候，我十分平静地为他们说自己这些年来的经历。年轻人一开始并不相信我曾经经历过那么多事情，我自己也有些不相信，我说你们就当作这是瞎说八道，如果你们觉得有趣，就让我把故事说完。

除了说说自己的往事，我还教年轻人打太极拳，虽然是快六十岁的老人了，他们谁都不是我的对手，甚至两三个人同时向我扑过来，也占不到任何便宜。我告诉他们，谁都有年轻的时候，谁都有青春的岁月。他们这一刻年纪轻轻，少年气盛，好日子刚刚开始，什么都不在乎，什么都感觉不到，但是很快有一天，就会发现好日子说结束已经结束了。

阿妍现在正在帮家门口的一个报摊卖报纸，她买了一个手机，没事便不断地给我发些短消息。我也有个手机，那是过节时，朱载老板心血来潮送给我的礼物，是一部淘汰的摩托罗拉。我不会发短消息，打字又特别慢，就让那些小伙子帮我回复，我和阿妍说来说去，也就是说些相互思念的话，要不就谈谈孙子，没完没了地谈小鹏的学习情况。有时候小鹏也会抢着帮阿妍发短消息，小鹏说他汉语拼音很好，打字快得不得了。这小家伙很会拍人马屁，说爷爷你一个人在外面为我们挣钱，一定要保重身体。说老实话，不仅是阿妍喜欢小鹏，我这心里也丢不下这孩子，真是把他当作了自己的孙子。我觉得我们如果能够培养这孩子上了大学，那是死也可以瞑目了。

我对这些年轻人说，无论如何，我都要让自己的孙子上大学。

年轻人说，上大学有什么稀奇，现在这社会，只要有钱就行。

我说上大学不稀奇，你们为什么不是大学生呢，你们这些猪脑子，要是能上大学，也不会到这来打工了。你们上不了大学，因此只能当打工仔，只配来当打工仔，只能在这侍候有钱人。上不上大学毕竟不一样的，你们要是不好好努力，一辈子都是打工的命。我现在总算明白阿妍要培养小鹏的苦心，十年寒窗苦，方为人上人，我们既然认领了这个孙子，就有义务把他培养成才。我不希望小鹏以后也像眼前的这些年轻人一样，像他们一样没出息，像他们一样虚掷年华。这些年轻人年纪虽然不大，可是前途已到头了，他们没有前途，他们没有未来。他们就像我们当年当知青时一样，甚至还不如我们当年当知青。

小伙子们在一起无所事事，只知道没完没了地说下流话，根本不知道什么廉耻，根本就没有什么禁忌。他们只知道去厕所偷看对面的女孩洗澡，一边偷看，一边手淫，弄得小便池墙沿上到处都是那玩意儿，鼻涕不像鼻涕痰不像痰。为了看得更清楚，他们甚至合伙买了一架俄罗斯军用望远镜，肆无忌惮地公开偷窥。对面大楼里的那些女孩也不在乎有人偷看，据说都是些做三陪的小姐，一个比一个风骚，一个比一个胆大。

有一天晚上，这些年轻人非要喊我过去开开眼界，我说我不想看，这有什么好看的。可是最后禁不住硬拉，我还是去了，他们把望远镜塞给我，留下我一个人在那慢慢欣赏。他们说这是人生最美好的享受，好好看看，又不要你花一分钱。厕所里臭气熏天，年轻人扬长而去。我调了半天焦距，才对准了对面的浴室，由于两栋大楼挨得太近，距离太近了，焦距反而不好调准。那是一个非常简易的浴室，说穿了就是女厕所兼盥洗室。好不容易看到一点点名堂，那个女孩已经草草结束了，穿上了衣服就走人。

等了一会儿，终于又来了一个女孩，白白胖胖的，是五短身材，脱了衣服，赤条条地站在那洗衣服，不时地回过头朝这边望上一眼，好像早知道已有人盯着她。我不免有点心虚，明知道自己是站在黑暗深处，她绝对不可能看见。她这么张望完全是无意识的，正如小伙子们说的那样，她们这些女孩根本不在乎有没有人偷看，有人偷看她们才高兴呢。

天堂璇宫再往上走，是一个巨大的露天平台。这里是我天天打太极拳的好地方，平时几乎没有人愿意上来。露天平台的西头有一个鸽子房，养了一百多只鸽子。离鸽子房不远，有一个水箱一样的小房子，最初设计就是备用水箱，后来放弃了，用它来堆放杂物。再后来，重新改造一下，安装了一个简易的小门，放了一张小床，便成为夫妻相会的地方。

年轻人给这小房子起了个浪漫的名字，叫作"爱的小屋"。对于结了婚的打工仔来说，老婆来探亲，能有一个不花钱的小房间，实在是求之不得的好事。这地方事实上只能被在天堂璇宫干活的人所享受，因为只有我们才能跑到露天平台上去。有一段时候，爱的小屋被一个年轻的湖南女孩强行占有了，这女孩是个妓女，她看中了做面点的小王，硬缠着要嫁给他，小王不肯，她就赖在里面不肯走。顽强斗争了一个多月，小王铁了心还是不肯娶她，女孩完全绝望了，便在一天清晨，在太阳刚刚升起来的时候，就在小王的眼皮底下，赤条条地从平台上跳了下去。

这件惨案就发生在我刚来打工的那个月里，当时全城为之轰动，大街小巷都在议论。我见过那湖南妹子，很漂亮的一个女孩，白白净净的，非常明亮的一双眼睛。自从出了这件事，爱的小屋便上了锁，以后必须是合法的夫妻，才能在部门经理那里拿到钥匙。等我和阿妍拿到爱的小屋钥匙的时候，已经是在天堂璇宫干活的一年以后。由于在这干活的年轻人大多数都是未婚，小屋已空关了好一阵，留下厚厚的一层灰尘，通气窗的玻璃也碎了一块，结果仅仅是为了打扫干净，将那碎玻璃换好，我和阿妍就活生生地累掉了半条命。到晚上睡觉的时候，我们腰酸背疼，已经什么也干不了，已经什么也不想干了。

这一夜我们相拥而睡，鼾声动地，一觉睡到天亮。第二天一早，我爬起来打太极拳，阿妍披着棉袄在一旁看着，手上端一杯开水，一边看，一边喝。渐渐地，上百只的鸽子也从睡梦中醒过来，咕噜咕噜叫着，接二连三地从鸽子房里往外跑，在我们周围飞来飞去。

打完拳，我便领着阿妍在楼顶上转悠，为她介绍周围的情况，指着不远处几幢楼房，告诉她其中那栋四楼顶上加盖的简易房，就是我们平时住的地方。我告诉阿妍，那地方原来是物资局的办公大楼，后来物资局搬走了，便出租给了好多家公司，四楼成了一家玩具厂的成品仓库，这家玩具厂做的是出口贸易，据说效益非常好。我们就住这仓库上面，四十多个人都挤在一个大房间里，冬天冷得像冰箱，夏天热得像火炉。

现在，我和阿妍因为是居高临下，从上往下看，平时住的那个简易房显得非常小，显然非常寒碜，阿妍不敢相信那里面竟然可以住那么多人。她摇了摇头，解嘲说：

"你倒好，我来了，就住在这个楼顶上，我不在了，你又睡在那个楼顶上，怎么都是高高在上，怎么都是住在楼顶上。"

我说："楼顶好，站得高，看得远吗。"

阿妍不由得又有些伤感起来，深深地叹了一口气：

"唉，要看那么远干什么？"

既然阿妍来了，我就请了一天假，陪着她在城里转转。这真是一个欣欣向荣的新型城市，到处生机勃勃，到处都是盖楼的工地。阿妍的母亲就出生在这里，阿妍跟我结婚的第二年，也曾来过这个城市，当时还是个又破又小的县城，就一条不像样的大街，没想到现在已经完全改变了模样，繁华和脏乱程度与省城南京相比，并没有多少逊色的地方。黄昏的时候，我们雇了一辆三轮车，是地方就去兜一圈。这里的三轮车很便宜，五块钱想去哪就去哪。我先带阿妍去看了看我平时的住处，让她参观参观那个住着四十多人的简易房，然后回我上班的地方吃晚饭。

到了娱乐城大楼底下，我心血来潮地又把阿妍带进楼下的那家性用品商店，这店开在一个最显眼的位置上，进进出出都能看到橱窗里赫然陈列的商品。我突然决定要让阿妍也开开眼界，因为平时闲着没事的时候，我跟在一起干活的年轻人后面，已不止一次光临过这家专卖店。我知道这里有许多好玩的东西可以看，而且这种地方，来多了就坦然了，来多了就跟到别的商场没有任何区别。我喜欢看年轻人在这调皮捣蛋，看他们堂而皇之地走来走去，神气活现地挨个欣赏，趴在柜台上研究说明书，嘻嘻哈哈说笑话。谁也不会真正买什么性用品，这里的东西贵得让人眼睛发直，差不多全是进口的洋玩意儿，大家进来闲逛不过是为了看个热闹。

年轻人都喜欢捣蛋，为了让售货小姐难堪，故意问个没完。我告诉阿妍，在这种地方，谁脸皮厚谁占上风。你若是鬼鬼祟祟偷偷摸摸，售货小姐就会让你难堪。你要明火执仗，大义凛然，一点也不慌张，结果感到难堪的便会是这些漂亮的售货小姐。在什么地方，你都应该记住顾客是上帝这句名言。东西放在店里就是给人看的，看是人们的基本权利，你根本就不要觉得不好意思。离开性用品商店以后，在电梯里，我对阿妍说了一个笑话。有一次，有个姓李的小伙子故意活闹鬼，一本正经地要了两样东西，一个是男用的电动工具，一个是女用的电动工具，然后不动声色地问售货小姐，能不能把两样电动的东西放在一起试试，售货小姐气得花容变色，售货小姐最后急得要打 110 报警。

那天夜里，虽然在外面转了一天，虽然前一天的疲劳还没有完全消失，虽然已经说了那么多的话，我们还是一吃过晚饭，就早早地就上了床。半夜里，我们被一阵阵刺耳的警笛惊醒了。声音是那样凄凉尖锐，一听就知道是在附近，一听就知道离我们不远。推门望出去，只见外面火光冲天，空气中弥漫着一股烧焦了的煳味。出事的地点正是我平时住的那幢楼，那个住了四十多人的简易房现在已完全淹没在火海之中。大火是从四楼的仓库烧起来的，仓库里堆满了易燃的玩具娃娃，事故的隐患早埋藏在那了，一旦真的失火，后果便不堪设想。

我和阿妍吓了一大跳，我们当时几乎没穿什么衣服，楼顶上风很大，连忙再退回去胡乱套上内衣，阿妍披上棉袄，我裹着厚厚的棉被，站在天堂璇宫的露天平台上，一边哆嗦，一边观看下面的火势。因为这事情就发生在眼皮底下，都不敢相信看到的一切竟然是真的。我们看到了火焰听到了噼里啪啦的爆炸声和受难者痛苦绝望的惨叫声，大火没有一点减弱的趋势，火苗一个劲地往上蹿。消防车一辆接一辆开过来，因为街道太窄了，消防车开不进去，只能拉着警笛在附近兜圈子。火情显然很严重，而且越来越厉害，下楼的通道早已被堵住了，情况已完全失去了控制，楼顶上简易房子里的人根本就无处可逃。

周围的人都惊醒了，大家隔岸观火，从各自的窗户和楼顶上，目瞪口呆地看着这场突如其来的灾难。在这样惨不忍睹的灾难面前，别人帮不上什么忙。身陷火海中的人显然开始绝望了，他们在一个极小的空间里仓惶逃窜，拼命地呼喊，接二连三地从楼顶上往下跳。我和阿妍完全被眼前的惨状吓傻了，不敢相信眼皮底下正在发生的事情。这时候，我们不得不以沉重的心情面对这悲惨的一幕，极度恐惧，一言不发。突然我将阿妍搂在怀里，我紧紧地搂住了阿妍，她也像个小女孩一样偎依在我怀里，悲痛欲绝泣不成声。我发现自己也在悄悄地流眼泪，心口一阵阵刺痛。虽然分辨不出火海中那些晃动的人影是谁，也听不清他们在呼喊什么，但是我知道这都是自己朝夕相处的同事，我熟悉这中间的每一个人，自己差一点就是他们中间的一员。

这场大火吞噬了三十一个人的生命，五个人摔成了重伤。出了这样的大事，省里来人了，北京来人了，中央电视台做了专题报道。一位记者采访了我以后，以"老妻突发奇想探亲，民工幸免丧身火海"为大字标题，写了一篇报道，在国内好多家报纸上同时发表，在报道中，记者以煽情的笔调写道：

　　这是一对非常恩爱的老夫妻，丈夫为了替身患癌症的妻子治病，为了给正在上学的孙子支付巨额学费，不得不离乡背井外出打工。因为思念丈夫，妻子忽发奇想，突然决定去看望她的丈夫。不曾料到，正是这次意外的探亲，竟然奇迹般地挽救了她丈夫的一条性命。爱情终于创造了奇迹，爱情竟然战胜了死亡。

我并没有因为这场大火离开这里。天堂璇宫不得不改名，改个听上去比较吉利和耳顺的名字，由一个姓常的老板接手。我仍然干原来的活儿，拿原来的那份薪水。姓常的老板与冯瑞也认识，他发誓会很好地关照我，说吉人自有天相，大难不死，必有后福，你四爷无论如何都应该留下来，应该留在这里给我们增加点好运气。

我和阿妍仍然过着分居的日子，因为分居，我总是深深地思念，无时无刻不在想，想她正在干什么。有了这种无穷的思念和联想，我会感到非常实在。余宇强已出狱了，和小鱼住在郊区的新房里。阿妍和小鹏两人一起生活，对小鹏的功课抓得非常紧，医生说她身体恢复得很好，如果继续好下去，癌症复发的可能性就很小了。我们现在每天都靠发送短消息进行感情联络，甜甜蜜蜜情意绵绵，说着差不多的话，有时候比年轻人还要肉麻。过去的一切都变成了亲切回忆，我和阿妍仿佛又回到当年，回到了恋爱关系刚敲定下来的那一阵，甚至回到了刚下乡时的那条老式拖船上。我们的船正在古老的运河上行驶，蓝天白云黑烟，汽笛长鸣，机器声吧嗒吧嗒响着。那永远是我记忆中最美好的一幕，我正是在这一天，突然全心全意地爱上了阿妍。我的生活正是从这一天开始，从这一天开始，活着才有了崭新意义。生命的航船正驶向未来，两岸风景如画，春风扑面，阿妍像只美丽的天鹅一样在运河上飞舞，在蓝天上翱翔，突然一头扎下来，飞进了我的心窝，永远停留在那里，永远。

2003 年 1 月 8 日至 4 月 12 日草稿

2003 年 7 月 18 日定稿　河西

后 记

　　这部小说是个意外，年底，《中华读书报》记者采访，问起新一年打算，我的回答是"大事不宜"。理由是女儿参加高考，明知道这事，做父亲的帮不了忙，只能瞎操心。我隐隐觉得，在这样的特殊年头，大约很难集中精力。结果却出乎意外，一月八日那天，开始写小说提纲。通常我没有什么提纲，这一次并没有真准备写，糊里糊涂开始，然后一发而不可收，提纲不断扩大，从四千字很快扩展到五万字。一月二十日，陪女儿去参加复旦的提前考试，在火车上，我的脑袋停不下来，一路都在胡思乱想。紧接着"新概念作文大赛"当评委，紧接着过年，写了一篇谈奈保尔的五千字文章，又写了三篇千字文，从二月八日开始继续写，一路飞奔，到四月十二日，拿下初稿。

　　这部小说让郁闷已久的兄长情结得到了充分宣泄。小时候受别人欺负，我一直幻想自己有个英勇无比的兄长。童年的玩伴大都有哥哥姐姐，因为这一点，听别人说起，我难免心存嫉妒，暗

340

自神伤。这是一个解不开的死结，是心头的隐痛，从小，我就羡慕那些岁数比我大的青年一代，看他们五湖四海串联，看他们上山下乡，看他们恋爱结婚，他们永远是我心目中见多识广的青春偶像，我喜欢他们的故事，我愿意沉浸在他们的故事中。

毫无疑问，这部小说应该献给他们。我很少用自叙的方法写小说，通常的第一人称，"我"只是个观察者，说的还是别人的故事。这次一反常态，通篇都是自叙，自说自话，仿佛不知天高地厚的演员，居然淋漓酣畅过了一回戏瘾。

这是我写得最快的一部长篇小说，关于写作速度，我早就有这样的观点，快，不一定好，也不一定不好。

2003 年 7 月 20 日　河西

写这本小说的时候，女儿正准备考大学，现在她已经在读博士，时间就是这么快，就是这么无情。初版时，出版社要在封底写上推荐词，我觉得太恐怖，没办法对朋友开这个口，结果责任编辑自己出面，大包大揽，硬是把这件事给搞定了。同声相应，同气相求，江南无所有，聊赠一枝春。借此再版之际，我要真诚地感谢莫言，感谢余华，感谢苏童，感谢孟繁华，谢谢朋友们的厚爱，谢谢他们为这本书说过的那些话。

2009 年 12 月　河西

回忆总是十分美好，一转眼，女儿博士学位拿了好多年，已在大学做老师。时间飞快，岁月不饶人，对这本书的记忆，除了几位朋友热心推荐，就是当时为书名纠结。通常都是先有小说名，我才会写小说，偏偏这一部又是例外，一鼓作气写完，名字仍然没着落。有时候，自己也觉得很奇怪，为什么会写出这样一部作品呢。

2017 年 10 月 28 日　南山